NF文庫
ノンフィクション

潜水艦隊物語

第六艦隊の変遷と伊号呂号170隻の航跡

橋本以行ほか

潮書房光人新社

潜水艦隊物語——目次

写真提供／各関係者・遺家族・吉田一・「丸」編集部・米国立公文書館

潜水艦物語

——第六艦隊の変遷と伊号呂号170隻の航跡

日本の潜水部隊は敗北していない

潜水艦は動きうる機雷にすぎなかったのか

元第六艦隊参謀・海軍大佐　泉　雅爾

太平洋戦争当時の、わが国潜水艦の水中動力源は二次電池であって、その動力を回復するためには海面に浮上して、ディーゼルエンジンを運転する必要があった。潜航中、最大速力を六ノット近くまであげると、約一時間ぐらいで放電してしまうが、最低速力の二ノット近くでは、連続二日にわたって潜航することができた。

潜航したまま充電できるシュノーケル装置は今日、各国の電池力潜水艦に備えられているが、第二次大戦ではその末期になって、ドイツの潜水艦が装備しはじめたにすぎなかった。しかし電池力潜水艦は今日の原子力潜水艦とは、その性能において雲泥の差があり、大戦当時の潜水艦などは、わずかに潜航することができる可潜艦ともいうべきものであった。

いったん潜航してしまうと、敵の対潜哨戒機や対潜水艦艇が厳重に警戒しているところでは、ほとんど動きがとれなかった。自分から離脱できないので「深く静かにもぐっている」ほかに手段がなかったのである。戦前、口のわるい友人から、

「きさまの乗っている潜水艦は、動くことができる機雷にすぎない。うっかりぶつかると大変だが、そこにいるということさえ先にわかれば問題ない」という酷評をうけた。

まことに敵の制圧艦艇にたいして、深いところに潜航したまま、なにか反撃の手はないか、爆雷は真上から投下されるから連繫浮游機雷を発射管から打ち出したらどうかなどと、手も足もでない自分に歯がみするだけであった。

では、わが国の潜水艦は、まったくそのような「動く機雷」だけの活動といったものを目標につくられたのであろうか、という点について考えてみる必要がある。

たたった軍縮条約

大正十一年のワシントン会議で、海軍軍縮条約が成立した。当時わが国は戦艦八隻、巡洋艦八隻のいわゆる八八艦隊を目標にして大拡張に大わらわであったが、戦艦土佐は大砲、魚雷の実験によって沈め、船台上の加賀と赤城は空母に改装されて、主力艦の数は英米の六割におさえられてしまった。しかし潜水艦は条約の制限外であって、補助艦艇といわれ、巡洋艦、駆逐艦とともに主力艦の不足をおぎなうため、とくに補充建造をおこなうことになった。

この潜水艦は潜航することによって、敵の眼をのがれ、また燃料をたくさん搭載して航洋性をますことにより、遠く大洋をわたり、単艦よく敵港湾に近づくことができる。

敵国周辺の海上交通破壊、敵港湾の監視哨戒、また敵艦艇の出撃を迎え撃ち、またこれを追いかけ、待ち伏せ、奇襲を決行して、最後には決戦場で味方艦隊に随伴して敵艦に魚雷を

巡潜Ⅱ型の伊６潜。昭和10年竣工後すぐの衝突事故で潜望鏡が屈曲している

放つなど、種々多様な作戦上の要求が作戦部から出されていた。

これらの求めに応じて艦隊に随伴し、艦隊決戦に参加する水上高速の海大型（海軍大型）、遠く太平洋を横断して米国西岸に行動できる巡潜（巡洋潜水艦）型などが建造されることになった。

しかし昭和五年、ロンドン海軍軍縮条約は、補助艦艇である大型巡洋艦のトン数と、備砲の大きさの制限を提案してきた。これに対してまずフランス、イタリアが反対し、わが国は独自にその必要とする潜水艦の合計トン数七万八千トンを要求したが、結局アメリカ、イギリスと同兵力の五万二七〇〇トンに制限されてしまった。

わが国の潜水艦の絶対量の不足を、何によっておぎなうか。これは日本にとってまことに大きな問題点となった。そしてつまるところは、技術者と乗員の双肩に責任がかかってきたのである。それは世界一優秀な潜水艦を建造すること、そしてたゆまぬ猛訓練によって潜水艦乗員の技量をみがき、潜水艦の最大戦力を発揮することであった。

劣勢艦隊を補う潜水艦

太平洋戦争数年前の非常時態勢のときには、とくにわが主力艦隊が決戦に突入するとき、潜水部隊がいかに使用されねばならないかは、重要な研究課題であった。

南洋巡航や艦隊の応用教練、大小演習などではこの課題を負って、潜水部隊は血みどろな演習にあけくれた。その目標は、敵港湾の監視、哨戒、追躡《ついじょう》、触接であって、劣勢な艦隊が優勢艦隊を迎え撃つのに絶対必要な戦法である。

これらの潜水艦に課せられた任務は連合艦隊の作戦指導上、もっとも重大なことであるため、わが海軍が潜水艦に期待するところは非常に大きかった。そして日本は第二次大戦に突入し、日本の朝野の期待は、つとに喧伝された潜水艦作戦にむけられた。

ところが、開戦当初の「勝った勝った」は国内大動員の時機をうしなわせ、一方海軍は、潜水艦の整備と、用法上の大転換をおこなう時機を失した。

まず十二月八日、真珠湾奇襲は丙型潜水艦から五隻の特殊潜航艇を発進して湾内に突入し、空襲部隊についで決死の攻撃を敢行した。湾外監視の潜水艦は脱出艦にそなえ、配備をいっそう濃密にして待ちうけたが、わが機動部隊に対する反撃兵力にではなく、これは潜水艦狩り部隊にであった。

伊六九潜は湾外ちかくで敵の防潜網にひっかかり、二昼夜にわたる苦闘ののち九死に一生を得て離脱した。伊六潜は大型空母サラトガに魚雷二本を命中して大破させ、伊二五潜は水上機母艦を撃沈した。また空母エンタープライズ隊を発見し、米西岸にむけ数隻の潜水艦で追いかけたが、遂につかまえることはできなかった。

これらの潜水艦はその後、米国西岸で油槽船、貨物船約十隻を撃沈し、また米西岸砲撃をおこなった。さらにハワイ監視からクェゼリン帰投の潜水艦は、しばしばジョンストン島やパルミラ島基地の飛行機格納庫、その他の施設を砲撃して破壊した。

真珠湾口の哨戒監視は、六月のミッドウェー作戦まで、少ないときでも一または二隻の潜水艦でつづけられたのであるが、敵主力艦隊潰滅後、空母に巡洋艦、駆逐艦だけの機動部隊が高速で走りまわるのには、わが潜水部隊はこれをつかまえるのにまったく手をやいた。

そして昭和十七年二月一日の夜明けに突然、マーシャル、ギルバート群島方面のわが艦艇、航空基地がはじめて空襲をうけた。当時マーシャル諸島クェゼリン環礁内には、ハワイ奇襲、米西岸の砲撃から帰った出撃準備中の多数の潜水艦のほか、第六艦隊（先遣潜水部隊）旗艦香取《かとり》、潜水母艦靖国丸、平安丸、補給艦隠戸《おんど》ほか二隻が在泊していた。

潜水艦は沈坐し、香取は急ぎ出航し、急降下爆撃と雷撃をうまく回避した。またその他の艦艇も、さいわいに被害は軽微であった。当時、私は香取の艦橋にいたのであるが、まだ錨を上げ終わらぬ低速航行中に十数機の急降下爆撃をうけた。このとき至近弾によって、前甲板錨作業員にくわえて、艦橋掃射をうけた兵員計十数名の死傷者を出した。

ついで来襲した十数機の雷撃隊の魚雷をうけたが、これはうまく回避し、近くにきた魚雷は、前方直前または艦尾航跡上で、あるいは舷側に到達するすれすれのところを通過した。また命中したと観念した六本の魚雷は艦底を通過し、命中したものはなかった。そのとき「敵は磁気魚雷をもっているが調整が悪いな」と感じたものである。

わが潜水艦隊は、他の水上艦艇よりも開戦に先立つこと七ヵ月も早く、臨戦準備に着手していた。昭和十六年五月から魚雷の調整をはじめ、実装魚雷を伊豆大島の東海岸の断崖めがけて発射し、その爆発の音を聞き、海中をつたわる振動を体験した。敵は開戦二ヵ月目では、魚雷に自信がなかったのだ。

これに反して、われわれが潜水艦用酸素魚雷について、絶大の信頼をよせていた理由は、まったく十数年来の苦心の賜物であったといえる。わが海軍は劣勢艦隊でどうして開戦劈頭《へきとう》、敵の艦隊に奇襲打撃をあたえることができるか、それにはどのようにしてひそかに作戦準備を完成するか、などを研究しつづけたのである。

最前線を知らないウカツさ

昭和十七年二月十一日、先遣潜水部隊の作戦が一段落したので、香取は軍港で整備を要する一部の潜水艦をひきい、母港横須賀に帰投した。あわ雪に美しく化粧した懐かしい内地に帰って驚いたことは、国内は勝った勝ったで、有頂天にわきかえっていることだった。

日本領土の最前線基地マーシャル諸島のクェゼリンで初空襲をうけてきたことを話し、また八日には大統領が「兵器を軍へ、青年を軍へ」の国内放送をしていることを話したのであったが、「東京に敵の空襲というような時があるでしょうか」という、のんきな気分がみなぎっていた。

あの大国アメリカが、大統領のもとに一本になって、国を挙げて大動員を開始したのだ。米海軍は「無制限の航空戦と潜水艦戦」を宣言したのだ。それにひきかえ、わが国はたった一度の奇襲に成功したことに心ゆるんで、ただちに学徒、女子動員の手も打てず、航空機や潜水艦の多量建造に心をもちいることをしなかったのである。

しかも海軍の作戦線はのびて、ソロモン群島からニューギニアに向けられ、ニューカレドニアの占領が、真顔で研究されていたのである。

先遣潜水部隊は、第一段作戦で五隻の特殊潜航艇とハワイの監視哨戒で伊七〇潜、伊七三潜をうしなった。ハワイ方面の哨戒飛行機や、対潜防備艦艇の警戒は日をおって厳重になり、局地における封鎖も交通遮断も困難になってきた。開戦初頭の先遣潜水部隊の苦戦には、大本営も連合艦隊司令部も、潜水艦の活躍に期待が大きかっただけに、異常な衝撃をうけていた。

日本海軍が多年心血をそそぎ、そして大きな期待をかけてきた潜水艦戦は、当時、果たして根本的に考えなおされたであろうか。主力艦健在のわが海軍はいぜん艦隊決戦主義にとらわれて、潜水艦の作戦指導も大転換をおこなうことができなかったのであった。

真珠湾奇襲後、敵の主力艦は潰滅した。もはや主力艦のあいだの決戦は起こらないであろう。わが機動部隊の開戦初頭からのポートダーウィン、インド洋の作戦の戦果から見ても、航空母艦が主力戦艦よりも重要性をましてきたことがはっきりした。

米海軍も空母を基幹とする機動部隊を編成して神出鬼没の行動をとり、二月一日にはマーシャル諸島、四月十八日には東京を空襲した。この時機にわが海軍作戦部は「主力艦をひきいて敵の海上兵力に、決定的打撃をあたえるような海戦をくわだてることはほとんど不可能になった」ことを明確に認識すべきであった。

とくに航空機関係や、潜水艦関係の人的、物的補充の容易な米海軍にたいしては、わが国は戦時における軍備方式と、作戦用兵の根本思想をかえる必要があったのである。

戦艦を中心とする艦隊決戦思想は、日清日露戦争よりわが海軍の兵術思想の根幹として、太平洋戦争後もしばらくは守られてきた。

この思想にとらわれたために、潜水艦の用法も整備も、大転換をすることができず、レーダーの装備がおくれ、対潜防禦に弱いわが潜水艦を、警戒のきびしい戦場に投じたのであった。

戦力を仮死状態にした米潜

米海軍が、戦前の新型潜水艦パイク級（十六隻、一九三六年～三八年）やサーゴ級（一九三九年）の基準排水量一三五〇トンないし一四五〇トンを、フリートタイプ・サブマリン

（艦隊型潜水艦）と呼んでいたことでもわかるように、潜水艦は水上艦隊の決戦に協力する補助兵力と考えていたことは日本とおなじである。また米国艦隊潜水艦戦策には「商船を目標にしてはいけない」という意味が述べてあったという。日本とおなじ艦隊決戦主義をとっていた米海軍が、真珠湾でふいを打たれ主力艦が潰滅すると、ロンドン条約できめられた潜水艦の商船攻撃禁止条項を無視して、日本近海の通商破壊戦をやる、無制限潜水艦戦の重要命令を出したのである。

米海軍の思想や作戦の方針は、客観情勢がかわると同時に大転換をおこなっている。十二月十一日になると、独伊も米国にたいし宣戦を布告してきたが、ドイツやイタリアの商船は大西洋には出てこないので、米国の潜水艦は使いみちがない。太平洋では主力艦は真珠湾でペシャンコになって、協力したくても協力するわけにゆかない。そこで米海軍は当然の結論として、潜水艦をして日本の商船隊に対し、大いにあばれさせようということになった。

米潜水艦はわが輸送船団の護衛兵力の不足と、対潜策の不徹底な面をついて、開戦第一年目に六十万トン、第二年目には一三六万トン、第三年目には年間の被害は、じつに二五〇万トンという大量の商船、輸送船を撃沈（潜水艦の全保有隻数はわが国の約二倍～三倍）している。まさに開戦前に、わが国で予想していた年間の被害予想量である八十万トンの三倍以上に達しているのである。そして日本は昭和二十年のはじめに、すでに軍需生産は仮死状態となり、経済的危篤のときがきていたのだ。

ガ島攻防戦のとき、ソロモン東方海域配備のわが潜水艦は、大型空母二、戦艦一、大巡一、駆逐艦二を撃沈または撃破という戦果をあげたが、そのうち伊一九潜は一挙に大型空母一隻撃沈、新鋭戦艦一隻中破、駆逐艦一隻撃沈の大戦果をもたらした。

　当時わが陸海軍はラバウルから、米軍はニューカレドニア北方ニューヘブライズ諸島の各根拠地から、ガダルカナル島に必死の増援をくり出し、また日米たがいにこれを阻止しよう

高角砲に仰角をかけた同型の伊168潜と伊169潜が見える

昭和10年竣工の海大６型６番艦の伊70潜艦橋より見た後甲板。向こうには10cm

として、海空軍は全力をあげて戦っていた。このソロモン諸島東方海域は、米軍の増援船団の通路であり、これを援護する空母を主体とする機動部隊の出没する海面でもあった。

わが潜水艦の精鋭である第一、第二、第三潜水戦隊十数隻は、この決戦海面に投入されて、敵の増援艦船の捕捉攻撃に、必死の努力をつづけていたのである。

敵機動部隊を呑んだ魚雷群

伊一九潜は昭和十七年九月十五日、ガ島東方約二百浬、ニューヘブライズ諸島との中間に、南西から北東に一線にならんだK散開線（数隻の潜水艦が各二十浬の間隔でならぶ）の中央にあった。

同艦は午前九時五十分、水中の集団音を聞き、約一時間後に北東十五キロに潜望鏡で、敵の機動部隊を発見した。総員配置につき、ただちに魚雷戦用意を下令して、潜航のまま増速し敵方に進出して行ったところ、幸運がころげ込んできた。敵がわが方に変針して近寄ってくるのである。しかもそれが大型正式空母であった。

潜水艦長木梨《きなし》鷹一中佐は、こおどりして肉薄し、距離九百メートル、方位角左五十度の一発必中射点で、全射線六本の九五式酸素魚雷を発射した。そして四本の命中音を聞いたが、すぐに敵駆逐艦に見つけられ、八十発の爆雷攻撃を受けて効果を確認できなかった。

しかし偶然にも北どなりの散開配備点にいた伊一五潜艦長の石川信雄中佐は、火災中の大型空母および巡洋艦二隻と駆逐艦数隻を発見してその沈没を確認し、つぎの電報を打った。

「味方航空部隊の攻撃により地点……に漂流中、大火災の空母（エンタープライズ型）一隻は左に大傾斜し、一八〇〇沈没せり」

これは戦後、米国の発表した資料によると、本電報の「味方航空部隊の攻撃」は「伊一九潜の雷撃」であり、「エンタープライズ型空母」は「大型空母ワスプ」であった。

以上のような巡洋艦二隻、駆逐艦数隻で護衛された警戒厳重な敵機動部隊を襲撃して、その戦果を確認しえたことはまことにめずらしい例であって、この伊一九潜の発射した六本の魚雷は、ワスプ撃沈のほか、新式戦艦一隻中破、駆逐艦一隻撃沈の大戦果をあげたことが米国の戦史によってあきらかにされている。

ワスプに命中した魚雷の爆発音は当時、四発と聞いているが、命中雷数は三発であって、ワスプの前方を通過した残りの三本は、約五浬はなれて東方を航行中の空母ホーネット隊に到達し、米国の虎の子の新鋭戦艦ノースカロライナに一本命中し、さらに護衛中の駆逐艦オブライエンに命中した。

ノースカロライナは戦列から落伍し、二隻の駆逐艦に護衛されてタンカタブに回航後、真珠湾に帰投して修理された。オブライエンはニューヘブライズ諸島のエスピリッサント根拠地で応急修理のうえ、ニューカレドニアのヌーメア港でさらに工作艦により修理をくわえ、米西岸にむけ同港を出港したが、修理不十分のため、十月十九日サモア群島の沖でついに沈没した。

米国の記録によると、二隻の日本の潜水艦から攻撃されたとあるが、戦後、防衛庁戦史室の調査で、伊一九潜一隻の六本の魚雷で沈没させたことが明らかになった。

なお、海大型の伊五二潜～伊七五潜は昭和十七年五月二十日から艦番号に一〇〇を加え、伊一五二潜～伊一七五潜と改称された。また、それまで潜水艇といわれていた呼称を大正八年四月一日より潜水艦と改められた。

日本潜水艦隊の航跡と体験的戦訓

敵のレーダーを過小に評価した司令部

当時「呂一〇一潜」艦長・海軍少佐　折田善次

折田善次少佐

太平洋戦争開戦の第一日、アメリカ太平洋艦隊主力部隊たる戦艦群は真珠湾フォード島東岸に繋がれたままで、日本艦隊の電撃作戦によって壊滅にちかい打撃をうけた。またマレー沖では開戦三日目、英海軍が不沈戦艦と誇ったプリンス・オブ・ウェールズが日本航空部隊の猛威にあえなく屈し去った。

これで世界の海軍戦略家や戦術家たちが多年研究して練りあげ、彼らの固定観念とまでなっていた艦隊主力艦同士の巨砲による決戦を結論とする艦隊戦闘方式は、当分のあいだ実現の見込みがなくなった。このような緒戦の予想だにしなかった展開を踏まえて、日米両海軍はその潜水艦用法について、戦勢にたいする洞察、用兵思想、兵力装備をいかなる方向へ転換したか。

まず日本は——昭和十七年三月をもって第一段作戦が、先遣部隊で十余隻、南方潜水部隊で二十数隻、機動部隊随伴の潜水部隊で十余隻の艦船撃沈の戦果をおさめて終了した段階で、緒戦の戦訓として、在来の主力艦攻撃一途の用法を転換すべし、という実戦部隊からの強い要望があった。

そこで第二段作戦要領には、潜水艦作戦は北方（アリューシャン方面）、中部太平洋（ミッドウェー）、豪州方面、アフリカ方面の艦隊作戦が成功した場合という条件のもとに、対米英交通破壊作戦を強化するとしめされた。

したがって潜水艦も、水上速力にすぐれて航洋性に富み、攻撃力の強大な艦隊戦闘用の潜水艦を急速に補充する。交通破壊戦を主目的とする新型の建造計画はとりやめる。攻撃機三機を収納して太平洋岸ならびにパナマ運河はもちろんのこと、大西洋岸の主要地区をも奇襲撹乱しようという潜特《せんとく》（潜水空母）を九隻計画する。すなわち、特、甲、乙、丙型、海大七型、同改、海中、海小型と、多彩にわたる八型式を、戦時動員力をあげて急速増勢するもので、そのころ大西洋戦線で兆候を見せつつある組織的な対潜水艦戦の思想にたいしては、いささかも留意していない。

太平洋の戦局は思惑どおりに進展してくれなかった。ミッドウェー作戦の大失敗につづいて、八月の米豪軍のソロモン進攻で一連の攻勢的艦隊作戦は守勢作戦に急転回され、ついにはニューギニア、ソロモン、アリューシャン方面の最前線における守備部隊の戦力維持のため緊急やむをえずとして、皮肉にも潜水艦による輸送作戦が決定するわけである。

では、アメリカ側はどうであったか――太平洋艦隊壊滅という大打撃に唖然としていたかに見えた米海軍は、日本軍の西太平洋一帯にわたる破竹の進撃を凝視《ぎょうし》しながら反撃のスキをうかがっていた。状況判断は、

(1)南方占領地と日本を結ぶ大動脈である輸送路を切断する。石油、鉱石、食料品などの原料品の移入を阻止すれば、国民生活は窮乏《きゅうぼう》し軍需品製造は休止する。

(2)日本外戦兵力への軍需品を輸送する運送船を攻撃する。重油、ガソリン、弾薬などの補給がなければ、日本軍は手も足も出なくなるであろう。

(3)優勢な制海制空圏下の西太平洋に神出鬼没しつつ、敵の補給路を攪乱攻撃しうる兵力といえば、当然、潜水艦でなければならない。

(4)潜水艦をいままでの艦隊攻撃戦術から対商船攻撃に転換すると同時に、潜水艦の大敵である護衛駆逐艦への先制攻撃を企図しなければならない。

勇敢で行動性のあるアメリカの潜水艦乗りたちは、ただちに実行に移り、新兵器レーダーを活用した攻撃法で、日本の占領海域はもとより、日本近海にまで押しかけたのである。

いまひとつ見逃してならないことは、潜水艦建造方針を交通破壊戦用に最適の艦型一色にきりかえ、得意のマスプロのラインにのせた決断である。交通破壊戦用の潜水艦には、高速よりも長期行動に耐える航続力および武装と良好な居住性が重視される。この戦時型の決定版ガトー級潜水艦を、昭和十七年に三十四隻、十八年に四十五隻、十九年、二十年には一三四隻が、ガトー級の原型をほとんどそのまま踏襲して増勢されている。

開戦時、折田大尉が水雷長として乗艦していた乙型潜水艦の一番艦・伊15潜

開戦後、いちはやく潜水艦の本質を見きわめ理解し、機を失せず制度と建艦方針を合理的に改善したこと、航空優勢という有利な条件にめぐまれたとはいえ潜水艦の兵術と運用を誤らなかったことなどが、勝者は勝つべくして勝ったという結果をまねいたわけだ。

潜水学校入校のころ

私は緒戦では、先遣潜水部隊の伊一五潜（伊号第十五潜水艦）の水雷長で、ハワイ沖と北米西岸の哨戒作戦に参加したのち、相つぐ進撃快勝の歓喜にわいている内地に帰還、艦長コース研修のため潜水学校に入校した。勉強の目玉は対戦艦、対空母の襲撃法であったが、戦訓として対商船の攻撃法研究を教官に提案した。

警戒厳重な艦隊にたいする攻撃を演練マスターした腕前をもってすれば、対商船射法のごとき魚雷一本で結構だくらいに単純に取り組んでみると、一概に商船といっても多種多様である。潜望鏡一本と勘《かん》をたよりに、一本かせいぜい二本の魚雷でこれを仕留めようというのであるから、第二義的な任務と考えていた補給線破壊作戦も、認識を改めざるをえなかった。

潜水学校の課程もおわりに近づいたころ、某方面攻略部隊の呉出撃があり、学生一同は潜水部隊の当然の戦果を期待していた。ミッドウェー海戦の結果は、海軍部内者といえども、まさかわが方の大惨敗とは知る由もなく、潜水艦仲間では、潜水艦戦の本領を発揮した伊一六八潜のヨークタウン撃沈を歓び、この敗戦が今次戦争の命とりになるであろうとは夢想だにしなかった。

いまひとつ、その頃アリューシャン方面作戦中の潜水部隊からの情報として、米艦隊は暗夜でも濃霧のなかでも自由に行動し、また有効な攻撃をくわえてくる。このため伊七潜は悪戦苦闘のすえ沈没したという。艦から電波を発射して、水上の物体からの反射をとらえる新兵器らしい。潜水艦戦要務では、夜間、雨、霧といった狭視界こそ、シルエットの小さい潜水艦にとって、水上機動の好機なりと教えこまれたばかりであるのに、この新兵器の出現は脅威であった。

教官によると、ドイツ海軍で使っている逆探知装置とおなじものが近く装備になるという。さしあたりの対策は、日本海軍独特の大倍力望遠鏡を活用して先制発見する。敵に先制されたときは急速潜入による水遁《すいとん》の術で身をかわし、好機反撃に転ずる。こんな結論で学生は実戦部隊に送り出された。

卒業すると、臨時補充計画による局地防禦用潜水艦である「呂一〇〇潜型」の第二艦たる呂一〇一潜（呂号第百一潜水艦）の艤装員長。十一月一日、完成により艦長を拝命。内地練成部隊で特訓二ヵ月ののち、昭和十八年一月、初陣の功を胸中に、勇躍ラバウルにむけ横須賀を出撃した。

新前艦長の恐怖の潜水艦戦

先着の呂一〇〇潜に前後して、同型潜水艦八隻が新進気鋭（実はいずれも新前）の潜水艦長指揮でラバウルに勢揃いした。呂一〇〇潜型建造の主目的が、上層部ではこの南東方面潜水部隊の活躍と成果に大いに期待していた。だが、ソロモン方面の戦局は重大難関に直面している。

新前の艦長だからといって斟酌《しんしゃく》などしてくれず、無理な局地哨戒進入攻撃の指令が相次いだ。ポートモレスビー監視、山本五十六長官直接指揮の「い号作戦」協力、ニュージョージア島進攻阻止などの激務をおえた五月末には、はやくも三隻未帰還、二隻重損の被害をうけた。

呂一〇一潜の第五次行動は、ニュージョージア島とコロンバンガラ島の中間海面であるクラ湾。進攻部隊と陸岸の間に潜伏して、敵着岸前に上陸軍を粉砕する。

クラ湾の潜航侵入に成功し、上陸点の昼間偵察もすませ、暗夜を利用して充電をおわり、上陸部隊を迎えうつ準備はできた。湾口の方向にはスコールらしい黒雲が垂れ、視界はあまりよくない。艦外の見張りを先任将校の徳川熙大尉に命じ、私は航海長と司令塔で海図ととりくみ、潜航後の行動を打ち合わせていた。

突然、射撃と同時にカンカンバリバリと銃弾の船体に命中する音が聞こえた。「しまった!」とハッチの下に飛んでゆき、艦橋を見上げると、顔にベットリと生温いものをあびる。よく見ると血である。四人の見張員のうち二人が「哨戒艇です」と叫びながら飛び込んできた。つぎの一人は片手がきかない。艦橋に残っている信号兵が「先任将校重傷」と叫びながら、ハッチ口まで引き込んできた。鮮血は司令塔内に飛び散る。命中弾はひっきりなしにカンカンと船体をうつ。ようやくハッチを閉めベント弁を開く。

艦はグッと大きく右舷にかたむき潜入をはじめた。血で足もとがすべる。艦外では命中弾が集中している。一秒でもはやく全没潜入をと、喰い入るように深度計を見つめた。六メートル、七メートル、八メートルと船体が全没すると、射撃音もやんだ。左右傾斜はもとにもどって沈降がつづく。

射撃から逃れたとほっとする暇もなく、こんどは頭の上をシュルシュルと推進器音が通りすぎた。「爆雷防禦」を命令するとほとんど同時に、爆雷至近弾が右後方に轟発。連続して約十発——。電気装置破損のため、舵もポンプもきかなくなり、艦内は暗黒の闇、艦は頭をさげたままグングン落ちていく。

デッキ一面の血糊のために足元がすべって立っておれない。後進全速をかけたがキキメなし。安全潜航深度の七十五メートルまで、あといくらもない。ついにたまらなくなってメイ

ラバウルに在泊中の呂101潜。昭和18年９月、米駆逐艦の攻撃により沈没

ンタンクをブローする。それでも深度針の青白い針先はグングン深度を増してゆき、目盛り一杯の一一〇メートルまでいった。海図上の水深は二三〇メートルとあるから、着底前に艦は圧潰するだろう。

身体の感じではまだ沈降惰力だ。もう覚悟はきまった。かたわらには、いましがた倒れた先任将校が横たわっている。一緒に海底へ未帰還の僚艦の後を追っていこう。乗員はさすがに取り乱す者はひとりとてないが、やはり不安の面持はかくしきれないようだ。

艦はすでに安全潜航深度をはるかに越え、なお沈降している。

「総員覚悟はよいか」といいたいところを、言葉をかえて「各部異状はないか」と艦内に伝えさせる。

そのときである。どうやら沈降が止まったようだ。艦は少しずつ浮上をはじめた。極限でとまっていた深度計の針が息をふきかえしたように、もとに戻《もど》りはじめ、一〇五～一〇〇をさしていく。「異状なし」の明るく活発な声が各区から来る。よかった！　本当によかった。艦はミシミシ軋《きし》みながら一六〇～一七〇メートルまで沈降したらしい。理論的には当然圧潰《あっかい》しているはずが、浮上できたことはまさに奇蹟であった。

ともかく、浮上しすぎないように、ブローした空気を抜き電路も復旧し、破損をまぬかれた電灯も生色をとりもどした。もうしめた。艦はヨロヨロしながら、六十メートル前後の深度を保持して現場をはなれた。

ここでアメリカ側の記録を見てみよう。セオドル・ロスコーが書いた『駆逐艦戦史』の二一九頁に、このときの戦闘が出ている。

一九四三年七月十一日、駆逐艦テーラーとウッドワースは、クラ湾ライス港沖において、〇四五〇敵潜水艦をレーダーで捕捉。テーラー艦長ベンジャミン・カッツ少佐は静かに潜水艦に近づき、距離二五〇〇ヤードで照準砲撃をあびせた。潜水艦が水面から姿を消すと、その直上に殺到して爆雷九個を投下、さらに止《とど》めの二個も投下した。おびただしい空気泡が浮上、さらに夜が明けてから広い油跡を視認したことから、撃沈確実と報告している。場所も時刻も確かに呂一〇一潜であるが、どうしたことか伊二五潜を撃沈したことになっている。伊二五潜は九月に豪州北東海域で、本物の呂一〇一潜はおなじく九月中旬サンクリストバル島南東海域で消息を絶っている。

司令部に拒絶された私の体験

それはともかく、呂一〇一潜は日没一時間後に、水面スレスレまでやっと浮上し、メインタンクの弾痕を応急的に修理しながら、二時間かかってようやく水上航走ができるようになった。先任将校戦死、重傷者三名、船体損傷、潜望鏡破損では、作戦行動はできないので、事件を報告していちおう帰路につく決心をした。

突然、北東方に閃光が数発走った。日米海軍水上部隊の夜戦である（これはコロンバンガラ沖夜戦とあとで発表された）。健全な身体ならば、戦闘にとびこんで協力もできようものを、拱手《きょうしゅ》するほかはない。勝敗不明のまま交戦は約二十分で止み、海上はまた静寂にもどった。

さて、こうしてひと通り落ち着くと、先任将校の屍体の始末である。狭い艦内ではラバウルに帰りつくまで放っておけず、安置するにも場所がない。第一すぐに腐乱してしまう。水葬も考えたけれども、平民とちがって徳川子爵家の御曹司とあってはそれも忍びず、困りはてていると、水雷部員が発射管のなかに屍体を入れては、という案を提起した。

そうだ、それは名案だとばかりに、さっそく先任将校兼水雷長の屍体を魚雷発射管のなかに密閉し、三日ののち基地ラバウルにたどりついた。

損傷箇所を調査したところ艦体の弾痕は大小合わせて一七〇箇所もあり、潜水艦が粉砕されなかったのが不思議なくらいだった。また、安全潜航深度をはるかに越えながら、異状を認めなかった事実は、貴重な戦訓としてとりあげられた。

それよりも、私にとっては、先任将校の戦死という、痛烈な犠牲をはらって体験した敵の新兵器レーダーの威力にたいする評価であった。

司令部で作戦任務報告のあと、艦長所見として、夜戦の優位は敵側にあること、わが方もすみやかに同能力、またはそれ以上の電波探知機を開発装備すること、さしあたり潜水艦の対策としては、夜間水上機動の戦法を変更して、充電は視界のきく薄暮または黎明時とし、それ以外は夜間はもちろん、雨霧など狭視界は潜航することを述べた。

つけくわえて、無線情報で敵情を判断し、水中聴音と大倍力双眼望遠鏡の見張りで敵を捕捉攻撃し、あるいは退避するところの従来の潜水艦配備や行動は、早晩、敵に見やぶられて逆用され、喪失潜水艦は累加するばかりです、と説いたのにたいし、司令官や参謀は、艦長の意見は敵のレーダー威力を過大に評価するものであると押さえつける。私は、

「司令部こそ敵のレーダーを過小に評価している」

と反論した。

もちろんこんなことは大西洋方面ではドイツが早くから体験し、詳細な戦訓として情報は日本にも来ていたし、日本でもアリューシャン方面で、危地を脱してきた潜水艦長たちが自分の体験として強調してきたのであったが、技術の格差が余りにも大きすぎることを、われわれよりも知りすぎた司令部や海軍上層部は、

「兵器の劣勢は精神力で補え」

と押さえこんで黙してしまったのである。

ガ島輸送「伊一潜」が演じた擱坐白兵戦

カミンボ到達、揚陸寸前に哨戒艇に発見された潜水艦の運命

当時「伊一潜」機関科員・海軍一等機関兵曹　佐藤泰石

ガダルカナル島（ガ島）の攻防は、太平洋戦争の天王山だった。豪傑といわれた熱血漢の海軍少佐岡村《おかむら》徳長隊長の飛行場建設が完成した直後の昭和十七年八月七日、四十隻の大船団を擁する米軍が上陸、たちまち飛行場を奪取してしまった。

八月八日、三川軍一中将の指揮する第八艦隊は、船団を護衛する米重巡艦隊を殲滅した。第一次ソロモン海戦である。

ついで米軍の制空権下での八月二十四日、第二次ソロモン海戦が生起し空母龍驤《りゅうじょう》が沈没した。

このころ、ガ島周辺に散開したわが潜水艦隊は、八月三十一日に空母サラトガ大破、九月十五日に空母ワスプを撃沈している。このほか戦艦一隻撃破、重巡一隻撃沈、輸送船三隻撃沈の戦果をあげている。

佐藤泰石一機曹

十月十三日、金剛、榛名のヘンダーソン飛行場砲撃による米軍制空権喪失の間隙に、わが

軍は高速輸送船六隻で揚陸、反撃作戦を開始した。しかし、すべてに物量をほこる米軍に補給線をたたれ、ついにガ島は「餓島」と化した。スピードのない輸送船は、航空機や潜水艦の好餌《こうじ》となり、やむなく高速駆逐艦による輸送がはじめられた。

「鼠上陸」と称されたこの輸送も損害が多く、補給量は微々たるもので、餓島の危機はせまった。連合艦隊は十一月に入って、ガ島付近に散開して敵の補給路を妨害している潜水艦隊を引き揚げ、糧食弾薬の補給に転用せざるを得なくなった。

トラックの第六艦隊（潜水艦隊）司令部や各艦長の強硬な反対もむなしく、ついに「丸通」と呼ばれた苦難の潜水艦輸送が、十一月十六日、伊七潜、伊一七潜、伊一九潜、伊三一潜により開始された。もともと物資輸送を考慮して設計されてはいない潜水艦なので、ハッチは小さく積載も揚陸もすべてが人力にたよるため、時間がかかる。それに艦内の容積も少なく、一回の積載は二十～三十トンで、二万名で二日分の糧食しかない。

揚陸地点の近くに浮上し、大発に積みこんで揚陸する数十分間は、魔の時間だった。この間に米軍の航空機や魚雷艇、哨戒艇に発見されたら、潜水艦はひとたまりもなくやられてしまう。このため、日没寸前に揚陸地点のカミンボ岬に接近、坐礁の危険を避けながら日没に浮上する。しかし、それでもしばしば敵に発見されて攻撃され、揚陸を断念して潜航したり、不運の場合は沈没している。

伊三潜は、十一月二十八日に二十トンの揚陸に成功した。十二月三日は、揚陸地点に敵魚雷艇警戒中のため揚陸中止、そして三回目の十二月九日、浮上して大発を発進させた後、魚雷艇に発見されて襲撃された。応戦むなしく艦尾に魚雷が命中、沈没してしまった。このため、以後二十六日まで輸送を中止せざるを得なくなった。

それまでの輸送で、人員一三七名、糧食弾薬約一九四トンを揚陸したが、ガ島の救援にはまことに微々たる量だった。しかし、他に手段がないとなれば、ふたたび潜水艦輸送にたよらざるを得なくなり、十二月二十六日、「丸通」は再開された。

この「丸通」は、翌年二月一日からのガ島撤退までつづき、人員七九〇名、糧食弾薬三七四トンを運んでいる。私の乗る伊一潜（伊号第一潜水艦）は、悲しくも潜水艦輸送の犠牲となって、昭和十八年一月二十九日、カミンボ岬に擱坐沈没することになる。

安久艦長から坂本艦長へ

はじめに、ガ島戦にいたるまでの伊一潜の戦歴についてふれておこう。なお伊一潜は、巡潜I型と称される艦型で、同型の伊一潜から伊五潜まで五隻が、大正十二年から昭和四年のあいだに竣工している。当時としては、世界一ともいえる性能をそなえ、とくに航続距離の長さは、太平洋上奥深くに敵艦隊を迎撃するのにうってつけであった。しかし、昭和十六年の日米開戦時には、すでに老朽艦に属しており、したがって各所に故障が生じやすく、乗員は補修の苦労が絶えなかった。約二ヵ月間の出動が終わって入渠すると、必ず数ヵ所の補修やクラッチの修理をしたものであった。

ともあれ昭和十六年十一月二十一日、伊一潜は名物男といわれた安久栄太郎《あんきゅう》中佐（海兵五

砲２門を右舷に指向する伊１潜。発射管６門。浮上交戦して沈没した

〇期）艦長のもと、ひそかにハワイに向かい、僚艦十隻とともにパールハーバーのあるオアフ島をとりかこんだ。そして、出てくるであろうアメリカ艦隊を撃滅すべく、手ぐすねをひいて待っていたのだが、南雲忠一中将の機動部隊によって敵太平洋艦隊は潰滅し、潜水艦隊をがっかりさせた。

伊一潜はハワイ島のヒロ港を砲撃した後、昭和十七年一月二十二日、マーシャル諸島クェゼリン環礁に帰着、二月早々、横須賀にもどって整備をおこなった。二月中旬、横須賀発、ジャワ攻略作戦に策応して豪州北西海面、ジャワ島南方海域を行動し、豪州シャーク湾北西四百浬《かいり》で、安久艦長はオランダ商船シアンターをしとめた。

六月になると南から北へ転じ、アリューシャンの哨戒では寒さにふるえ、半袖、半ズボンが一挙に毛皮の防寒服になったので、体調がおかしくなった。

私のいた補機室は発令所の下にあり、私は「べント開け」「メインタンクブロー」などの艦長命令をうけ、直ちに処置する役目であった。アリューシャンの哨戒は、休みない時化《しけ》と極寒の辛い連続であったが、艦内の士気はすこぶる軒昂《けんこう》、豪胆な安久艦長の気心が、九十名の全乗員にしみわたっていた。

北方哨戒が終わって、母港横須賀にもどった八月、戦線はソロモン、ニューギニアから豪州を狙うころ、米軍の反攻がはじまっていた。伊一潜は、後部の一二サンチ砲を撤去して、大発一隻を搭載した。攻撃力は低下し艦の速力は落ちるが、輸送目的のためにはやむを得ない。

昭和十七年九月、戦局の厳しさを感じながら横須賀を発し、トラックをへて二週間後にラバウル着、外南洋部隊に編入される。

十月一日午後四時三十分、ラバウル発、午後八時四十分、ニューギニア東端ラビの北方にあるグッドイナフ島着、暗夜のなかで揚陸地点を探して微速前進しているうち、アッという間に暗礁にのし上げてしまった。完全に浮上して後進をかけても、びくともしない。満潮を待っていたら、夜が明けて敵に発見され、攻撃されてしまう恐れがある。もう一度後進をかけてみたが、動かない。珊瑚礁がガッチリ艦底にくらいついているようだった。

「このまま陸上砲台になるか」と安久艦長は覚悟した。

「だが待てよ、予備燃料を捨てて軽くしたら、動くかもしれない」と艦長は思い直した。

「燃料を三分の一捨てろ、急げッ」と命令し、終了の報告を聞いてから「後進、全速」

黒煙がもうもうと艦尾から上がり、一同が息をこらしていると、艦体はずるっずるっと動きだして水上に浮かんだ。

「ヤッたぞ、やりましたあ」と見張員の感激した声があがる。伊一潜は危機を脱して揚陸地点に到着、首を長くして待っていた佐鎮第五特別陸戦隊七十一名と遺骨十三柱を収容して、十月六日、ラバウルに帰った。そして再度、グッドイナフ島へ救出に向かったが、空と水上からの警戒が厳しく、浮上もできぬ状態で引き返した。

このあと伊一潜は、十月末までガ島周辺に配置され、敵交通網の遮断にあたったが、敵艦船にめぐりあえず、十一月三日、トラックに帰着した。そして、ここで艦長交替となり、安久栄太郎中佐は伊三八潜艦長となり、坂本栄一少佐（海兵五七期）が着任された。

坂本新艦長は中肉中背の精悍な風貌で、厳しい表情には古武士の風格があり、近づきがたい印象だった。着任前は駆逐艦に乗っておられたそうで、潜水学校をへて初めて潜水艦長になられた。しかし、不運にも最初からもっとも困難な敵中輸送を手がけ、着任されてわずか三ヵ月足らずで戦死されることになる。

それはともかく十一月三十日、伊一潜は横須賀に帰還し、修理をおこなった。明けて昭和十八年一月三日、整備を完了した伊一潜は、母港横須賀を出港、これが最後の航海になった。

横須賀出港にさいし坂本艦長は、全員を甲板に集めて、

「本艦は新しい作戦を実施するため、大発を積んでいく」という意味の訓示をおこなった。

一同はなぜか、豪州に上陸作戦を敢行するのではないかなどと噂をし合って、勇みたったものである。いまになって考えれば、豪州上陸というのは、おかしい気がする。そんな大そ

れた作戦計画は、日本側にはなかったはずである。これはガ島撤退のためであったが、その当時はわからなかった。

やがて、ゆるやかな煙を上げる大島を左舷に見るうちに日没がせまり、伊一潜はひたすらトラックを目指して進んでいった。

トラックからラバウルへ

昭和十八年一月十日、トラックはまだ静かだった。ソロモンの死闘が伝えられていても、連合艦隊は健在であったし、穏やかな湾内に第六艦隊（潜水艦隊）司令部の軽巡那珂《なか》がいた。坂本艦長と是枝先任将校は、司令部で綿密な打ち合わせの後、燃料、物資を積載、大発の艇内にもびっしり積み込んだ。

十六日、連合艦隊旗艦大和《やまと》以下百隻を越える大艦隊を見ながらトラックを出港、ラバウルへ向かう。伊一潜乗組員にとっては、これが光栄ある連合艦隊の見おさめであり、私の網膜にいまでも灼きついて離れない光景であった。横須賀からトラック、トラックからラバウルまでは水上航走で、まだ米軍の進出はなく、比較的楽な航海だった。

一月二十日、ラバウル着。すでに何度も来ている基地だったが、朝に夕に定期便の空襲がはじまっており、そのつど、「ベント開け」でラバウル湾の三十メートルの海底に沈坐し、敵機が去ると浮上して海の空気を吸った。ある夜、突然に空襲があり、アンカーを入れたまままあわてて沈坐したこともあった。

横須賀を出るころ、ソロモンは激戦中だが、当然、日本軍は勝利をおさめ、豪州に上陸するだろうと思っていた。しかし、ラバウルに着いてみると、以前と様相は一変していた。ガ島の日本軍は弾薬糧食が尽き、餓死寸前になっている。

「こりゃあ駄目だな。下手をすると、この輸送作戦でやられるかもしれないぞ」と、補機室にいる上官の成田上機曹がつぶやく。補機室には私をふくめて七名の乗員がいる。みんなはそれぞれ黙りこんで物思いにふけった。

思えば昭和十二年一月に徴兵された私は、海軍を希望して横須賀海兵団に入団、工機学校電機部に学んでから、重巡筑摩《ちくま》の艤装員、霞ヶ浦航空隊基地員をへて、昭和十五年九月に伊一潜に乗り組んだ。八十数名のドン亀一家に入って二年と四ヵ月、苦しかったり楽しかったりした思い出が、走馬灯のようにくるくるとよぎる。

このとき私は二十三歳、一等機関兵曹で、空襲下のラバウル湾海底にあって、血気いよいよさかんであった――。

浮上すると、大忙しの糧食積載がはじまった。ゴム袋に詰めた米のほか、味噌、おこわ、餅、稲荷寿司、カレーライス、ハム、ソーセージなどの缶詰が主体で、大発乗員三名も乗り組んだ。そして昭和十八年一月二十四日午後九時四十分、ラバウルをあとに、伊一潜は最後の航海に出発した。

敵哨戒艇の爆雷攻撃に遭う

ラバウルを出発した伊一潜は、ニューブリテン島に沿って南下、ブーゲンビル島、ベララベラ島の沖合はるか、敵のレーダー、哨戒海域を迂回してガダルカナル島に接近して行った。めざすはガ島のカミンボ岬である。そこは日本軍が確保し、特殊潜航艇の基地もある。揚陸は一月二十九日の日没時で、支援の大発が待機しているはずであった。

ラバウルを出て、昼間潜航、夜間浮上充電航走をくり返しながら、直線で東京から神戸くらいまでの距離を、約五日間かけてたどり着かねばならない。ふつうは二日間の航程なのだが、このときは迂回したりして、予定の揚陸日に合わせたのであろうか。

敵はレーダーを完備して、完璧と思われる哨戒網をはりめぐらしている。われわれは昼も夜も、いつ突然に攻撃されるかわからない。青葉も古鷹もサボ島沖海戦では、暗夜、突如として攻撃をうけ、初弾から命中してやられている。こちらには見張員の目とソーナー（水中聴音機）しかない。薄氷を踏む思いでガ島にしのび寄っていった。

一月二十九日午後、潜航状態でカミンボ岬沖合と思われる地点に到達した。航海長の酒井利美中尉（海兵六八期）が、日没後の揚陸にタイミングを合わせてコンパスを引き、艦速を計算して、先任の是枝大尉と坂本艦長に報告している。艦内に緊張の度合が高まる。

日没が近づき、間もなく岬の揚陸地点が見えると思われるころ、司令塔の艦長は、潜望鏡をあげて周囲の海面を見まわした。そして敵の哨戒艇がいないのを確かめてから、大きな声で、

「メインタンク八分ブロー」と命令した。補機室の私は、「メインタンク八分ブロー」と復

唱しながらレバーを引く。艦体は完全浮上せず、司令塔を半分ほど水上に出す。艦長と見張員が司令塔の上に出て、揚陸点を確認する。そして、「ベント開け」の艦長の声で、伊一潜は潜航しながら揚陸点に近づいて行く。もうすぐ到着だ。そのとき、無線員の絶叫、

「スクリュー音、聞こえますッ。二隻。近づきますッ」

「ベント開け。深度五十」落ち着いた艦長の声。艦内はしんとして全員が息をのみ、迫ってくる敵艦の通りすぎるのを待つ。生と死の境い目だ。

間もなく敵艦のスクリュー音が消えた。あと五分で予定地点に着く。しばらくして艦長は、もうよかろうと深度を浅くして潜望鏡をあげた。そして、ぐるっとスコープを回した瞬間、「アッ!」と声を上げた。後方に二隻の哨戒艇が見えるではないか。

「急速潜航ッ、深度三十、急げ!」

息のつまる五分間。伊一潜を発見した敵艦は、全速力で接近してきて爆雷を投下した。シュルシュルシュルとスクリュー音が近づき、遠のくたびに、艦体が裂けるような爆発が起こる。五発、十発……と数えるうちに、艦の真上と艦尾あたりに「グワーン」と二発が爆発した。猛烈なショックで、艦内の電灯は一斉に消え、かすかな光の予備電灯がついたが、ほとんど暗闇に近い。

「一、二番発射管浸水」「後部予備室浸水」「左エンジン停止」つぎつぎに報告がくるとともに、艦はバランスをくずして艦尾を下に、斜めになって急速に沈下してゆく。

「深度八十、百、百二十」計測員の悲痛な声がひびく。本艦の安全深度は八十メートルである。沈下してゆく艦体は、ギシッギシッと異様な音を立てている。強烈な水圧にいつ圧潰されるかわからない。ついに深度は一五〇メートルに達し、小さなショックがあった。

「沈下止まりました」どうやら海底に沈坐しているようだ。暗黒の深海に横たわる伊一潜のなかには、八十二名の乗組員がじっとして、艦長の指示を待っている。

擱坐沈没までの戦い

「メインタンクブロー、急速浮上、砲戦用意」

坂本艦長は最後の非常手段、浮上して敵艦と差し違える決意をした。

浸水をつづけていた伊一潜は、残り少ない高圧空気で一気に排水し、水面に跳びあがるように浮上した。まず圧潰の危機は去り、浸水も減ってきた。だが、浮上したそこには、敵の哨戒艇が二隻待ち構えていた。

砲員が司令塔からとび降り、前部一二サンチ砲にとりつく前に、敵の五サンチ砲が火を吐き、機銃弾がブスブスと司令塔に当たりはじめた。一人、二人と砲員が倒れる。右舷のエンジンを全開して黒煙をあげても、艦のスピードは出ない。敵の哨戒艇は高速で接近して命中弾を浴びせる。鋼板の薄い司令塔に五サンチの砲弾が当たると、簡単に貫通してしまう。その一発は、司令塔から発令所をとおり、補機室の私の足下にころがってきた。

敵の機銃掃射で砲員がバタバタと倒れながらも、前部の一二サンチ砲が応戦をはじめた。

しかし、日没後の暗い海上で、高速を利して走りまわる哨戒艇には命中しない。大砲や機銃、エンジン音、スクリュー音、艦長の怒号など、すさまじい轟音が十分ほどもつづいたとき、砲撃音が急にやんだ。司令塔から酒井中尉が駆けおりてきた。

「艦長戦死、砲員戦死、予備員上がれ」

防暑服、白鉢巻に軍刀を下げた先任将校の是枝大尉が司令塔に駆けのぼると、艦尾に敵の哨戒艇がのし上がるように接舷している。是枝大尉は抜刀して敵艦に斬り込もうとしたが、乾舷が高くてとびこめない。敵もあわてていると見えて、機銃の位置が高くて射撃できずにじっとしている。戦闘のなかに一瞬の空白ができた。

しばらくしてから、哨戒艇は後進して伊一潜から離れ、ふたたび機銃や五サンチ砲を撃ちはじめた。

「舵故障、動きません」「人力に切り替えろ、予備員舵機室にまわれ」

後甲板の大発に敵弾が命中、燃料に引火して燃えはじめた。真っ赤な炎は暗夜に絶好な目標となって、敵弾は吸いこまれるように伊一潜に命中する。砲声やエンジンの轟音に加えて、大発のはじけるような火炎の音で、是枝大尉の命令が聞こえない。

艦体は少しずつ沈みながら、左へ左へと回りはじめた。左舷のエンジンは停止したままで、舵は人力でもきかなくなった。伊一潜の最後が近づいている。是枝先任将校は、坐礁させて糧食を揚陸しようと考え、海岸と思われる方向へ進ませるべく発令所へ怒鳴った。

「舵をまっすぐに直せ」「機関部員を残して総員退去」

狭いハッチから一人、二人とはい出して海に跳び込む。夜光虫がパッと青白いしぶきを上げるたびに、敵の機銃弾がとんできて何人かがやられた。やがて艦体に強い衝撃があり、擱坐した。艦首を残してすぐに沈没しはじめる。

「総員退去」

先任将校の声で、残った乗員も甲板に上がり、海に入って泳ぎだした。大発はまだ燃えている。敵の砲弾が炸裂し、機銃弾が耳をかすめる。補機室の成田上機曹と同僚の堀井一機曹は、退去の命令を聞いても動こうとしない。

「早く上がれ」と言っても、「俺はこのフネと一緒だ、運命を共にする」と動こうとしない。

「バカッ、どうしても上がるんだ」と私は怒鳴ってハッチから出たが、二人はついに出てこなかった。伊一潜は、浮上してから擱坐沈没にいたるまで一時間半の戦いだった。米側の資料によれば、攻撃したのはニュージーランド海軍の哨戒艇カイウイ、モアの二隻であった。

カミンボに上陸して

沈没寸前に海に跳びこんだ私は、二時間ほど泳いでようやく海岸にたどりつき、疲労困憊してそのまま倒れて気を失った。つぎの日の朝、三人の陸軍兵が通りかかり、私を発見した。すぐ椰子《やし》の木蔭にはこび、貴重な水筒の水で私を蘇生させてくれた。その直後に敵の戦闘機が飛来したが、木蔭にいなかったら、銃撃されるところであった。

聞けば、昨夜の海戦で味方の潜水艦がやられ、一人も助からないだろうと思っていたそうである。私の前後にも、何人かが陸海軍兵や原住民に助けられて、三々五々カミンボの海軍基地に送り届けられた。

伊一潜の乗員八十二名のうち戦死二十七名、生存者五十五名であった。戦死者は、敵と交戦中に倒れた人、泳いでいるときに銃撃された人、艦とともに沈んだ人たちだが、半数以上が助かったのは、是枝大尉の適切な判断と処置があったればこそであった。

カミンボ基地に収容された私たちは、二月一日からはじまったガ島の撤退作戦で、さっそく駆逐艦に移され、十二時間後にブーゲンビル島のブインに着いた。ブインからは輸送船で二月下旬に無事横須賀に帰着、直ちに病院に入れられた。

マラリアにおかされた二、三の同僚はついに回復せず病死したが、残った私たちはここで健康を回復、長井の海兵団にある補充分隊に入った。そして、ふたたび前線へ。その大半は潜水艦に乗り、困難な戦局のなかで多くが南溟《なんめい》の果てに散って、ついに母港にもどっては来なかった。

工機学校出身の私は、トラック島一〇一基地隊に転任し、地上勤務になったところで、昭和十九年二月十七日、米機動部隊の大空襲に見舞われた。日本側の油断をついたこの大空襲で、在泊の艦船四十二隻沈没、飛行機約二百機全滅の大被害を受けた。

二日間、防空壕にひそんでいた私は命からがらで助かったが、基地は壊滅していた。それからも連日空襲があり、爆弾や機銃掃射を受けたが、どうやら命永らえて終戦を迎えた。

さて、擱坐沈没して艦首を水面上に残した伊一潜から、最後に退去した是枝大尉は、そのときに暗号書の一部を持ち出して、上陸してから細かくちぎって砂浜に埋めた。この報告をうけた司令部は、これを不充分として艦体の完全沈没を指示。是枝大尉、酒井中尉、下士官二名は、カミンボ基地から沈没地点に引き返し、駆逐艦の爆雷をつかって艦首を爆破した。

そして二月四日、大尉らは第二次のガ島撤退でブインからトラックへ帰った。しかし、司令部はそれでも不充分として中攻で爆撃させたが、結果を確認できず、さらに伊二潜に命じ、是枝大尉が案内して沈没地点にいたったが、艦影を見ず、伊一潜の処分は終わった。

米側資料によると、日本軍のガ島撤退後、沈没している伊一潜を調べて、暗号書多数を回収した、と記録されている。

なお、伊一潜沈没時の職員は以下のとおりである。艦長＝坂本栄一少佐（海兵五七期）、水雷長（先任将校）＝是枝貞義大尉（海兵六四期）、航海長＝酒井利美中尉（海兵六八期）、砲術長＝及川晃少尉（海兵七〇期）、機関長＝大道清紀少佐（機四五期）、乗組＝原正道中尉（機五〇期）

このうち坂本艦長はカミンボで戦死され、大道少佐、酒井中尉、原中尉はガ島から生還後、それぞれ別の潜水艦に転任して戦死された。是枝大尉、及川少尉は健在である。カミンボに上陸した兵員四十数名の大半は、他の潜水艦にうつって戦死し、現在判明している生存者は七名、是枝、及川両氏をふくめて九名しかいない。

また、坂本艦長前任の安久中佐は、伊一潜から伊三八潜艦長にうつり、昭和十八年一月から十九年三月まで乗艦、この間、ブイン、スルミ、シオなどへの糧食輸送に従事、的確な判断と卓抜した操艦で敵の監視網をかいくぐり、九回もの輸送を成功させて、連合艦隊司令長官から昭和十八年九月に感状を授与されている。

その後は大佐に進級して、訓練潜水隊司令になり、瀬戸内海で訓練中に敵磁気機雷が接触、乗艦は沈没して戦死されてしまった。まことに惜しみても余りある海軍の至宝のお一人で、伊一潜全乗員をはじめ多くの人々の信頼と敬愛を集めておられた。戦死されて海軍少将になられている。

戦後、ガダルカナル島遺骨収集団は、沈没している伊一潜を発見、ダイバーが遺骨を収集して日本に持ち帰っている。慰霊祭が行なわれたことはいうまでもない。

レンネル沖「伊二五潜」爆雷回避三時間の死闘

執拗な敵機、駆逐艦の爆雷四十発、息づまる海底戦

当時「伊二五潜」掌飛行長・海軍飛曹長　藤田信雄

野も山も、いよいよ緑の濃さをくわえ、黄色く実った麦畑から、ヒバリがさえずりながら、だんだん高く舞い上がってゆく。キラキラ照りつける初夏の日ざしが、ようやく強くなった昭和十七年五月中旬のことである。

アラスカ沖に浮上した伊号第二十五潜水艦（伊二五潜。飛行機搭載の乙型潜水艦）の見張員は、母港横須賀で積みこんだ防寒着を、動作もにぶるほど着込んでも、まだ寒さに震えながら、それぞれ双眼鏡できびしく見張りをつづけている。北海の波はあらく舷側をたたき、艦はそのたびに大きくゆれる。艦上に打ち上げられた海水は、滝となって舷側から流れおちる。そのつど夜光虫がぶきみに光る。

藤田信雄飛曹長

ミッドウェー作戦と呼応してアリューシャン作戦がすすめられ、伊二五潜はアラスカただ

一つの軍港コジャックの在泊艦船確認の飛行偵察にあたっていた。北緯五七度、東経一五四度にあるコジャックは北極に近く、昼は二十時間、夜は四時間ぐらいで、しかもその夜も白夜で薄《うす》ぼんやりと明るい。

その日は飛行できそうな静けさだった。飛行準備のため司令長井《ながい》満大佐、艦長田上《たがみ》明次中佐をはじめ、乗員一同はりきって待機につく。いままで見えていた星がかすんだと思うと、たちまち濃い霧が発生して、星はもちろん、自艦の艦首艦尾まで見えなくなる。呼吸も苦しく感ずるほどである。

コジャック沖ですでに三日、晴れた日は海が荒れ、静かな日は濃霧にとざされる。これで果たして飛行できる日があるだろうか。日がたつにつれ、心はだんだん焦ってくる。アッツ・キスカ両島を占領した北方部隊は、アリューシャン列島めざして進撃しつつある。早く偵察して、報告しなければならない。

霧の夜はしだいに明けて、艦は停止したまま波にゆられている。舷側にラッコであろうか、オットセイか、ごぼりごぼりと海中より体をもたげる。群れをなすその姿と動作は、まったくグロテスクの一語につきる。きょう一日の二十時間、この濃霧を艦内につめこんで潜航するかと思うと、まったくやりきれない気持だ。はやく飛行偵察を終わって、米西岸シアトル沖に進出したい。

長い潜航であったが、日没後に浮上する。霧はわりあい薄く、海はおだやかである。艦はコジャック島に近づく。見張員の吐きだす息は白く、伸びたヒゲも白く凍りついている。明け方にだんだん近づいて、霧の晴れるのを祈りながら待機していると、ありがたい、星がまたたきはじめてきた。

最悪の事態に以外な命令

先任将校の福本一雄大尉が、飛行機出発用意の命令で前甲板に急いでゆく。私と奥田省二兵曹は飛行服を着て、艦長の前にすすみ、命令をうける。試運転がはじめられた。いよいよ出発である。

「左一一〇度、島らしいものが見えます」見張員の報告に、「なに島が？　こんなところに島はない。雲じゃないか、よく見ろ」航海長の田辺大尉は二五センチの望遠鏡をのぞきながらつぶやく。「おかしいなあ、なんだろう？」司令も艦長も、双眼鏡をとりあげる。「だんだん近づきます。艦船のようです」とほかの見張りが報告する。

これは大変だと思った瞬間、「作業員艦内に入れ」艦長の命令一下、飛行甲板の作業員たちは、組み立ておわった飛行機をカタパルト上に残したまま、ハッチより艦内にすべりこむ。最悪の事態である。このようなときが、潜水艦としていちばんの弱点である。一分間以内の急速潜航も不可能だし、飛行機は破損流出し、飛行機格納筒内には海水が侵入し、そのなかの部品類が流出、浮上すれば潜航中の艦の位置がとらえられ、爆雷攻撃の好餌《こうじ》となるであろう。

伊二五潜としては致命的であり、運命を決する瞬間であった。

伊37潜の艦首カタパルトから射出された零式小型水偵。手前が飛行機格納筒

私は艦長を見つめた。大胆沈着、つねに適切果敢に戦闘を指揮し、かがやく戦果をあげた艦長の処置を待つ。一瞬、司令に何事か報告した田上中佐は、かたわらの福本大尉をふりかえり、

「先任将校、飛行機を射出発進させよ、飛行長すぐ出発だ！」

まったく意外な命令である。いまにも本艦は発見されて、射撃されるかもしれない。集中砲火がいつ飛来するか。

「オモカージ！」

艦は敵艦からはなれるため、速力をまして退避運動をはじめた。私と奥田兵曹は前甲板に急ぎ、愛機に搭乗すると、ただちにエンジンを発動させた。射出員はそれぞれ配置につき、先任将校（射出指揮官）は私の射出よしの報告を待っている。

全速回転の爆音と、排気管より出る真ッ赤な炎が、いまにも敵艦に発見されるのではあるまいかとの焦躁《しょうそう》の数分間、ただ運を天にまかせる。

「出発よし」の信号でただちに射出、機は母艦をはなれ、黎明《れいめい》の北海上空を上昇しながら緩旋回する。海面を見ると、白波をひいた伊二五潜が航行している。そのまわりを見まわすと、はるか前方十二ないし十三浬ぐらいのところに二隻の敵艦を発見した。まぎれもなくサンフランシスコ型の大型巡洋艦と、駆逐艦である。わが母艦も飛行機も、さいわいまだ発見されていないようだ。迂回針路をとってコジャック島にむかう。

高度三千、速度一三〇ノット（二四〇キロ）で約一時間、いよいよ島の上空である。島は白一色におおわれているが、港内もまた軍事施設の建物も、じつによく見える。哨戒艇二隻が碇泊している。そのほかは桟橋に繫留《けいりゅう》された潜水艦が四隻ほど港内にあるだけで、重油タンクが大型のもの三個である。

さあ任務終了、帰艦を急ぐ。高度をさげて十五ないし二十メートルの低空飛行をつづける。漁船が三隻、ジャンクのような格好で、のんびりと浮かんでいた。

四十五分たったころ、水平線上に黒点を発見した。母艦の伊二五潜である。私は一直線に飛び、ぶじに着水揚収された。

乱戦のレンネル沖に突入

さて、時間が少しとぶが、昭和十八年一月二十三日、トラック島を出港した伊二五潜は一月二十七日、所定の配備点に到着した。当時、ガダルカナル島の攻防戦はますます苛烈《かれつ》さをまし、彼我両軍は全力をあげて激戦をくりかえしていた。

赤道直下のソロモン海域は海水温度が三十度にたっし、艦内の温度は三十三度ないし三十四度まであがる。したがって汗で被服はビショ濡れ、寝るときも汗が耳に入り、ベッドの毛布も濡れ、眠るにも眠れない苦しさである。それにくわえて急にふえてきた油虫が、列をなしてチクリチクリと体にかみつく。

敵との戦い、暑さとの戦い、油虫との戦い——これが潜水艦乗員の戦闘であるとさえいえるようだった。出港いらい入浴はもちろん、洗濯も洗面もゆるされない。だれも黄色くなった濡れたシャツ、ズボンを平気で着ているが、じつに臭い。よく病気にかからないものだと不思議なほどである。

一月二十九日朝の四時から潜航して十四時間、空気はにごり、温度はあがる。まったくフラフラの状態で浮上を待つ。日没後四十分、すっかり暗くなってから浮きあがる。新鮮な空気が艦橋のハッチより勢いよく流れこむ。じつに空気がうまい。

「艦長、電報です」と電信員が傍受した電文をさしだす。「飛行機隊指揮官より出された〝全軍敵艦隊に突撃せよ〟との命令であった。

真っ黒な積乱雲が上空にひろがり、ものすごいスコールの中を、艦は十八ノットで敵方向に進撃している。スコールをぬけきって星空が見えてきたときだった。右に光芒《こうぼう》が見える。つぎつぎとその数はふえ、真昼のごとく海面を照らしだす。味方の偵察機が敵艦隊の上空に投下する吊光投弾である。

敵艦隊の防空砲火と探照灯がいりまじり、すさまじい夜戦を展開している。わが海軍の中攻隊は、つぎつぎと敵艦に雷撃を果敢にあびせる。伊二五潜よりは三十浬ぐらいの地点であろうか、わが艦は急げども、なかなか戦場に到達できない。

第六艦隊長官より先遣部隊の伊一七六潜、伊一七潜、伊二六潜、伊二五潜の各艦にたいし、早く戦闘にくわわり敵艦全滅の打撃をあたえるよう命令がくだった。しかし全速回避の敵艦隊との距離はひらくばかりである。夜空をこがす大火災、大黒煙、わが航空部隊の攻撃は壮烈につづけられている。

真っ暗なスコールのなかに突入したわが伊二五潜は、ものすごい雷雨にさらされ、いまにもなにかに衝突しやしないかとの恐怖の数分、じつに長い時間に感じられる。ようやくスコールからぬけ出たとき、澄んだ夜空に、南十字星が美しくまたたいていた。

航空部隊の報告、以下の通り。撃沈＝戦艦二隻（内ネルソン型A）、巡洋艦二隻。大破＝戦艦一隻。わが方の損害＝自爆一機、未帰還二機

敵機とのイタチごっこ

一月三十日、味方偵察機よりの報告によると、昨日の敵艦隊は大破した戦艦を曳航し、針路一二〇度、速力四ないし六ノットで避退しつつあり、兵力は重巡五、軽巡二、駆逐艦五隻、そのほかに重巡二隻が傾斜し漂泊中、と打電してきた。

伊26潜。艦橋前の丸味をおびた飛行機格納筒からカタパルト軌条がのびている

ただちに第六艦隊長官から〝先遣部隊はこの敵艦隊を捕捉撃滅せよ〟との命令がくだった。くわしい報告によると、漂泊中の大巡二隻は伊一七潜、伊一七六潜の前方にあり、曳航航行中の敵艦隊は伊二六潜、伊二五潜の近距離内、レンネル島の付近である。

わが伊号第二十五潜水艦は厳重な警戒のもとに、昼間の水上進撃を強行した。速力は十八ノットである。飛行機一機われに近づく。その識別は私の役目である。敵機なるむねを報告し、艦はただちに潜航する。敵艦隊を目前にしながらの潜航で、乗員一同くやしがるが、水中速力わずかに六ノットではいかんともしがたい。

一時間ぐらいで浮上、また追撃にうつる。昨夜からの進撃に、司令や艦長をはじめ乗員の顔に疲労の色がみえる。しかし一人一人の眼光はするどく戦意にあふれ、すでに敵を呑むの気概にみちみちている。

また接近する敵機、ふたたび潜航、このイタチごっこは午前中、四回もくりかえされた。敵機上空に無し、急いで昼食をとる。午後一時四十分、右方に飛行機の大編隊群を発見する。ひさしぶりに見る日の丸の標識、味方の中攻隊である。

中攻隊は高度を下げ突撃にうつる。雷撃であろう、低空につっこんでゆく。その前面に黒い点々がパッパッパッと光る。弾幕の壁は厚く、すきまもないくらいだ。そのなかに突入する中攻隊、たちまち大黒煙があがる。しかも三ヵ所からである。

「左三十度、飛行機」見張員の叫ぶ方向をふりむくと、エンジン二個の敵飛行艇がわが伊二五潜に直進してくる。ただちに潜航したが、潜航中、二回にわたって大誘爆音が聞こえた。

午後は二度、敵機の制圧をうけ、なかなか敵艦隊に近づけない。

午後五時、ようやく太陽は沈み、夕闇は赤道直下のソロモン海域をおおう。夜に入っていよいよわれわれの活躍時間がきた。ひんぱんに襲ってくるスコールを突っ切ってから、五分ぐらいたった頃、とつぜん真後ろより発光信号をうける。

「潜航急げ」

艦橋にあった司令、艦長、見張員が一気に艦内に飛びこみ、深度三十メートルぐらいのとき、スクリューの音とともにゴボッゴボッという音がきこえた。つぎの瞬間、ものすごい大音響がおこり艦は大きくゆれ、発令所の電灯が消えた。

「やられたッ」と直感して、上の司令塔をのぞくと電灯がついている。機械室の方も明るい。大丈夫だなと思った瞬間、第二弾が爆発して、艦はふたたび大きくゆれる。敵駆逐艦の爆雷攻撃である。しかし第二弾は第一弾よりやや遠いので、一同ほっとした表情だ。発令所の電灯はすぐつけられたが、そこにいる人々の顔は蒼白で、血の気はまったくなく、ちょうど蠟《ろう》人形が並んでいるようだった。

四十発の爆雷に耐えて

すでに深度八十メートルにたっし、まったく危機一髪であった。聴音室から伝令の声がきこえてくる。「敵駆逐艦は反転し、本艦にだんだん接近してきます」

艦内は爆雷防禦の配置についているが、潜航中の速力は四ないし六ノットで回避運動をするのだから、敵艦からすみやかに離れ、脱出することはむずかしく、ただじっと敵の攻撃を待つより方法はない。ゴボッゴボッ、また爆雷が投下される。ズドーン、大音響がつたわる。まったく生きた心地はない。

わが艦上を敵の駆逐艦は往復しながら、つぎつぎと爆雷を投下する。艦内の温度は急上昇し、機械室では四十五度にもなり、人事不省となるものが続出する。

「敵艦、機械停止しました」伝令の声に艦長はただちに「機械停止」を命じた。これは敵艦が機械をとめて、聴音機または水深儀で、わが潜水艦の位置と深度をはかるのである。したがってわが潜水艦も機械をとめて、音を出さないようにするのである。

敵駆逐艦の爆雷攻撃はじつに四十数発、三時間あまりにもおよんだ。ようやく虎口《ここう》をぬけだしたときは、しばし呆然《ぼうぜん》自失といったありさまで、安堵《あんど》のため息とともに、ようやく落ち着いた気持をとりもどした。

伊号第二十五潜水艦は、さらに南太平洋上に敵艦隊撃滅の任務をおびて、ふたたび勇躍出撃し、いくたの戦果をあげたが、二度とその勇姿を故国にあらわさなかった。

ガ島隠密作戦「伊一七六潜」深海の凱歌

モグラ輸送に投入された就役早々の新鋭潜水艦の挑戦

当時「伊一七六潜」水雷長・海軍大尉　荒木浅吉

潜水学校特修科学生の課程をおえて、伊号第百七十六潜水艦（伊一七六潜＝海大七型＝新海大型）の艤装員（水雷長）に補せられた私は、昭和十七年五月十五日、呉海軍工廠に着任した。

敵反攻の兆しがようやく活発となり、五月七日、八日には珊瑚海海戦がおこなわれ、ミッドウェー作戦および潜水艦によるシドニー、ディエゴスアレスにたいする特攻作戦の計画がすすめられているところである。

荒木浅吉大尉

艤装員長は中島清次中佐であった。

中島中佐は小柄ながら、がっしりとした精悍な面魂《つらだましい》で、めったに笑顔をみせず、なんとなく近寄りがたい感じをあたえた。ところがどうしてか、まもなく中島艦長は他の潜水艦に転出し、そのあとに田辺彌八中佐が着任した。過ぐるミッドウェー海戦で、空母ヨークタウンを撃沈した伊一六八潜（伊号第百六十八潜水艦）艦長としての田辺中佐の名声は、すでに乗員にも知れわたっていた。

満身創痍《そうい》の状態で呉にかえった伊一六八潜は、佐世保に回航して修理をうけることとなり、たまたまこのころ、中佐夫人は死期のせまる病床におられた。艦長自身もミッドウェー作戦での疲労がはなはだしく、休養を必要とされたうえに、しばしば四国の自宅に病床の夫人を見舞うなどで、私は先任将校として、艦長が艤装関係の仕事に、なるべく煩《わずら》わされないように気をくばった。

田辺中佐は、これがヨークタウン撃沈の豪胆な艦長かと疑わせるほどの謙虚《けんきょ》な人となりで、接するものにひとしく敬愛の念をいだかせた。また、艦長は個人的なことはあまり口にされなかったが、夫人の病状はしだいに悪化し、ついに再起されることはなかった。

そのころ、所用で艦長室に赴いたとき、夫人の遺影の前で冥福を祈られる艦長の後ろ姿に、いい知れぬさびしさを感じたことが、いまでも印象にのこっている。

呉海軍工廠は潜水艦建造のメッカであって、このころは寺田明、緒明亮乍、佐藤忠四郎など、戦後も海上自衛隊潜水艦技術陣の主役となった俊才がまだ大尉クラスで、作業服を真っ黒にして現場で働いていた。なかでも忘れられないのは、造船中佐だった友永英夫氏である。

友永中佐は、潜水艦技術陣のホープであり、潜水艦乗員の待望ひさしかった自動懸吊《けんちょう》装置と重油漏洩《ろうえい》防止装置を発明し、本艦にはじめて装備することになった。工廠の課業がおわり、艦の乗員が上陸してからも、たった一人でよく来艦して、熱心に自動懸吊装置の調整をおこない、お相手をする私に懇切に説明をしてくださった。本艦がしばしば危地にのぞみながら、不死身の戦いができたのは、中佐のこの発明によるところが大きかった。

友永中佐はその後、ドイツにゆき、昭和二十年、戦勢の逼迫とともに急遽、帰朝を命ぜられた。そして、航空機設計の権威、庄司造兵中佐とともにドイツ潜水艦に便乗しての帰途、メキシコ湾で米海軍に捕獲され、ドイツ乗員は艦長以下が降伏したのに、両中佐はいさぎよく服毒自殺をとげられたのであった。

困難な輸送任務への挑戦

昭和十七年八月四日、伊一七六潜はぶじに竣工したが、八月七日、米軍がガダルカナル島に上陸したとの報がつたえられ、訓練は八月いっぱいで切り上げ、戦場に駆けつけなければならないことになった。

出撃もせまったある日、工廠の魚雷調整場をたずねると、本艦につむ魚雷にペンキで調整した人たちの名前が書かれ、なかには女性の名まで見える。顔なじみになった人々が、口ぐちに「しっかりお願いします」と声を掛けるあいだをまわり、「皆さまのお気持のこもった魚雷で、かならず敵艦を沈めてごらんにいれます」と、挨拶を述べた。

九月十日、ようやく秋風のたちはじめた呉をあとに、伊一七六潜は一路トラック島にむかい、九月十六日午後一時にトラック島へ入港した。ここの水交社をおとずれると、めずらしく陸軍士官が一杯で、騒然とした雰囲気に満ちていた。ガ島増援のための陸軍部隊が、船待ちをしているのだった。意気軒昂に、「われわれが上陸したら、米軍なんか鎧袖一触《がいしゅういっしょく》してみせる。荷やっかいな大砲など必要ない」などと、さかんに気炎をあげていた。

九月十八日、本艦はしずかにトラック島をあとにした。これより先、陸軍の一木支隊約八百名は八月十七日、タイボ岬に上陸した。二十一日には飛行場の東端から突撃に転じたが、はげしい米軍の十字砲火をあび、さらには米戦車の蹂躪《じゅうりん》するところとなった。そして、一木清直大佐は軍旗を焼き、切腹して果てた。

ついで川口支隊の主力は九月五日、タイボ岬に、舟艇機動した岡部隊は四日、エスペランス岬に上陸した。そして十五日には、いよいよ東西の両部隊が呼応して総攻撃に転じたが、圧倒的な火力の差はどうしようもなく、千五百の屍を飛行場に残したまま撤収し、後図をはからざるをえなかった。

敵上陸の報に接し、海上からは三川軍一中将の第八艦隊が長駆ツラギ沖に夜襲を敢行し、重巡四隻を沈めたのをかわきりに、機動部隊および潜水部隊がソロモン方面に急行した。

機動部隊は八月二十三日、米空母部隊を攻撃したが、空母エンタープライズとサラトガに損傷をあたえるにとどまった。いっぽう潜水部隊は、八月二十四日ころからガ島の南方に哨戒線を張り、八月三十一日、伊二六潜は空母サラトガに魚雷二本を命中させ、九月十五日には、伊一九潜が空母ワスプを撃沈した。

本艦はこれらの緊迫した情報を受信しながら急行し、十月五日、ガ島南方の配備についた。

血みどろの戦いがつづく南溟《なんめい》の海は、茫々と果てしなく、潜望鏡に見る美しい夕焼けの光景は、しばし戦場にあることを忘れさせた。

くる日もくる日も、敵は潜望鏡にあらわれず、単調な哨戒がつづいた。当直の時のほかは寝台に横たわるばかりで、読む本のタネもつき、乗員はいささか退屈をおぼえてきた。

ガ島戦の第一ラウンドで彼我ともに損害をうけ、敵主力の活動が低調となっているこの時期こそ、敵の補給路を攻撃目標とすべきでないか……戦場の空気を肌で感ずるわれわれの間では、このことが食卓の話題にあがっていた。そんなとき、敵の上陸で後方にとり残されていたコロンブス岬の海軍見張所に、糧食を補給せよとの電令をうけた。

はじめは伊七潜が、このために約一週間ほど行動していたが、敵の厳重な警戒と複雑な地形にはばまれて、失敗したらしい。ちょうど無聊《ぶりょう》をかこっていた矢先だけに、この任務はかえって乗員の士気を鼓舞することになった。

「先任将校、助けてやってください」私をとりまいて、乗員は口をそろえていう。「伊七潜は失敗したのだ。難しいぞ、いいか」と念をおすと、「大丈夫ですよ。私がついている」剽《ひょう》軽《きん》な森兵曹が、そういってみなを笑わせる。

そこで艦長をかこみ、士官たちは真剣に作戦をねった。

まずコロンブス岬なるものが、非常にまぎらわしい。それに、どちらから進入すべきかも問題である。西からカミンボ岬をまわるのが、わが軍の常用航路であるが、この正面にたいする警戒が厳しいことを覚悟しなければならなかった。

東から敵の交通路にまぎれて侵入すれば、敵にあう機会はたしかに多いであろう。しかし、いくら米軍でも、まさか日本の潜水艦が、自分たちと一緒に行動しているとは思わないであろう。その虚に乗ずるのだ。

結局は、この案をとることに決した。

腹一杯に充電した伊一七六潜は、闇にまぎれて海峡を突破した。いつもは遠くにながめていたガ島の黒い無気味な影が、やがて覆いかぶさるようにせまってくる。マラパ島を左に見てまわりこみ、夜明け前に潜航にうつった。

ときどき輸送船団らしい推進器音をきくが、われわれには大事な任務があるので、このさいは敬遠して、潜望鏡も上げずに測深にたよりながら敵陣ふかく進入する。やがて日はおち、夕闇のなかにガ島のジャングルの黒い帯が、蜿蜒とはてしなく横たわっているのが見られた。

予定地点に着くと、波紋をたてないように速力をおとし、そっと潜望鏡でうかがうが、電報で打ち合わせた緑の標示灯は見えない。

「何かあったか。あるいは場所をちがえたか」

不安にかられて、ときどき潜望鏡をのぞくうちに、約束の時間もとうに過ぎてしまった。艦長と中川航海長が位置の確認をしたら、どうも進入の基準につかっていた小島はまちがいで、もうひとつ西寄りの島が正しいとわかった。

「連絡を一日延期する。充電をおわったら沈坐して待機する」と令されたのは、それから後のことである。

昭和17年8月竣工の伊176潜。19年5月、米駆逐艦の攻撃をうけ沈没

暗夜の海での緊張の一時間

島に舷側を擦り寄せるようにして急速充電をおこなうが、エンジンの音が周囲の静けさのなかで、やけに高くひびき耳を押さえたくなる。前線の方で赤い炎が空を染めているのは、彼我の砲戦か、爆撃のためのようであった。

充電をおわるまでの五時間がとてもまち遠しく、潜航ベルもこのときばかりは、ホッとした解放感できいた。水深六十メートルの海底にぶじ着底したときは、夜半に近かった。

思えばこのころ、エスペランス岬沖で第七戦隊の青葉、衣笠、古鷹を基幹とする日本の重巡洋艦戦隊が米巡洋艦隊の待ちぶせにあい、レーダー射撃で古鷹および駆逐艦吹雪《ふぶき》をうしなったのである。

明くる十月十二日は、ただ日の暮れるのを

待つだけで、艦内では雑誌を読んだり、レコードを聞いたりしてすごし、しばし戦争を忘れさせる奇妙な長閑《のどか》さがあった。内地をたつとき、戦場でレコードを聞く暇もあるまいという意見が多いのをおさえ、無理に積ませたのがこんな所で役立つとは思わなかった。

夕刻をまって離底し、潜航したまま浮上地点に近づくと、今度はまさしく緑灯が見えた。周囲に気をくばりながら浮上し、規約信号をかわすと約束どおり緑灯は消された。

「揚塔作業はじめ！」

暗い上甲板の格納所から短艇ダビットをとりだして組み立て、短艇を吊りおろした。砲術長の加藤少尉を長とする艇員が、武装して上甲板に整列する。

艦内から運びあげた米袋を積み込もうとするとき、突如、

「艦影左四十度、東にむかう」の声がする。

とっさに双眼鏡を目に当てると、たしかに輸送船が二隻みえる。艦橋をあおぐと艦長は、

「このまま作業を続行する」と力のこもった声で命じる。

やがて積み込みもおわり、短艇は機械の音もはばかるように、闇のなかに吸いこまれていった。

本艦は艦首を沖にむけ、いつでも潜航できるかまえのまま、短艇の帰りを待った。ところが、わずか五百メートルほどの海岸から、短艇がなかなか戻らない。

不安と焦慮のうちに一時間もたったころ、闇の中からバチャッと水を叩くような奇妙な音がする。ハハアと思うまもなく、短艇の先が闇にうかび、オールが羽根のように上下に動い

ているのが見えてきた。

やがて舷側にたどりついた短艇の中から、加藤少尉の声で、

「遅れて申し訳ありません。途中で機械が故障したため、漕《こ》いで帰りました。連絡は成功です。艦長によろしくとのことでありました」という報告である。

ただちに短艇を揚収格納し、大胆にも水上航走で脱出をはかった。あと一歩で、ガ島東端のマラパ島近くにさしかかったとき、

「左後方、駆逐艦接近します」の報告がきた。振りかえって見ると、距離約六千メートルの地点にそれらしき艦影があった。かたわらの艦長に、

「潜航しましょうか」と具申すると、艦長は、「そのまま、すこしずつ敵艦と離れるように陸岸に近寄れ」と指示し、さらに下をむいて「魚雷戦用意いそげ。一、二番管注水！」と矢つぎばやに号令する。

高速の駆逐艦は、しだいに本艦を追いこす態勢にはいった。やがて方位角が正横に近づくと、敵の艦影が急に大きくなり、無気味にせまってくる。

「見張りは敵の大砲に注意せよ。砲口がこちらに動いたら、届けよ」

艦長はキビキビと指示しながら、速力をおとし、少しでも敵に発見されにくいように艦首を敵にむけ、しかもいつでも魚雷を射てる態勢をとった。敵を見つめたまま艦長は、

「敵の大砲が動きだしたら魚雷を発射して潜航する。周囲も見張ってくれ」とぬかりなく私に指示した。

刻々と高まる緊張に、艦橋の手すりをにぎる手に、思わず力がはいった。いつでも潜航できるように、動力を電動機に切りかえ、正眼にかまえている本艦を中心に、駆逐艦はなにも気がつかないもののように、大きな同心円をえがきながら南下していく。艦首の水切りが夜目にも白くみえ、肉眼でも砲塔の配列がわかる。だが、甲板には人の動く気配はなかった。

「艦長、やっつけましょうか」

いつまでも横腹をみせている敵を見ていると、思わず魚雷をお見舞したい誘惑にかられる。艦長もおそらくおなじ気持であったろうが、

「待て、待て……」と自身をたしなめるような口調で、私を制した。時間にすればせいぜい十分くらいであるが、緊張しているわれわれには、ずいぶん長く感じられた。やがて、敵艦はしだいに遠ざかり、水平線の闇に消え去った。

こうして危地を脱した本艦は、インディスペンサブル礁の東方に散開線をしく甲潜水部隊に合流すべく、急行したのである。

この十月十三日の夜、金剛と榛名による有名な三式対空砲弾攻撃がヘンダーソン飛行場にくわえられ、簡潔な電文によっても、飛行場一帯を火の海と化し、いまこそ総攻撃の絶好のチャンスと思わせたが、なぜか陸軍は動かず、われわれに地団駄をふませたのであった。

深海できく必殺の命中音

わが潜水部隊の奮闘により打撃をあたえられた空母部隊にかわり、米海軍ではこのころ、

日本艦隊の攻撃阻止のためガ島付近にくりだしてきたのは、敵の電報によっても知られるように、戦艦、巡洋艦を中核とするものであった。

残存の敵空母一〜二隻は、遠距離から支援機を発進させているようで、その行動を潜水艦で捕捉するのは、非常にむずかしいことであった。しかし実際には、敵空母の情報が入るたびに、演習とおなじく過敏な散開線の移動を命ぜられ、徒労の水上航走をくりかえして、飛行機に制圧されては、その存在を暴露してしまうのであった。

十月十九日午後九時、やっと本艦は遊弋中の駆逐艦二隻を発見した。そして二十日の朝を、本艦はサンクリストバル島の一五三度、一八〇浬付近でむかえた。

昨夜の敵発見で、艦内の空気もひきしまり、やがて夜をむかえて浮上哨戒にうつった。まるい月がのぼり、水平線がはっきり見える。七倍双眼鏡をかるく目にあて、水平線を見張っていると、ポッをかすかな影を感じた。

「一二センチ、よく見ろ！」

目をこらすと、ちいさい模糊《もこ》とした点が、しだいに水平線にもりあがり、やがて二つになった。

「艦長に届《とどけ》。敵艦影二隻、艦首水平線、近づく！」

艦長はすぐに艦橋へ跳びあがってきたが、この間にも、艦影は二、三、四隻とふえつづける。距離はまだ二万メートルはあった。双眼鏡をあてて海上を見つめる艦長の唇がうごく。

「戦艦部隊らしい。先任、もぐろう」「潜航いそげ！」

艦はすばやく潜望鏡深度にもぐった。

「魚雷戦用意。発射管注水。各連管発射用意。敵は戦艦または重巡四隻、周囲に直衛駆逐艦を配している。直衛を突破して攻撃する」

艦長のおちついた声が、よどみなく艦内に流れていく。幸運にも敵を月下におき、西側から突っこむ態勢となった。

二十ノットの高速で南下する敵は、みるみるうちに接近してくる。

「魚雷戦用意よし。各連管発射用意よし」
二、三回潜望鏡をあげて観測していたかとみる間に、艦長のすさまじい声がひびく。
「深さ三〇」

駆逐艦の推進器が、艦の直上にするどい響きをのこして走りすぎた瞬間、

「深さ一四、いそげ」と令され、艦はぐっと頭をもたげ、潜望鏡が水をきるのももどかしく艦長が目をあてると、目標となる一番艦の大きな艦影が、まるでのしかかるようにして、こちらに向かって変針しているらしいのが見えた。

「潜望鏡おろせ？」艦長はちょっと目をつぶって考えるようにしていた。「方位角右九〇度、距離一五〇〇。三〇度、面舵《おもかじ》のところ。一番艦をうつ。次にうつ……」とつぎつぎに指示をあたえる。

「方位盤よし、斜進右三五度」の答えを待って、ほとばしるような艦長の声がした。「潜望鏡あげ。止めッ。用意、打《テー》て！」

それにこたえて魚雷の射出されるひびきが、ズシン、ズシンと艦体をゆする。六本の魚雷は、開角二度の扇形をえがいて敵艦にせまった。

「深さ六〇。目標は二番艦テキサス型戦艦。次発装塡！」

祈るように命中の時刻をまった。三十秒、四十秒……そして千五百メートルにたいする駛走秒時の一分十秒がすぎた。おたがいに声もなく、顔を見合わせた。そしてさらに五秒、カーンという野球のボールがバットの真っ芯《しん》に当たったのとそっくりな、するどい音が耳をつらぬいた。つづいてもう一つ聞こえた。

「やった！」思わず歓声があがる。次の瞬間、魚雷の爆発音がドーン、ドーンと重いひびきを伝えてきた。「推進器音とまりました」

まもなく艦に水が入るような奇妙な音がつづいたと思うと、大きな誘導音が二つ、三つとつづき、やがてその音もとだえた。時計を見ると午後七時十六分である。本艦は敵の艦列を横ぎり、ついで北西に針路をとった。

頭上にせまる死神の魔手

なぜか敵は、追跡してくる気配がない。攻撃から三十分もたったころ、艦がかなり重くなったので主排水ポンプをかけた。ヒューンというタービン音が耳をさした。これを敵艦が聞きつけたらしく、まもなく聴音員から、

「推進器音ちかづく。感三……感四」の報告がきた。そして、かなり遠くから爆雷攻撃が

はじまった。

いままで浮きたっていたみなの顔に、さっと緊張の色がはしるのが見えた。爆雷の音が、だんだんと近づいてきた。

「全周感あり」

やがて、頭上を駆けるプロペラの音が耳にも聞こえてくる。シャッ、シャッ、シャッと推進器の音が近づき、バシャッと爆雷が海面を打つ音がしたかと思うと、息をつめ何かにしがみついている頭上で、ガガーンという炸裂音がとどろいた。

艦体がきしみ、ゆさゆさ揺れたかと思うとパッと電灯が消え、上からペンキの破片やゴミが降りかかってくる。

ガラガラと推進器の音が頭上を走りぬけるが、そのなかに、駆逐艦特有のヒューンというタービン音がまじって聞こえる。

と、第二弾が舷側に炸裂した。

「大丈夫だ、しっかりやれ」暗い中から、艦長のおちついた声が聞こえ、われわれを励ました。「被害個所しらべ。電池異状ないか」

この間にも、艦は大きく舵をとりながら、深々度にはいった。懐中電灯の輪のなかに、耐圧深度計と潜横舵員の真剣な顔の輪郭が浮かびあがってきた。

第一回の攻撃にしては、敵も天晴れである。

「殺られるかも知れん。死ぬるか……何を、やられてたまるか」生死の想念が、私の頭を駆けめぐった。

そのうち、不思議に心がおちついてきて、凄惨な境地にたつ自分自身を見出す余裕さえうまれ、闇のなかで息をこらす周囲の者の気配が、痛いように背に感じられる。

突然、パッと電灯がついた。

「電池異状ありません」私の絵の先生でもある金川電機長の報告である。フト見ると、私のまわりに二人ほど人がふえている。きまった配置のない連中で、爆雷攻撃にびっくりしてやって来たらしい。手持ちのちいさい黒板と秒時計をあたえ、

「これから何発爆雷が落ちるかわからんが、記録しておけ」と命ずると、彼らもやっとおちついた面持ちで笑いを浮かべた。

本艦をとりまいている駆逐艦は、四隻らしい。その中の一隻は、どうも聴音でもしているらしく、排水ポンプを使うと、てきめんによい所に攻撃艦が突っこんできた。仕方なくポンプを我慢していると、推進器軸管からはいる水で艦尾がしだいに重くなり、艦は十度から二十度まで傾き、まるで艦がたって歩くような感じである。

機敏に敵の動きを察しながら、針路、速力をかえ、必死に攻撃圏から遠ざかった。爆雷の音もしだいに遠くなり、やがてまったく聞こえなくなった。死闘をまじえることすでに三時間がすぎた。このとき投下爆雷数は六十数発であった。

夜半すぎ、露頂深度について潜望鏡をあげると、しずかな海がひろびろと月にかがやいているだけであった。ビルジを排除して、移動した重量物をもとにもどし、艦内を清掃してか

ら浮上した艦は、ただちに一路トラック島にむかった。

戦後、判明したところによると、この命中艦は重巡チェスターで、かろうじて沈没はまぬかれたものの、ほとんど再起不能の損害だったという。

日本潜水艦隊　奮戦す

座談会／潜水艦乗りたちはいかに苦闘し善戦したか

元海軍大臣・海軍大将　野村　直邦
元第六艦隊参謀・海軍中佐　鳥巣建之助
元「伊五八潜」艦長・海軍中佐　橋本　以行
元「伊四一潜」艦長・海軍少佐　板倉　光馬

本誌（「丸」編集部）　今日は潜水艦作戦からみた太平洋戦争ということで、話を進めていただきたいと思います。

野村　戦後、潜水艦の戦果が少なかったといわれるんですがね、これはひとり潜水艦ばかりではなく、向こうの電波兵器とか、いろんなものが非常に進んできて、もう軍艦も、たとえば大和や武蔵なんかも大砲一発射ってないし、巡洋艦にしても駆逐艦にしても、ほとんど戦争ができない。あるいは、なかなか敵をつかまえることが困難であった。それで、これはひとり潜水艦ばかりが戦果が少ないというんではなく、すべてがそうであった。むしろ潜水艦は非常に働いた方です。

本誌　ただ私ども考えますと、潜水艦に対する期待があまりに大き過ぎたんじゃないですか。この期待に反したということが、戦果が少なかった、ということになるんじゃないかと思うんですがね。

野村　そうなんです。潜水艦によって勝とうと思っていたものが、ああいうようになったために……それはいきなり太平洋の決戦が行なわれていればいいんだけれども、四年もしてからやると、みんな変わっちゃってね。(笑声) そのために期待はずれになったというわけで、これはすべての艦船が期待はずれになった。

鳥巣　しかし戦果が上がってないというけれども、インド洋方面では、日本の潜水艦は開戦時から昭和十八年ころまでに百隻以上やっつけたな、商船は。

橋本　商船は多いな。インド洋が八十何隻か。

板倉　豪州も多いですよ。ミッドウェー作戦の前。

鳥巣　そうそう。

本誌　そういう戦果はいちいち発表されているんですか?

板倉　通商破壊の商船撃沈はあんまり問題にしてなかったですからね。

野村　ドイツでは、日本に対して、月平均二十万トン沈めてくれと言ってやかましかった。ドイツは、うまく行くと八十万トン沈めるんだからね、二十万トン入れると百万トンになるし、そうなるとやっぱり……。

橋本　やり方が喰い違っておった。

激闘を回顧する左端より右へ鳥巣中佐、野村大将、橋本中佐、板倉少佐

鳥巣　日本に駐在しておりましたドイツの駐在武官……。

野村　ベネッカ。

鳥巣　ベネッカ中将ですか、彼が「とにかく商船をやっつけてくれ、商船をやっつけてくれ」といって、大本営の海軍作戦部にしょっちゅう要求を出しておりましたね。ところが日本の海軍は、商船には眼もくれなかった。寝てもさめても、とにかく空母だ空母だ、空母以外には絶対だめということで、要するに作戦指導部が空母以外には眼もくれなかった。それほど日本海軍の首脳部は、戦略ということよりも、艦隊戦闘ということに主体をおいておったんですね。

野村　しかし、僕はドイツ海軍と随分議論したんだが、結局、あれは僕の方が負けだね。（笑声）それは日本が英・米みたような優勢な海軍国と味方になってやっておるなら、われわれの言うことは正しいんだ。いわゆる海上権、制空権をとれば、そんなものはどうでもいいんだ。

橋本　商船なんか。

野村　ところが、ドイツやイタリーの海軍と組んで日本海軍がひとりでやっている状況においては、むしろ日本の海軍力の大部分、潜水艦ばかりでなく、水上艦艇も相当な兵力をさいても、ドイツやイタリーの水上艦艇もみんな引っ張り出して、全面的に通商破壊をやるべきだったね。向こうはこれが痛いんだ。敵は船の数の補充ということなんか苦じゃないんだから、やっぱり考えはこっちの方が間違ってました。

橋本　やはり弱点を狙うべきだったですね。

野村　それから四千万トンという船は大きいですわね。これが全面的に動いているんですから。対ソ援助もあるし、エジプト作戦、それから蒋介石援助、インド援助と、全面的にこの四千万トンが動いている。対ソ援助だけでも六十万トン、それからエジプト作戦には二百万トンの船が動いているし、どこでも動いているんだから、それに眼もくれないで空母ばかり追っかけ廻しておった。（笑声）

鳥巣　それで日本もミッドウェー作戦の後に、いよいよ通商破壊戦に主力を注ごうと——福留繁第一部長なんかも、そういう意見に傾いておったらしいんです。ところがいよいよやろうとなったときに、ソロモンの方でああいうことになって、連合艦隊が通商破壊戦をやることをなかなかうんと言わなかった。

野村　連合艦隊はなかなかサムライだからね。（笑声）そんな女子供なんかという気持が日本人の心の中にあるもんだからね。とにかく真珠湾をやってから後、一年ぐらい、日独海軍が徹底的に通商破壊をしていれば、向こうはとっても大変だった、交通保護に。

鳥巣　本当にぎりぎりまで行っていたらしいですな。

野村　向こうは全海軍を商船護衛に動員しているんだが、ドイツの潜水艦は主力艦には魚雷は射たないで、商船に射つんだから。

橋本　そこが大違いなんですな。

野村　それほどまでに、いわゆるトン数戦というやつだ。これで戦さは勝つんだという考え。それ以外に主力艦、巡洋艦や航空母艦をやっても、そんなものはいくらでも補充してくるんだから、しようがないんだ。これをやっつけさえすれば、彼らはどうにもならんというわけなんだからね。

本誌　目標が違っていたわけですね。

野村　そう、目標が違うんだ。

殊勲のインディアナポリス撃沈

本誌　ところで日本の潜水艦のあげた戦果のうちで、主だったものというと?

鳥巣　たとえばヨークタウン、ワスプ等の撃沈、それからサラトガの撃破、ノースカロライナの撃破、そういう戦果があるんですけれども、なんといっても終戦直前に伊五八潜の橋本以行艦長があげた米重巡インディアナポリスの撃沈ではないかと思うんです。

これはご承知のように、広島・長崎に落とした原爆を運搬しておったという点で、非常に有名であるばかりでなくて、第三の原爆を積んでおったらしいというわけです。しかもその

多々良隊、多聞隊として出撃。その間、重巡インディアナポリス撃沈

原爆は、札幌に落とす予定だったらしいということで、橋本艦長は札幌二十万人の命の恩人だともいえるわけですね。そういうことでインディアナポリスの撃沈というのは、もっとも歴史的な意義があるんじゃないかと思いますので、当時の状況を橋本さんからかいつまんで話して頂いたら。

橋本　原爆を積んでおったかどうかということは、これは分かりませんがね。あれは七月二十九日だったですね。夕方だったが、ちょうど視界が悪かったんです。それでこんなに視界が悪いところへうっかり浮いておっては、また不意討ちくらうだけだと思って潜《もぐ》った。月が出たら少しは視界がよくなるだろうというんで「十時頃まで寝ておれ」ということで潜っておったんです。で、月が出て一時間ほど経ってから、だいたい十一時頃に浮かび上がって、ひょっと見たところが、（インディアナポリスが）月の下におったわけなんです。月の関係はこっちに有利だったし、あれが逆で、こっちが月を背にして、向

昭和19年9月竣工の伊58潜。橋本艦長指揮のもと、回天搭載工事をへて金剛隊、

こうが雲の方におったら見つけておらなかったかもしれんが、月が出て海面が金色に光っているところにポツンと浮いていた。

本誌　射点もよかったんですね。

橋本　真っ直ぐに出てきてくれたからよかった。あれが向こうへ行きよったら、追っつかないし、非常に幸運だったたですね。しかも、あそこで待つつもりはなかった。もう少し向こうへ行くつもりだったが、視界が悪いから、「まあ、待っておれ」というんで一時入った。そこへちょうど真っ直ぐきて、射点もいいところへきてくれた。

鳥巣　魚雷は何本射ったんですか？

橋本　六本です。

鳥巣　それで何本当たったんですか？

橋本　三本当たったんです。もう一本当たったという者もあるけれども、こっちが水柱が上がったのを、はっきり見たのは三つでした。潜望鏡は、見つけてから射って当たるまで、ずうっと出しっぱなしで一回もおろさなかった。おろして水かぶって見えにくくなったら困ると思って、向こうが逃げん限りは出しておれということで、出しておった。

野村　他のフネはいなかったんですか？

橋本　全然おりません。だから潜望鏡を二つ上げまして、司令塔におる人間に見物させておった。（笑声）そうしたところが、ドドドッと誘爆が非常に大きな音がしまして、艦上からパッパッと火が出るから、これは下手して反撃されて、見物しておったんじゃ具合悪いと思って、二十五分ですか、次発装塡がすむまで潜望鏡をおろし、深くしてジッと待っておった。

本誌　それでつぎに上がってみたら。

橋本　もうおらんです。次発装塡ができたというから、上がったけれどもいないし、すぐ深度を浅くして探したがもうおらん。それから反転して沈んだ方向へもっていって、まわりを見て探したがおらんから、しようがないし、浮き上がってみたけれども、やはりおらん。しかし逃げた形跡はないし、これは沈んだと思った。

本誌　沈んだ、ということは分かったんですか？

橋本　はっきり記録はとってない。とってないけれども、それは聴音で聞いておりますから。しかも今まで走っていたのが止まるでしょう、止まってから今度走りだしたって視界外に去るということはまずない。それであれだけ傾いておったから沈んだことには間違いないけれども、前の標識だけしか見てないし、艦種がわからんのですよ。沈むのにずいぶん時間がかかっているし、一万トン級巡洋艦は一発で沈んだという話があるから、三発で沈まんところをみると、これは大分大きいだろうと。（笑声）いろいろ図面を引っ張り出してみたんですが、後ろを見てないでしょう。後ろの砲塔がなかったということがわかっておれば、巡洋艦だと思ったけれども……。それでこれは戦艦だと、戦艦にしてもあまり大きな戦艦ではないなというわけで、旧式戦艦にしてもおかしいなと思ったけれども、一応電報を打った。

本誌　なんと電報打ったんですか？

橋本　アイダホ型戦艦（旧式戦艦）と。それは巡洋艦にしては沈み方が遅いというところから、そういうふうに判断した。ソロモン付近の戦果で、一発で轟沈というようなのを聞いていたから、三発当たったのに轟沈せんのはおかしいんじゃないかと。火薬庫のところに当たっておるのに、沈み方が遅かったのを見ると、これは重巡よりも大きいのじゃなかったかと思った。しかし単艦で走っておるというのは……。（笑声）

鳥巣　ああいうところでぶっつかるというのは本当に偶然ですね。

板倉　運がよかったんですね。

苦心したキスカ撤退作戦

鳥巣　板倉君なんか、輸送作戦の苦労ばかりで。

本誌　板倉さんはガダルカナルの輸送もなさったんですか？

板倉　僕はガダルはやってないんです。アリューシャンのキスカの撤退作戦の前と、撤退

18年4月から12月に伊41潜へ転ずるまで板倉艦長が指揮した伊2潜(巡潜Ⅰ型)

作戦、それから最後のラバウルのブーゲンビルへの輸送ですね。

本誌　キスカの撤退はどうなんですか。潜水艦の中に人員を入れて撤退したんですか?

板倉　最初はあそこで潜水艦を使って撤退作戦をやるというので、ケ号作戦という名前でやったんです。潜水艦が十三隻おりましたが、それで逐次人員を千島方面に引き揚げるんだという計画でやったんです。ところがやりはじめて間もなく、一ヵ月ぐらいの間に六隻やられた。これじゃとても潜水艦では撤退作戦はできないというんで、水上艦船で撤退をやることに決まったんです。

本誌　それはみんな駆逐艦にやられるんですか?

板倉　ええ、駆逐艦ですね。ちょうど時期が六月に入ってからなんですよ。五月三十日に撤退作戦がきまりまして、それから五月の下旬に第一回に行ったのが、伊九潜です。そのときはアッツは玉砕しておりまして、わずかに一部の者がアッツに残っておりました。僕のところは伊二潜で、二番目に出て行ったんです。そのときは割合うまいこと入りまして、その撤退作戦も相当期間かかってやらなくちゃいけないと、それで行きは糧食弾薬を持って行って、帰りはできるだけ人間を乗せて帰るというんで計画されて、やったわけなんです。ところがあそこは六月に入りますと、非常に霧の深いところなんです。第一回目はうまく行きまして、帰ってくる途中アッツの北の方で砲撃の音を聞いた。しかし非常に遠かったので、こちらがやられているんではないと思って、そのまま帰ったが、後で、それと同じころ出て行った伊二四潜がアッツの北の方でやられているから、多分それではないかと思う。

二回目は六月の八日ころ基地を出まして、今度は北の方には伊九潜が行くというので、私の方は南からキスカに入るということで出かけて行った。幌筵水道を出たその日から霧がこくて、天測が全然できない。途中、五日か六日目だったと思うんですが、その間は全然天測できない。そうして、霧が薄くなりかけた頃、注意して行きよったんですが、眼の前に白い筋がサッサッと見えるんですよ。ワァこれは水上で雷撃やられたと思いまして、面舵《おもかじ》一杯とった。同時に右後進原速をかけまして、次の魚雷をかわさなくてはいかんと思いよったんですが、スッと霧が晴れたので、見ましたところ、雷跡と思ったのが海岸線なんですね。水ぎわまで距離が五十メートルなかった。あのまま左に舵をとったらのし上げておったですね。（笑声）あとで艦位を合わせてみたら六十浬ぐらい違うんですね。（爆笑）どうしてあいう状態になったか、わからないんです。それに、そこは昆布《こんぶ》がいっぱい生《は》えておるところで、本当に胸をなでおろしましたね。その前に伊一五七潜ですかね、のし上げて電池を半分以上も上げてから帰ってきたことがある。

橋本　電池から魚雷まで放りだして、やっと離礁して帰ってきた。

板倉　それから、これはよほど注意しなければいかんと思いましたが、それでも大体位置がわかりましたから、キスカのベガ湾に向けて進んで行ったんです。いよいよ霧が濃くって、艦橋におってもみんな影絵ぐらいにしか見えないし、二、三尺離れたら顔もわからない。それからベガ湾を廻りまして、まず大丈夫だと思うんですけれども、六日間に六十浬ぐらい位置が違っているんですから、一日十浬と考えると、また大分くるっておるかもわからないというんで、ベガ湾の真南から速力を落として港に近寄ったんです。そして水深も大体四十メートルぐらいになりましたから、これは近いと思って霧が晴れたら入ろう、その付近で少し碇泊してもいいと思っておったところが、なんともいえん胸騒ぎがしてきた。ベガ湾をかわる頃からどうもつけ狙われているような予感がしまして。

鳥巣　宮本武蔵なものだから……。（笑声）

板倉　潜《もぐ》ろうと思ったが、潜るには浅過ぎるんですね。そうしたらちょうど真横からドカンと射たれ、その途端に霧が桃色になり、そして左の顔だけ暑くなるような感じがした。とにかくピカッとしたと思った途端に第一弾が耳をかすめまして、それからあわてて潜行急げですわ。潜りかけたところへ二発目がドカッと命中し、それで機械室から大浸水といってきたんですな。いや、しまったと思った時、ベントが開いておりますから艦《ふね》は沈みよりますし。しかしそれにしても艦はどうもあんまり大きく傾きもしないし、普通の潜行状態だと思いまして、機械室に「よく調べてみろ」といったら「浸水止まった」というんですね。命中したことは確かなんですね。

本誌　砲撃ですね。

板倉　砲撃です。距離は千メートル以内だったと思いますが、一斉射で五、六発きましたね。

鳥巣　やっぱりそれはレーダー射撃だな。

板倉　レーダー以外は、あんなに霧が濃かったら射撃できんですね。それから、水深が四十メートルだからもう底についてしまったんですが、浸水止まったといいますから、そのままジッとしておりました。その頭の上を二回ほど通りましたが、爆雷は落とさなかった。

本誌　爆雷持ってないことはないでしょうがね。

板倉　それから二時間ぐらいして、全然、音も聞こえなくなったから浮いてみたら、そこがちょうど予定錨地の真上なんですね。陸上からはすぐ大発がやってきましたが、もう霧が晴れておりまして、機械室の真上ぐらいに弾丸が一発当たったあとがあるんです。幸い不発だからよかったものの、あれが炸裂しておったらやられておりましたね。

それで電探射撃というのは聞いておったんですが、どうもこれはいかんと思いまして、キスカに水上状態で入ることは危険だ、潜航して日没後に入るように、という電報を打った。そして私は、その日に出港して、帰りは無事に帰ったんですが、二日後、やはり同じコースを伊七潜がやってきて、同じ泊地で砲撃されております。それにそのときは炸裂したものですから、一ぺんにやられた。

鳥巣　長井勝彦艦長だったな。

板倉　僕は一日待って出ればよかったと思うんですけれども、その晩、脱出したんですよ。真っ直ぐ横須賀に向かって夜蔭にまぎれて帰ろうとしたら、ちょうどベガ湾南で三隻の駆逐艦につかまって砲戦をやっている。それで大砲も全部やられ、あれは機関長もやられ、砲術長一人が残ったんですね。

本誌　駆逐艦と水上決戦ですね。

板倉　最初に司令塔をやられておりますから、もう潜航できないし、キスカにのし上げるつもりで帰ってくる途中、暗礁にのり上げまして三日ぐらい残骸をさらしておった。それと前後しまして北の方に行った伊九潜もやられたんです。

本誌　それで伊七潜は坐礁してどうしたんですか?

板倉　坐礁したまま守備隊の手で爆破した。だから助かった人もありますが、ごく僅かです。なにしろ相手は三隻ですから、ただ帰るというだけなんですね。

鳥巣　なぶり殺しだな。

本誌　だけどよく沈まなかったもんですね。

橋本　あのとき、ちょうど潜水艦に水上レーダーを実験してたところなんだね。能力不足でやめるといわれて。

敵機に「帽振れ」

板倉　それから伊四一潜でトラックからラバウルへ行く途中、これは難しいなァと思ったのは、スコールの中に入ったんですよ。このときだけは之字運動やらないんでもいいなァと思って（潜水艦でも之字運動やっておった）真っ直ぐ行きよりましたら、やっぱり北と同じようにモヤモヤときたんですね。これは何かくると、スコールの中におりながら思ってたんですよ。このときは真昼ですが、スコールをパッと出た途端に――ちょうどカーテン開けて出るようなもんですから、左三十度にB25がこっちへ向かってくるんです。距離は千二、三百、高度は二十メートルぐらい。いま潜《もぐ》ったら爆撃の絶好の射点ですから、必ずやられますし、潜るわけにはいかん。だから飛行機抜けしたんですよ。そのくらいのことはモヤモヤきたときに考えておったですからね。（笑声）そうしたら飛行機のやつも真っ直ぐくるでしょう。爆撃するかしないかというのは、こっちにはわからん。速力は三戦速ですから、五、六百になったら「帽を振れ」と、やったんですよ。帽を振り出したら三百ぐらいになってから急に飛行機はかえしよりましたね。それでバンクして反航態勢ですよ。だから姿勢がかわるときは五十メートルもなかった。風防から真っ赤な顔を出して手を振りましてね。（笑声）

橋本　味方と思ったんだな。

板倉　それを真横に見て潜航姿勢に入り、この馬鹿野郎と思って……（爆笑）。向こうはズウ体が大きいからスウッと廻ってきて爆撃する頃は、三十五メートルぐらい入っておりました。

鳥巣　やっぱり落とした。

板倉　落としたですよ。しかしそれはただジェスチュアですね。よっぽど悔しかっただろうと思って大笑いしたんですがね。（笑声）それで私は、これはラバウルに行ったら難しそうだなァと思って、ラバウルに入ったんですよ。そうしたら、その頃ちょうど敵がブーゲンビルのタロキナに橋頭堡を築いたときで「伊四一潜はブインの作戦輸送をやれ」というんです。いや、作戦輸送というのは難しいですからね。少なくとも一二〇トンぐらいの物資を持って行かなければならんというんですよ。それでこれはいよいよかなわんと思った。当時、草鹿中将が南東方面艦隊長官なんですよ。

鳥巣　草鹿任一さんの方な。

板倉　あの人が「貴様、少尉のときに鮫島具重長官を殴ったことがあるだろう。（笑声）あの人がそこにおられるから行け」というんですね。「ああ、そうですか、鮫島さんがおられるんですか」というわけですね。

艦長を殴った新参少尉

板倉　これは昭和十年に僕が少尉になったばかりの頃、最上の航海士に着任した。そのときの初代の艦長が鮫島さん、その人を芝浦の桟橋で顔が腫れ上がるくらい殴ったんですよ。ランチから桟橋に上がるところを殴った。奥様も見ておられるんです。それで、休んでおられるので見舞に行きましたら、奥様があのとき殴ったのはあなたですかというような顔して

見ておられた。（爆笑）

本誌　なぜ、そんなことになったんですか？

板倉　海軍というのは日本だけに限らず、非常に時間がやかましいところなんですね。ところが、陸上から帰ってくるときに限りまして、下士官兵は非常にやかましく、一分でも遅れたら上陸止めです。士官でも大体定期（ランチ）に間に合わんと具合悪い。しかし艦長となりますと、なかなか帰ってこないんですよ。（笑声）そのときも定期は三十分遅れたんですよ。で、遅れたのは乗っている一番えらい人が待たしたんだ。定期を待たせるということは実にいけないことだと、私はかねがねそう思っていたんですよ。それで上がってくるものは先任のいかんにかかわらず殴ろうと決心しまして、酔っぱらっておりましたからね。（爆笑）

だから全然動機なしに殴ったんじゃないんです。しかし、なんといっても上官暴行ですよ。帰りましたら「貴様はすぐ荷造りをやれ、軍法会議か首になるか、どっちかだ」と。考えてみましたら、なんといっても言い訳はないですからね。それから私は、まだ少尉になったばかりですから、艦長のところに行って、ようものを言いきれないといかんと思って〝板倉少尉は前後不覚に酩酊の上とはいえ艦長を殴打せし件、軍規をおかしたる最たるものにして〟という名文を書きまして艦長のところに行ったんですよ。そうしたら艦長の顔がこんなに（手真似にて説明）腫れておるんですよ。（爆笑）

「板倉少尉は酒をやめるわけにはいかんか」と。「今やめる決心でおりますが、一生やめる

海大６型の伊171潜から前方をゆく同型の伊172潜と伊73潜を望む。右端は12cm 砲

わけにはいきません」「そうか、それじゃ酒をひかえるということはできないか」というんですね。「やめるよりも難しいと思います」（笑声）といったら「帰ってよろしい」というんですね。これはいよいよ最後だと思った。そしてどこかの大学の試験でも受けようかと思って、荷造りやっておったら、海軍というところは早いですわ。その日の午後、青葉転勤ですからね。そのときはやっぱり艦長はスケールが違うと思いまして、本当に心から涙が出ましたね。

それ以来、艦長に会ってないんですよ。その艦長が八艦隊長官としてブーゲンビルにおられる。「貴様は艦長を殴ったじゃないか」と、草鹿さんにいわれましてね。「それは私は万難を排して参ります」というわけです。そのときは、ブーゲンビル方面はブカとブインと二個所あるわけですね。

本誌　南と北ですね。

板倉　それで、そのときに橋本さんのクラスの島田武夫艦長が。

橋本　伊一七一潜。

板倉　伊一七一潜、伊四一潜と二隻行くんですよ。ブインとブカへ。島田さんが「板倉どっちに行くか」というんですよ。私はブーゲンビルへ行くやつは全部やられているというんで「どっちに行ってもやられることは間違いないから、どっちでもいい」と言ったら「お前をブインにやって、俺がブカに行くことはできないから、ジャンケンで決めよう」というんですね。そうして貴様はブインだ、俺はブカだということで、同じ日に出たんですが、島田艦長の方はそのまま帰って来なかったんです。私は、ブーゲンビルを廻りまして東から六浬ぐらいの水道を通って行かなければいかん。そこは毎日、飛行機がやってきまして。

橋本 潜水艦を守った勇敢な大発

島田のところは駆逐艦でやられている。レーダー、探照灯で砲撃されて、その後、爆雷攻撃をくっている。

板倉 それが約束は日没一時間後、午後七時に水道の東口に達するようになっているんです。で、浮いてみましたら真っ暗ですわ。懐中電灯の明かりがチカチカと見える。よく見ましたら大発が二隻、掃海をやっている。その後をついて行くんです。ところが大発は掃海していますから、速力は三ノットか四ノットなんです。そのあとをついて行くのは実にいやなもので、二時間半かかって水道を通って行かなければならん。ちょうど哨戒水路に入ったと思ったら、シュッと敵の魚雷艇から〝敵発見〟の真っ赤な信号が上がったんですよ。そうしたら大発二隻が、その魚雷艇に向かって行ったですよ。魚雷艇は潜水艦を見つけたのか見つけないのかわからんけれども、大発に向かってどんどん機銃射撃する。もう八百メートルぐらいですが、私のところは機銃は一三ミリしかないし、大砲は輸送やるためにおろしておりますから、大きな図体して潜《もぐ》るわけにはいかんし、潜ったら機雷にさわりますから、見ていると、眼の前でドカンドカンと大発の掃海索にひっかかって機雷が破裂するんです。

その後ろ百メートルぐらいのところを行こうとしたら、もう一隻、魚雷艇がやってきたんです。大発は敵の魚雷艇と、私のところの間におりまして、針ネズミみたいに機銃で射たれるが、どんどん応射するんですね。向こうも二隻、こちらも二隻だから一対一なんですね。こちらはハラハラして、機銃で射ちたいんですが一三ミリですから、大したことはありませんし、ただじっと後をついて行くだけです。そして暫らくすると向こうの飛行機がきました。それが大発に対して銃撃やるんですよ。こちらには気がついてないかなと思ったんですがね。しかし大発は今度は飛行機に対しても射ちはじめましてね。向こうは魚雷艇二隻、飛行機二機、こちらは大発二隻だが、勇敢なものですね。

それで前の大発はともかく声を殺して、ただ掃海索を引っ張るだけなんです。私は百二十トンもの糧食、弾薬を持っているから、その後をついて行くだけです。そのうち真ん中付近になりましたら潮流がかわりまして速力が出、追い潮になったから入ったんです。これはたしか四ヵ月ぶりに輸送ができたんじゃないですか。それと同時に、掃海索をはずして二隻の大発が応援に行きましたけれども、私はあの姿見まして、それは大艦隊の戦闘も勇敢ですが、あの大発あたりは実に犠牲精神というか、攻撃精神旺盛だった。ああいうところはなにかに残さなければいかんと思う。ただ味方の糧食を運んでくれる潜水艦を守ることばかりやっているんですが。

本誌 大発はどのくらいの大きさですか?

板倉 長さにして五十フィートぐらいでしょうね。

鳥巣　二十メートル足らずだね。あれは二、三十トンか？

板倉　いや、二、三十トンもないですよ。十トンそこそこですね。ただそういう大発は鉄板を持っておりまして、機銃は割合に積んでおりましたよ。しかし後で聞いてみますと、両方とも艇長一人しか生き残ってないですよ。

鳥巣　みんな死んだ？

板倉　ええ。それは勇敢ですね。

殴った長官に感謝される

鳥巣　そこで結局、鮫島長官はどうなったの？

板倉　それで私もそこでやられるかと思ったが、無事に入りましたから、すぐ糧食、弾薬を上げたんです。向こうから大発八隻ぐらいやってきまして。それから私は、連絡参謀がだれだったか忘れましたが、中佐の人がきたんですよ、その人に「詳しいことは手紙に書いてあるから、ウイスキーと煙草を鮫島長官に差し上げてくれ」といって言付《ことづ》けたんですよ。その手紙には〝八年前、長官を殴りました一少尉が伊号第四十一潜水艦の艦長として輸送に参りました。感慨無量でございます。僅かですがウイスキーと煙草を言付《ことづ》けますから召し上がって下さい〟というような文句を書きましてね。

それからその日はそこに沈坐しまして、そして考えたんですよ。こういうところを運よく助かったけれども、もう一隻、魚雷艇がいたら必ずやられております。潜ったら今度は機雷にやられますし、浮上したら大砲はないんですから、水上の速力も遅い潜水艦に対して魚雷を射つだろう。そこで水道を通っちゃいかんと、いろいろ考えて、帰るときはコース変えようと思いまして、それで浮上と同時に先導する大発がやってくることになっていたんですが、普通ならば日没後一時間で浮上するところを三十分で浮上して、ブーゲンビルの方はだいたい珊瑚礁で海岸線ができておりますから、これは十メートルの近くまで行ってもすぐ深くなっております。それで先導はいらない。水道を通らんで帰るからということで二戦速で帰ったんですが、夜、あの狭いところを通って、岸五十メートルぐらいでコースもなんにもないところを艦長のカンで帰ったんです。

まあ、帰るときはそういうふうにして帰りまして、新航路を発見したんですよ。途中ちょっと敵の制圧も受けましたけれども、無事ラバウルへ入りました。ところが入った途端に、〝伊四一潜、もう一度ブインの輸送をやってくれ〟と、今度は長官あてに電報がきている。長官は「行くか」というので「はあ、やられるまで行きます」と。「それじゃすぐ荷物積め」と。（笑声）

だから二回目は新航路へ入って行けばいいと思って、ずうっと遠廻りして行った。ところがちょっと早過ぎたもんですから、日没三時間ぐらい前に水道入口付近まできたんです。そこでジッとしていればよかったんですが、海図が非常に不完全ですから、グルグル廻っている間に暗礁にのし上げたんですよ。潜航状態で……。そこでどっかやられたわいと思いまして、非常に危なかったが浮いたんですよ。ちょうど敵がおらなかったからよかったんですが、それでまた沖に出まして、そして二回目に入りました。二回目は新しい航路で入りましたから、魚雷艇にも会いませんし、無事にスルスルと入った。二回目もやはりウイスキーと煙草は忘れなかったんですがね。（笑声）

そうしたら連絡参謀が、椰子《やし》の茎みたいなのがあるでしょう、それの枯れたので作ったパイプを七本封筒に入れて、鮫島長官の感涙にむせんだ手紙と一緒に持ってきた。その手紙には「君の好意に対して報いるものなし。つれづれのままに掘ったパイプをせめてもの贈物にする。煙草とウイスキーは、ウイスキーは薄めて、煙草は切ってみんなにわけた。非常に喜んで頂きました」ということが書いてありました。

それで二回目も運よく行きまして、帰るときは岸スレスレの航路で帰ってきたんです。そうしたら、もうその頃はラバウルはコテンコテンにやられているし、戦闘機がおらないもんですから、トラックがやられて、港に入るのも潜航したままでないと入れないんですよ。そうして入りましたら、七潜戦の司令部が伊四一潜に乗って帰るというんです。あれが昭和十九年の四月だったかな。

橋本　僕がトラックに出ておる時だからね。

板倉　四月二十一日か何日ですよ。七潜戦の司令部を全部積みまして、トラックに行ったんです。トラックへ行きましたら、私は竜巻作戦の搭載兵器を積みに内地へ帰らなければいかんことになっている。ところがまたブーゲンビルの八艦隊長官と陸軍の派遣部隊指揮官から、「伊四一潜をもう一度、ブインに作戦輸送をやらせろ」と。（笑声）

鳥巣　随分もてるな。

板倉　〝そうしたらタロキナの敵を追い落とす自信あり〟というんですよ。そのとき六艦隊長官が高木武雄中将だった。「板倉、どうするか」と。「二回目まではうまくいった。三回目は自信がないんですが、行きます」といって、三回目も行きましたが、これは特にこれということもなかった。

橋本　しかし成功したのは君のところだけだったね。あのとき行ったのはみな一回で終わりですよ。

野村　運がよかったんだね。

板倉　私も鮫島さん殴っておったからだが、他の司令長官だったらああまでして一生懸命行かんだったろうと思う。

本誌　たしかにカンがいいんですね。

板倉　いや、殺気というのはありますね。

鳥巣　それを感ずるというのが、潜水艦乗りの達人ですね。

飛行機と潜水艦の戦い

本誌　帽子を振ったという話がいいじゃないですか。（笑声）

野村　宮本武蔵の部類だよ。

橋本　僕は呂四四潜でトラックからやられて帰るときに、やっぱりサイパンの横で味方の飛行機と思っていたところ、敵の飛行機がきたんですよ。そのときは帽子は振らなかったけれども、間に合わんと思って見ておった。向こうもあんまり潜《もぐ》らないから、味方かなァと思ったらしく、爆撃はうけなかった。ところが横に日の丸出しておった。これはカムフラージュきかないし、横の日の丸見てから爆弾落としたが、横へきているから、弾丸も横っちょへドカンと落ちてしぶきだけかかった。それから潜ったが、向こうは機銃もなにも射たなかった。

板倉　あれは急に潜ったら危ないですね。あれでやられることが多いですよ。

橋本　潜らんと味方かなァと思って、たしかめてからでないと爆撃しないでしょう。あのときすぐ機銃射たれたらやられておったですよ。潜ってしまって、天蓋《てんがい》が出た時分に反転したのか後ろの機銃でやったのか、頭の上でバラバラという音がしたが、そのときも手は振らなかったけれども、顔は見えておったですよ。

鳥巣　やっぱり生き残っている人は運がよかったな。

橋本　みんなそうですよ。きわどいところはあるんですがね。

参謀なんか乗せん、帰れ

板倉　それからあ号作戦のときは、私は大分考えたんですよ。これは連合艦隊の渋谷参謀が「伊四一潜は今度は絶対帰らんような命令を出しているんだから（笑声）覚悟して行け」というんですな。「戦局がここまできたら、もう何時やられても思い残すことはありませんから、どんなことでもやります」というわけですね。「アドミラルティのところにおって、敵の主力部隊を発見したら電報打て。魚雷を射ってはいかん。敵の有力な部隊を最後まで通報しつづける。そうすれば空母を撃沈した以上に戦果はあるんだ。それをもって涙すべし」というんです。

そこで「涙しましょう」というんで行ったんですが、敵はこない。そのうちにサイパンでは、あ号作戦がぶっぱじまったでしょう。それで水上三戦速で駆けつけたが、駆けつけたときは大体大勢はきまっておりまして、戦場に届くか届かないうちに〝伊四一潜はグアム島に寄って搭乗員をつれて帰れ〟という命令なんです。空母の搭乗員がみんなグアムに不時着しておりますからね。あのときは敵味方非常に混淆《こんこう》しておりますから、これはちょっと厄介だなアと思いましたが、とにかくグアム入口にちょうどお昼に着きまして、潜って潜望鏡出して見よったんですよ。そうしたら二時間おきに飛行機が哨戒にやってくるんですね。

そうすると二時間のあいだに搭乗員を収容して出るということは、非常に難しいことです。しかも相当な人数ですから、日没後になると混乱を起こすし、日没前では危ないし――しかし飛行機の哨戒する間隔は二時間あるというんで、いろいろ時間をきめまして、B24が上を通って見えなくなったときに、すぐ浮上しまして、陸上の方では大発を用意してサッとやってきたところが、飛行気乗りのくせに行動がにぶいんですよ。一時間ぐらいすぐ経ってしまったが、まだ半分も艦内に入ってないから「荷物なんかどうでもいいから飛び込め」というんですが、やはりそうはいかんですよね。

そうしているうちに参謀が一人やってきて「艦長、内地まで便乗願います」と。「駄目だ、参謀なんかつれて帰るようになってない、帰れ」(爆笑)「搭乗員だけつれて帰ればいいんだ。貴様なんかつれて帰る必要はない」と。これは僕のクラスの伊藤というんで、五水戦の砲術参謀をやっておりましてね。僕はヒゲをはやしておるから分からんのですよ。向こうは頼む一点張りですし、こっちは分かっているが、カラかってやれと思って「忙しくてしようがない帰れ。参謀なんか南に残って、後始末やれ。なんのために参謀の肩章をつけているか」(笑声)と。「五水戦は全滅したからお願いします」「ならん、ならんと言ったらならんのだ」と。(笑声)そのうちにB24がきたというんで、「しょうがない中へ入れ」ということになった。それから飯のときになって「伊藤、まだ俺の顔はわからんか」といったら「なんだ貴様か」というわけですよ。(爆笑)

大体、出撃するときに絶対帰れないというんで、僕は乗員にもみんな金は送金させていた。それで内地に帰って大分に上げたんですが、別府は眼の前だし、伊藤に「貴様は司令部の機密費持っているだろう」「ウン四千円ぐらい持っている」(笑声)「全部出せ、安いもんじゃないか」といって、四千円召し上げまして、それから全部半舷上陸許すと、二十円ずつ渡すわけです。そうして「きょうは艦長がおごってやるから、みんなこい」というわけだ。(爆笑)

橋本　人のものを召し上げて。(笑声)

野村　得意絶頂のところだね。

橋本　しかし、あの当時の運賃にしては高い運賃だね。

艦長、海に落ちる

板倉　私は兵隊によようおごってやりよったんですよ。伊二潜で幌筵に行きましたときに、ちょうど入港した日に明石という工作船がおったんですが、艦長、機関長、軍医長の三人がランチから上がる途中、舷梯が折れまして、すぐランチが落ちた人を拾ったんですが、三人とも心臓麻痺で駄目だった。

ところが潜水艦では酔っぱらってよく落ちるんですよ。私はそれを見ておって、これは酒の上で海の上に落ちて殺したんでは申し訳ないと思いまして、それから総員集合をやり、「本艦にはずいぶん酒を積んでおるが、今日中に全部飲んでしまえ。代金は艦長が払うから一滴も残すことは相ならん。ただし全然酒の飲めないものは手を挙げろ」といったら、四人ぐらい挙げました。「ヨシ御苦労だが後で菓子買ってやるから、今日一日、上甲板の当直をやってくれ。ハッチは艦長といえども上げてはならん」と厳命を下しまして、中にあるビールも酒も全部飲ましたんです。やっぱり二ヵ月分の物品を持っておりますから、三時ころ飲ませはじめて全部片づくのは十一時過ぎになりましたね。夏の幌筵は日没が遅いですから、まだ日が暮れたばかりなんです。

僕は一人で上がってきたら、やっぱり兵隊がおったんです。しかし艦長ですから「上がるな」とは言わなかったですよ。僕は上がったらビールやなんか飲んでいるから小便したくなって、前甲板から前をまくってこう（手真似にて様子をあらわす）やるんですが、顔はほてっているし、当たる風は冷たいし、いい気色ですよ。（笑声）そうして船がピッチングしているのにつれて、やっているうちにスポッと落ちた。（笑声）ハッと思ったがもう遅い。防寒靴は履《は》いているし、流れは早いし。そのときに右手になんか摑んだような気がしたが、意識不明ですよ。眼がさめてみたら、まるで冷凍サンマみたいに上甲板に真っ裸でおかれて、兵隊さんは一生懸命でこすりよるんですよ。（爆笑）

それから翌朝、総員集合ですよ。「艦長はそういうこともありはしないかと思って――酔っぱらったら必ず落ちる。われわれ軍人は戦場に死ぬことは本望である。しかし酒に酔っぱらって海へ落ちるということは、陛下に対しては不忠であり、親に対しては不孝である。これほど真剣に考えた艦長でさえ、貴様たちが知っておるような目にあった。今後十分、気をつけてもらいたい」と。（爆笑）

橋本　身をもって範を示した。

板倉　旗艦から見ておったらしいですよ。（笑声）

野村　しかし相当悪運が強いね。海の中に落っこちたり。

板倉　あんまり酔っぱらってたから毛細管が麻痺しておったので、心臓麻痺を起こさなかったそうですね。中途半端じゃいかんらしい。それで同じ飲むなら徹底的に飲む方がいいと。（笑声）

野村　その頃、あなたは齢はいくつだったんですか？

板倉　そのときは昭和十八年の五月ですから、十四年前ですね。
野村　飲みざかりのときだから随分飲んだろうな。

レーダーに敗れた日本
鳥巣　とにかく潜水艦は悪戦苦闘したな。
板倉　私は初っぱなからですからね。
鳥巣　ドイツへの使いをやったのも全部潜水艦ですからね。あれは何隻行きましたかね？
野村　みんなで四、五隻行ったな。最後に沈んだりして。
橋本　ドイツへ日本から行ったのは、一番最初が伊三〇潜、その次が伊八潜、それから伊三四潜が行った。帰りは伊二九潜、伊五二潜ですか、それだけですね。
鳥巣　結局、帰って来たのは一隻だけだね。
橋本　完全に帰って来たのが伊八潜だけ。
野村　あの伊三〇潜の話を僕はちょっとしたいんだがね。あれは遠藤忍というのが艦長でドイツへ来たんだよ。それが昭和十七年の夏だな。それでとにかく潜水艦が来たんだから、ドイツのいいものを頂戴したいとヒットラーに申し込んだわけだ。つまり、とっときのものを持って向こうへ帰したいというわけだ。ドイツでも良しときた。その第一は電波兵器を一揃え、そのほか対戦車砲弾とか、それからあらゆるものを七つか八つ取り揃えたね。一番進歩した、とっておきなんだ。それを全部積んだわけだ。それで遠藤君が帰って行くというわけで、われわれはずっと伊三〇潜のあとを無事届くように毎日チェックしていた。ところが彼はシンガポールを出たら、機雷に当たって沈んだというわけだ。この電報がきたときは本当にわれわれは泣いたね。

本誌 シンガポールまで帰ったんですね。

野村 シンガポールまで帰って、出たら機械水雷に当たって沈没したわけだ。それでそのとっときが日本へ届かない。そのうち一番力を入れておったのが、いわゆるレーダーなんだ。それが水の中へ沈んじゃった。そのとき僕は実際どうにもならん気持だったね。それから電波兵器をもう一ぺん持って行こうといったのが、僕が帰るときだ。ドイツから潜水艦二隻を寄贈するというんで第一に僕が乗って、そのとき色んなものを積んで帰って来た。そのときは日本もいよいよ潜水艦を徹底してやるという腹をきめたときなんだ。僕はその後、呉の長官から海上護衛の長官になったりして電波兵器ばかり、すべての工場を督励して歩いたんだが、アメリカとの間に非常な差がついているもんだから、どうしても追いつかない。

板倉 時すでに遅しというわけですな。

野村 僕はこのレーダーがわかっているだけに深刻に苦労した。

鳥巣 モリソンが日本の潜水艦とアメリカの潜水艦を比較して、船体兵器、それから乗員、これはほとんど甲乙なかった。ただ日本の潜水艦のハンディキャップはレーダーだということを言っておりますが、たしかにそうだと思いますね。それと日本の潜水艦の使い方。

橋本 そう、使い方だな。

鳥巣　使い方が悪かった点もありますが、やはり根本は連合国の対潜作戦がよかった。野村さんが帰られる頃が昭和十八年の四月か五月でしょう。四月に向こうでサポートグループというやつができた。このサポートグループというのは基地の航空隊と駆潜艇とが協同しまして、航空隊がレーダーを持っておって、潜水艦をつかまえる。つかまえたやつを駆逐艦がやっつけると。

野村　向こうはそうなんだね。

鳥巣　それから五月になると、今度はキラーグループというのが出来たんですね。これは護衛空母と、それから駆逐艦三隻とが一つのグループになっておりまして、護衛空母がレーダーでつかまえて駆逐艦でやっつける。向こうはそういう非常にシステマチックなやり方でやったもんだから、どうにも手がない。

本誌　犠牲をかえりみず、主力艦、主力艦と狙ったのがいけなかったんですね。もっと弱点、弱点と狙えばよかったんですがね。

鳥巣　戦前レーダーを八木博士、あの人が軍部に売り込んだ。ところが、そんなものができるかと海軍が言ったという。

板倉　しかし、アメリカもすぐは取らなかったんですよ。

橋本　それで飛行機が苦戦に入ってから、ずっとやったんですね。日本で八木アンテナができているのに取らなかったというのは、実際残念な話だけれども、しょうがない。

板倉　だからレーダー使うまでに日本の艦隊が――ハワイの奇襲で空母をやっつけておっ

旗を掲げ万歳を三唱する乗員たち。左端艦橋上に譲渡された逆探が見える

遣独潜水艦として占領下の仏国ブレストに入港した伊８潜。歓迎に応え軍艦

たらよかったんですね。とにかくレーダーが出てくるまでに、向こうの空母を叩くべきだったんですね。

本誌 それでこの間も話が出たんですがね、十二月八日をX日に選んだことは、理由があって選んだんでしょうが、もし十二月八日でなかったらどうなったかと。

板倉 一日早かったらね。

本誌 ええ、一日早かったら。

板倉 それは戦局が大いに変わっていたろうという気がしますね。

鳥巣 あれは空母はヨークタウンですかね。

野村 一日前にはおったの？

鳥巣 ええ。そして出港するところをちょうど魚雷射ったんだな。それが艦スレスレ通ったんですね。それに入墨《いれずみ》提督の……。

橋本 ハルゼーか。

鳥巣 ハルゼーが乗っておった。そのヨークタウンすれすれに魚雷が行っているんですよ。あれは運が悪かったんだな。

板倉 あのときヨークタウン一隻やっているとね。

本誌 ヨークタウンをやっていると、ヨークタウンはミッドウェーへ出てこれませんからね。

橋本 あのとき空母に全然、手がつけられなかったというのが運がなかったんですね。

板倉　ある程度、戦艦に重点をおいたものの考え方というのは、攻撃目標を誤っておった。それともう一つは、レーダーに対して本当に真剣に取り組むべきだったんですね。

本誌　では今日はこの辺で、どうも有難うございました。

潜水部隊「第六艦隊」の編制と変遷

第一〜八潜水戦隊かく戦えり

元「伊二〇一潜」艦長・海軍少佐　坂本金美

来攻するアメリカ艦隊を邀撃《ようげき》し、艦隊決戦によってこれを撃滅して戦勝の端緒をひらく、というのが日本海軍の基本戦略であった。劣勢な連合艦隊が優勢なアメリカ艦隊を撃滅するために、潜水艦には敵の根拠地を監視し、敵艦隊が出撃したならばこれを追躡《ついじょう》触接して、つねに敵艦隊の動静を偵知し、しかも好機に前程に進出して襲撃し、その漸減《ぜんげん》をはかるという戦略的任務があたえられた。

そして、艦隊決戦前後に敵主力を邀撃して、決戦に策応するという戦術的用法も演練されていた。この戦略的任務に応ずるために編成されたのが第六艦隊であって、開戦時の編制は別表のとおりである（潜水戦隊は潜戦と略す）。一潜戦は甲、乙、丙型の大型潜水艦、三潜戦は新しい海大型潜水艦をもって編成されていた。

ハワイ作戦には第六艦隊の全潜水艦が参加した。この作戦は敵艦隊の出撃を監視するのではなく、開戦劈頭《へきとう》のわが機動部隊の空襲に策応して、その戦果を拡大するのを主目的とした

115　潜水部隊「第六艦隊」の編制と変遷

区分			部隊
連合艦隊	第六艦隊		香取
		第一潜水戦隊	第一潜水隊（イ15、イ16、イ17） 第二潜水隊（イ18、イ19、イ20） 第三潜水隊（イ21、イ22、イ23） 第四潜水隊（イ24、イ25、イ26） イ9・靖国丸
		第二潜水戦隊	第七潜水隊（イ1、イ2、イ3） 第八潜水隊（イ4、イ5、イ6） イ7・イ10・さんとす丸
		第三潜水戦隊	第一一潜水隊（イ74、イ75） 第一二潜水隊（イ68、イ69、イ70） 第二〇潜水隊（イ71、イ72、イ73） イ8　大鯨
	第三艦隊	第六潜水戦隊	長鯨 第九潜水隊（イ123、イ124） 第一三潜水隊（イ121、イ122）
	第四艦隊	第七潜水戦隊	迅鯨 第二六潜水隊（ロ60、ロ61、ロ62） 第二七潜水隊（ロ65、ロ66、ロ67） 第三三潜水隊（ロ63、ロ64、ロ68）
	第四潜水戦隊		鬼怒・名古屋丸 第一八潜水隊（イ53、イ54、イ55） 第一九潜水隊（イ56、イ57、イ58） 第二一潜水隊（ロ33、ロ34）
	第五潜水戦隊		由良・りおでじゃねいろ丸 第二八潜水隊（イ59、イ60） 第二九潜水隊（イ62、イ64） 第三〇潜水隊（イ65、イ66）
呉鎮守府部隊			第六潜水隊（ロ57、ロ58、ロ59）イ52
備考			昭和十七年五月以降、イ52～イ75の潜水艦はイ152～イ175と改名

ものであったが、その配備は戦前に演練された監視配備そのままであった。

各潜水艦は、開戦前日の昭和十六年十二月七日までに配備を完成、一潜戦は十日にアメリカ西岸へ向かい、特別攻撃隊および三潜戦は十八日までに撤哨し、二潜戦が長期にわたる監視をつづけた。

真珠湾口に近く緊密な配備についた三潜戦は、伊七〇潜を失い、伊六八潜は爆雷攻撃をうけて損傷した。しかも、ハワイ方面であげた商船六隻撃沈の戦果のうち、ハワイ近海では一隻だけであった。これによって警戒厳重な港湾にたいする監視の困難さが実証されただけでなく、敵港湾ちかくに配備することが必ずしも戦果をあげる方策でないことも証明された。

なお、伊六潜は一月十二日、空母サラトガを雷撃撃破して、不振な第六艦隊の面目をたもった。

ミッドウェー作戦

昭和十七年三月十日、八潜戦が新設され、一潜戦と八潜戦の編制は左のとおりとなった（母艦を省略）。

▽一潜戦＝伊九／第二潜水隊（伊一五、伊一七、伊一九）／第四潜水隊（伊二三、伊二五、伊二六）

▽八潜戦＝伊一〇／第一潜水隊（伊一六、伊一八、伊二〇）／第三潜水隊（伊二一、伊二二、伊二四）／第十四潜水隊（伊二七、伊二八、伊二九、伊三〇）

第六艦隊は一、二、三、八潜戦の四個潜戦をもって第二段作戦（第一段作戦は南方資源地帯の攻略を概成するまでの作戦）に突入した。

第二段作戦における最初の主作戦は、ミッドウェー作戦であった。しかし、この作戦に参加したのは三潜戦と、第六艦隊付属となった第十三潜水隊（機雷潜型三隻）、指揮下に編入された五潜戦（旧式海大型七隻）であって、一潜戦は北方作戦、八潜戦は特別攻撃作戦に従事し、二潜戦は内地で整備中（そのあと北方作戦）であった。

ミッドウェー作戦は、六月五日に生起した日米機動部隊の決戦において、わが空母四隻が全滅するという敗北に終わった。参加潜水艦は、南北に四百浬《かいり》におよぶ散開線を構成して索敵につとめたが、敵機動部隊を捕捉することができなかった。

この作戦で、伊一六八潜（昭和十七年五月二十日から海大型は一〇〇を冠するよう名称を改められた）は空母ヨークタウンを撃沈し、敗北のなかで光彩をはなった。

血戦ソロモン海

八潜戦はつぎのように区分された。

▽甲先遣支隊＝伊一〇、伊一六、伊一八、伊二〇、伊三〇、愛国丸、報国丸

▽東方先遣支隊＝伊二一、伊二二、伊二四、伊二七、伊二八、伊二九

昭和十七年五月三十一日、甲先遣支隊はマダガスカル島ディエゴスアレス、東方先遣支隊はシドニーの特別攻撃を行なったのち、それぞれインド洋および豪州方面で交通破壊戦に従事した。

甲先遣支隊は七月中旬まで、主としてアフリカ東岸とマダガスカル島間のモザンビーク海峡に作戦し、四隻の潜水艦（伊三〇は訪独任務のため別動）をもって二十二隻を撃沈した。

東方先遣支隊は六月中旬まで、豪州沿岸、ニュージーランド方面に作戦し、五隻撃沈、三隻撃破の成果をえた。

両方面における交通破壊戦の成果により、大本営は当時の欧州情勢とも関連してこの作戦の強化を企図し、一、二、八潜戦をインド洋に、三潜戦を豪州方面に派遣するよう準備をす

すめた。

ガダルカナル島奪回作戦

交通破壊戦の画期的強化を企図していた昭和十七年八月七日、アメリカ軍はソロモン諸島南部のガダルカナル島に上陸した。連合艦隊は決戦兵力の大部分を投入してこれの奪回を策し、第六艦隊も八潜戦の一個潜水隊をインド洋に残し、その他の全力をこの方面に集中した。

九月一日現在における第六艦隊の兵力は次のようなものであった。

▽旗艦『香取』――第七潜水隊（伊一～伊七）／伊八
▽一潜戦＝第二潜水隊（伊一五、伊一七、伊一九、伊二五、伊二六）／第十五潜水隊（伊三一、伊三二、伊三三）／伊九
▽三潜戦＝第十一潜水隊（伊一七四、伊一七五、伊一七六）／第十二潜水隊（伊一六八、伊一六九、伊一七一、伊一七二）／伊一一
▽八潜戦＝第一、第三、第十四潜水隊、伊一〇

ガダルカナル島をめぐる攻防戦は、海空陸にわたる激闘がまじえられたが、十月下旬の第二師団による飛行場総攻撃が失敗し、十一月中旬にわが輸送船団が潰滅して勝敗は決した。

この間、第六艦隊は大部分の潜水艦をソロモン諸島南東海面の散開線に配備し、艦船攻撃に任じさせて伊一九潜の空母、駆逐艦各一隻撃沈、戦艦一隻撃破の殊勲のほか、軽巡一隻撃

高速で南太平洋ソロモン方面へ向かう伊11潜(甲型)。見張員の足下に測距儀

沈、空母、重巡各一隻撃破などの成果をえた。

この成果は、連合艦隊の作戦に一応の貢献をしたものと評価されるべきものであるが、連合艦隊に満足をあたえるものではなかった。その原因は、散開線の用法に適切を欠いたものと思われる。

十一月下旬以降、第六艦隊はほとんど全力をもってガダルカナル島（一部ブナ方面）への輸送を行ない、同島撤退（二月上旬）までつづいた。

伊二五潜はただ一隻、アメリカ西岸に作戦し、九月に二回にわたり搭載機をもって米本土を爆撃した。

地獄の太平洋へ

ガダルカナル島撤退後の第六艦隊は、主作戦を南太平洋方面の交通破壊戦に指向し、一部を南東方面部隊の指揮下に編入して、ニューギニア方面の輸送に従事させた。

一方、連合艦隊はインド洋における交通破壊戦の強化を企図し、八潜戦の同方面への進出を命じた。

昭和十八年六月一日における第六艦隊の編制は左のとおり。
▽旗艦『香取』
▽一潜戦＝第二潜水隊（伊一七、伊一九、伊二五、伊二六）／第十五潜水隊（伊三一、伊三二、伊三四、伊三五、伊三六、伊三八）／伊九
▽三潜戦＝第十二潜水隊（伊一六八、伊一六九、伊一七一、伊一七四、伊一七五、伊一七六）／第二十二潜水隊（伊一七七、伊一七八、伊一八〇）／伊一一
▽八潜戦＝第一潜水隊（伊一六、伊二〇、伊二一、伊二四）／第十四潜水隊（伊二七、伊二九、伊三七）／伊八、伊一〇

昭和十八年九月十五日には三潜戦が解隊され、所属潜水艦は第六艦隊直率となった。十月末には直率兵力として逐次編入された中型（呂三五潜型）潜水艦をもって、第三十四潜水隊が編制された。また、新造潜水艦の訓練部隊である十一潜戦が、第一艦隊から第六艦隊に編入された。

なお八潜戦では、第一潜水隊はインド洋方面に進出せず、十二月一日には左の兵力となっている。
▽第十四潜水隊（伊二七、伊三七）／第三十潜水隊（伊一六二、伊一六五、伊一六六、呂一一〇、呂一一一）／伊八、伊一〇、伊二六、伊二九、伊三四

南太平洋およびインド洋における交通破壊戦の成果（七月中旬から昭和十八年末まで）は表の通りであって、太平洋方面では連合国側の対潜方策が強化され、交通破壊戦すらすでに困難となっていたのである。なお、この間に一部の潜水艦は北方部隊に編入されて、キスカ島撤退作戦に従事した。

あ号作戦に散る

昭和十八年十一月二十一日、アメリカ軍はギルバート諸島のタラワ、マキン両島へ上陸した。第六艦隊は、行動中または帰投中の五隻（伊一九、伊二一、伊三五、伊一六九、伊一七五）に急行を、在トラックの四隻（伊三九、伊四〇、伊一七四、呂三八）に出撃を命じた。

この作戦で六隻が未帰還となり、帰還した三隻も爆雷攻撃をうけて損傷していた。成果は護衛空母一隻を撃沈したにすぎない。第六艦隊司令部は、作戦のあとを反省して左の結論に達した。

①散開線の移動が過敏にすぎた。

②敵の警戒厳重な局地にちかい海面に多数の潜水艦を集中した。

③敵の対潜能力にたいする認識。

④行動限度にちかい潜水艦や、新造直後で訓練不十分な潜水艦をも苛烈な戦場に投入した。

●交通破壊戦の戦果（17・中旬〜18・末）

	南太平洋	インド洋
参加延べ隻数	14	13
撃沈隻数	2	16
撃破隻数	4	5
被害（未帰還数）	5	0

これらのなかで、散開線の用法についてはガダルカナル奪回作戦でも同様であった。敵の対潜能力がいちじるしく向上した状況で、戦前からの用法を改めなかった当然の帰結といえよう。

あ号作戦

昭和十九年にはいり、アメリカ軍はマーシャル諸島の要地を攻略し、その機動部隊はトラック、マリアナ、パラオ諸島などのわが内南洋の要地を空襲し、そのつど所在のわが航空部隊および艦船は大きな打撃をうけた。

第六艦隊は、ただでさえ少ない兵力のなかから南東方面部隊（ニューギニア方面輸送）や北方部隊に兵力をさき、アメリカ機動部隊にたいする作戦やマーシャル諸島への輸送に充当できる兵力はつねに数隻にすぎず、戦果をあげることはできなかった。この間、一月中旬には一潜戦が解隊となり、昭和十九年四月一日における編制はつぎのとおりであった（傍点はすでに消息不明）。

▽『直率』——第二潜水隊（伊一九、伊二一、伊三九、伊四〇）／第七潜水隊（伊二、伊五、伊六）／第十二潜水隊（伊一六九、伊一七一、伊一七四、伊一七五、伊一七六）／第十五潜水隊（伊一六、伊三二、伊三五、伊三六、伊三八、伊四一、伊四二、伊四三、伊四五）／第二十二潜水隊（伊一七七、伊一八〇、伊一八一、伊一八四、伊一八五）／第三十四潜水隊（呂三六、呂三七、呂三八、呂三九、呂四〇、呂四一、呂四二、呂四三、呂四四）／伊一〇、

伊一一

▽『七潜戦』——第五十一潜水隊（呂一〇四、呂一〇五、呂一〇六、呂一〇八、呂一〇九、呂一一〇、呂一一二、呂一一三、呂一一四、呂一一五）

▽『八潜戦』——伊八、伊二六、伊二七、伊二九、伊三七、伊五二、伊一六五、伊一六六、呂五〇一

▽『十一潜戦』——略

海軍は第一機動艦隊（水上部隊）および第一航空艦隊の戦力がほぼ整う昭和十九年五月下旬以降、来攻するアメリカ艦隊と決戦をまじえ、これを撃破して戦勢の挽回を策した。この作戦をあ号作戦と呼称した。しかし連合艦隊は、マリアナ沖海戦に破れてあ号作戦は失敗し、マリアナ諸島を失っただけでなく、近代海軍としての戦力を喪失した。

この作戦で、第六艦隊は参加潜水艦三十六隻のうち二十隻を失い、戦果は皆無という惨状を呈した。あ号作戦における潜水艦用法はギルバート作戦における反省が生かされず、従来の用法に終始した。

捷号作戦

あ号作戦で多くの潜水艦を失った第六艦隊は、左のように改編された（昭和十九年十月十五日現在）。

▽『直率』――第十五潜水隊（伊二六、伊三六、伊三七、伊三八、伊四一、伊四四、伊四五、伊四六、伊四七、伊五三、伊五四、伊五六）／第三十四潜水隊（伊一七七、呂四一、呂四三、呂四六、呂四七）／伊一二
▽『七潜戦』――伊三六一～伊三六七
▽『八潜戦』――伊八、伊五二、伊一六五、呂一一三、呂一一五
▽『十一潜戦』――略

この編制でこれまでと異なる点は、八潜戦以外の攻撃型潜水艦はすべて直率兵力となり、七潜戦は丁型潜水艦をもって編成され、輸送専門部隊となったことである。そして海軍中央部は、次期邀撃作戦を捷号作戦と呼称して準備をすすめた。もっとも来攻の算の多いフィリピン方面の作戦を捷一号作戦と呼んだ。

九月十五日、連合軍はペリリュー島およびモロタイ島に上陸した。第六艦隊は伊一七七潜および中型潜水艦三隻を派遣した。この作戦で、駆逐艦一隻を撃沈したが、二隻を失った。

十月十日、アメリカ機動部隊は南西諸島へ、ついで台湾方面へ来襲した。基地航空部隊はこの敵を猛撃して、多大の戦果を報じた。

全艦特攻と化す

連合艦隊は敵機動部隊邀撃のため、第六艦隊に出撃を命じた。回天作戦準備中のものをその

ぞき、十月十三日以後、大型潜水艦は逐次出撃した。

台湾沖航空戦の大戦果（実は誤報）により、アメリカ機動部隊は壊滅したものと信じられていたところ、十月十七日、米軍はレイテ湾入口のスルアン島に上陸し、レイテ島攻防戦がはじまった。比島沖海戦とよばれたこの戦闘で、わが水上部隊は壊滅的な打撃をうけて敗退した。

第六艦隊では可動潜水艦の全勢力である十三隻が出撃し、駆逐艦一隻撃沈、LST、軽巡各一隻を撃破する戦果をあげたが、大型潜水艦六隻を失った。捷一号作戦では、従来の用法を反省して散開面を採用するなど、その作戦指導には苦心がはらわれていた。

なお、伊一二潜は十月上旬に出撃して米西岸などの交通破壊戦に向かったが、未帰還となった。

回天の泊地攻撃

マリアナにおける敗戦後、海軍には特攻への気運が急速にたかまり、潜水艦界では人間魚雷〝回天〟が誕生した。

回天による最初の泊地攻撃は、回天特別攻撃隊菊水隊（大型潜水艦三隻、各四基搭載）をもってウルシー、およびコッソル水道に指向された。十一月二十日、ウルシーにおいて給油艦一隻を撃沈しただけであったが、アメリカ海軍に大きな脅威をあたえた。

ついで金剛隊（大型潜水艦六隻）により、昭和二十年一月中旬、ウルシー、グアムなどの

写真は回天特攻振武隊につづき多聞隊を乗せて出撃する伊367潜

昭和20年に入り、第７潜水戦隊の丁型潜水艦の大部分が回天搭載用に改造された。

要地に攻撃が行なわれた。

硫黄島、沖縄方面での作戦

昭和二十年に入り、回天搭載可能な大型潜水艦の減少により、七潜戦にあって太平洋方面離島への輸送に従事していた丁型潜水艦の大部分を、つぎつぎと回天搭載艦に改造した。

二月十九日、アメリカ軍は硫黄島に上陸した。第六艦隊は呂四三潜および回天特別攻撃隊千早隊（伊四四、伊三六八、伊三七〇）を邀撃に向かわせた。そして駆逐艦一隻を撃破する成果をえたが、三隻は未帰還となった。この間、八潜戦、七潜戦は解隊され、輸送任務は第十六潜水隊が継続うけついだ。

四月一日における編制は次のとおりであった（傍点は消息不明）。

▽『直率』——第一潜水隊（伊一三、伊一四、伊四〇〇、伊四〇一）／第十五潜水隊（伊三六、伊四四、伊四七、伊四八、伊五三、伊五六、伊五八、伊三六一、伊三六二、伊三六三、伊三六六、伊三六七、伊三六八、伊三七〇、伊三七一）／第十六潜水隊（伊三六九、伊三七二、波一〇一、波一〇二、波一〇四）／第三十四潜水隊（伊一五六、伊一六二、伊一六五、呂四一、呂四六、呂四九、呂五〇、呂五五、呂五六、呂一〇九、呂一一二、呂一一三、呂一一五）／伊八、伊一二

▽『十一潜戦』——略

▽『付属』——六三一空

三月二十五日、アメリカ軍の慶良間列島上陸の誤報があり、連合艦隊は「天一号作戦発動」を下令した。アメリカ軍は四月一日、沖縄本島に上陸を開始し、同島の攻防をめぐる激闘は六月下旬までつづいた。

全軍特攻に徹した邀撃作戦に、第六艦隊は甲潜水部隊（伊八および中型潜水艦三隻）、回天特別攻撃隊多々良隊（大型潜水艦四隻）、ついで中型二隻、小型潜水艦一隻に出撃を命じた。しかし、成果をうることなく八隻が未帰還となった。

洋上作戦への転換

沖縄作戦を終え、ふつうの攻撃型潜水艦は呂五〇潜一隻となり、第六艦隊の主作戦は回天作戦となった。

回天作戦は泊地攻撃に指向されていたが、潜水艦の泊地進入はすでに困難であった。回天搭乗員の練度の向上もあって、洋上での航行艦攻撃をおこなう最初のこころみとして、回天特別攻撃隊天武隊（伊三六、伊四七）が編成され、両潜水艦は四月中旬、内海西部を出撃した。

この作戦で、特空母一隻、輸送船四隻など多大の戦果を報じ、両潜水艦ともぶじ帰投した。この成功によって第六艦隊の作戦は、敵の後方輸送路を遮断する洋心攻撃へと転換された。かくして、それ以後の回天作戦はこの方針のもとに終戦までつづけられた。

伊53潜。昭和19年2月竣工の丙型新鋭艦でシュノーケルや電探を装備する

戦勢は本土邀撃という最後の段階がせまり、大本営は決号作戦の準備を急速にすすめた。練習潜水艦のうち旧式海大型潜水艦の大部分は、決号作戦配備の回天を輸送するため作戦部隊に編入された。

新型潜水艦の潜高型（伊二〇一型）および潜高小型（波二〇一型）が逐次完成したが、これらは実戦に参加するにいたらなかった。第一潜水隊は、水上攻撃機を搭載する超大型潜水艦であるが、ウルシーにたいする特攻攻撃を行なう直前に終戦となった。

第十六潜水隊の輸送潜水艦は、航空燃料搭載工事中に終戦をむかえ、最初から航空燃料輸送潜水艦として建造された伊三五一潜と伊三七三潜は、いずれも未帰還となった。かくして、終戦の日の八月十五日における第六艦隊の編制は、次のようなものであった（傍点は消息不明）。

▽『直率』――第一潜水隊（伊一三、伊一四、伊四〇〇、伊四〇一、伊四〇二）／第十五潜水隊（伊三六、伊四七、伊五三、伊五八、伊一五六、伊一五七、伊一五

八、伊一五九、伊一六二、伊一六五、伊二〇一、伊二〇二、伊三五一、伊三六三、伊三六六、伊三六七、伊三七三、呂五〇、波一〇三、波一〇五）／第十六潜水隊（伊三六九、波一〇一、波一〇二、波一〇四）／五十二潜水隊（波二〇一、波二〇二、波二〇五、波二〇七、波二〇八、波二〇九、波二一〇）

▽『十一潜戦』――長鯨、伊二〇三

▽『付属』――六三一空

第六艦隊の残存潜水艦兵力は三十三隻で、開戦時の三十隻とほぼ同じである。しかし、その内容は輸送用、小型潜水艦または旧式艦が多く、その戦力はいちじるしく低下していた。

潜水戦隊かく戦えり

第一潜水戦隊

編成は古く、大正八年十一月に編成され、艦隊に編入されて訓練に従事していた。昭和十五年十一月十五日、第四潜水戦隊に改編され、第一潜水戦隊は再編成された。太平洋戦争開戦時は第六艦隊に所属し、ハワイ方面監視に従事、のち北米西岸の交通破壊戦に従事し、昭和十七年一月十一日、マーシャル諸島クェゼリンに帰投した。

二月一日、米機動部隊の来襲をうけたさい、これを追って第二次行動に入り、伊一七潜は北米西岸交通破壊戦に、伊二五潜は豪州東岸およびニュージーランド方面偵察の任務に出撃した。あとの潜水艦は第二十四航空戦隊のハワイ奇襲に協力し、燃料補給とハワイ方面監視に従事し、三月上旬より四月上旬まで横須賀に帰港した。

五月十日、北方部隊に編入され、アリューシャン東部の哨戒および索敵に従事した。六月末、北方部隊の指揮をはなれ、内地に帰投した。

その後、インド洋方面に進出する予定であったが、八月上旬、米軍ガ島上陸の報により八月十五日、内地を出港して、ソロモン方面へ出撃することとなり、二十三日にソロモン東方海面へ進出、第二次ソロモン海戦に間に合った。しかし、敵に接することなく、サンクリストバル東方海面に散開待機した。伊一九潜は九月十五日、米空母ワスプを撃沈した。十月上旬、トラックに帰投した。

十一月十六日、連合艦隊命令により、ガ島およびニューギニア方面の輸送作戦に従事したあと、ガ島撤退作戦にも協力した。伊六潜、伊二六潜は豪州東岸にて作戦行動し、その他の艦はトラックまたは内地にて整備を行なった。

昭和十八年五月十二日、米軍のアッツ上陸により北方部隊に編入され、アッツ島攻略阻止作戦に協力し、その後、キスカにたいする輸送に従事した。キスカ撤退作戦が完結すると八月初頭、原隊に復帰した。

昭和十九年一月十五日に解隊され、同戦隊に属していた潜水艦は第六艦隊直率に編入された。

第二潜水戦隊

大正十二年十二月に編成され、第一潜水戦隊とおなじく艦隊に編入されて、訓練に従事していた。昭和十四年十一月十五日、第三潜水戦隊に改編された。十五年十一月十五日には、第二潜水戦隊が再編成された。

太平洋戦争開戦時は第六艦隊に所属し、ハワイ方面監視に従事、真珠湾哨区の交代監視を行なっていた。十二月三十一日、第七潜水隊としてハワイ港湾埠頭の建物および艦船に砲撃を行ない、若干の戦果をおさめた。

昭和十七年一月十二日、伊六潜は空母サラトガを雷撃し、損傷をあたえた。

二月一日、横須賀に帰港後、南方部隊に編入され、二月中旬、セレベスのスターリング湾に進出して、わが機動部隊のインド洋第二次機動戦に協力した。このとき、敵艦艇の捕捉撃滅のため豪州西岸、ジャワ、スマトラ南方海面に作戦した。三月中旬、ペナンに集結し、下旬よりインド洋コロンボ方面に作戦し、戦果をおさめて四月中旬、シンガポールをへて整備のため横須賀に帰港した。

六月十日、北方部隊に編入され、第一潜水戦隊につづいてアリューシャン西部に進出した。八月中旬、アッツ、キスカ攻略作戦も一段落したので、内地に帰投した。

その後、インド洋方面に進出の予定であったが、連合艦隊は米軍のガ島上陸によりソロモン方面に増強することに決したものの、八月二十日、戦時編制の改定により解隊となった。その所属する潜水艦はすべて第六艦隊付属となり、九月上旬、トラックに進出した。

第三潜水戦隊

支那事変勃発直後の昭和十二年十二月一日に編成され、北支方面を行動していたが、昭和十三年六月二十日に解隊された。昭和十四年十一月十五日、第二潜水戦隊を改編して再編成された。太平洋戦争開戦時は第六艦隊に所属しハワイ方面監視に従事したのち、十二月下旬、クェゼリンに帰投した。

昭和十七年一月十二日、クェゼリンを出撃、各潜水艦は分離して作戦し、旗艦伊八潜は北米西岸、十一潜水隊はミッドウェー、アリューシャン要地偵察、二十潜水隊はハワイ方面監視を、十二潜水隊の伊六九潜はミッドウェーの偵察と軍事施設の砲撃を行ない、いずれも二月下旬より三月上旬までの間に内地に帰投した。

四月中旬、整備を完了して出撃したが、ドーリットル東京空襲により、各艦は四月末まで東経一六〇度線にて哨戒したのち五月十日、クェゼリンに進出した。

旗艦伊八潜は司令官の病気のため横須賀に帰港、新司令官河野少将を乗艦させて、五月十日ころにクェゼリンへ進出した。

五月二十五日、クェゼリンを出撃、六月四日にミッドウェー南方散開線に到着した。六月七日、伊一六八潜は米空母ヨークタウンを撃沈した。ミッドウェー作戦終了後、クェゼリンにて待機していたが、七月上旬よりソロモン東方、豪州東岸、ニューカレドニア、フィジー方面に行動し、八月下旬にトラックへ帰投した。

昭和十八年一月下旬、ガ島南方海面に集中してガ島撤収作戦に協力した。四月上旬、トラックを出撃、豪州東方海面にて交通破壊戦に従事した。八月中旬以後は第三潜水戦隊による作戦は実施されなかった。

九月十五日、戦時編制改定により解隊され、戦隊所属の十二、二十二潜水隊は第六艦隊直率に、靖国丸は第六艦隊付属に編入され、伊一一潜は第一潜水隊に編入された。

第四潜水戦隊

昭和十四年十一月十五日に編成された。太平洋戦争開戦時は連合艦隊に所属し、昭和十六年十二月一日、海南島三亜を出撃して、南シナ海アナンバス島北西海面に散開待機した。十二月下旬、カムラン湾に帰着後、カムラン湾を基地として南シナ海、ジャワ近海の作戦に従事した。

昭和十七年二月上旬、バンカ、パレンバン攻略作戦に従事した。二月十八日、南方部隊甲潜水部隊に編入され、ジャワ攻略作戦に協力し、主としてスンダ、ロンボック海峡およびジャワ南方海面に作戦した。しかし、三月十日、戦時編制改定により解隊され、所属の潜水隊は第五、第六潜水戦隊および呉鎮守府部隊に編入された。

第五潜水戦隊

昭和十五年五月一日に編成され、太平洋戦争開始時には連合艦隊に所属した。マレー部隊として南シナ海方面に行動し、敵情監視、シンガポール方面の機雷敷設などを行なった。伊五八潜、伊六五潜はマレー沖海戦において英艦隊を発見、戦勝の要因となった。

十二月下旬、マレー部隊よりのぞかれて南方部隊に編入され、ペナンを基地として、スマトラ南岸、ラングーン沖、セイロン島方面とインド洋の交通破壊戦に従事し、三月上旬、佐世保に帰港した。

昭和十七年五月中旬に整備を終了し、下旬にはクェゼリンに進出した。五月二十五日に出港してミッドウェー北方の散開線についたが、敵と遭遇せず、佐世保に帰港した。

七月十日、戦時編成改定により解隊され、その一部を呉鎮守府部隊に編入し練習潜水艦の強化をはかるとともに、残りの潜水艦は南西方面艦隊付属として、インド洋方面に進出させることとなった。

第六潜水戦隊

昭和十六年五月一日に編成され、太平洋戦争開戦時は第三艦隊に所属し、比島部隊潜水部隊として行動した。マニラ沖、ボルネオ～パラワン島間のバラバック海峡にたいし敵艦船阻止の目的をもって機雷を敷設し、比島各地の上陸作戦に協力した。

その後、ダバオにて次期作戦を準備中であったが、昭和十七年二月上旬、ダバオを出撃して豪州北岸、バンダ海、フロレス海に作戦し、ポートダーウィン沖などに機雷を敷設した。

三月初旬、スターリング湾に帰投し、内地にて整備することになったので三月中旬、内地に帰投した。三月十日、第三艦隊より連合艦隊付属に編入された。

四月十日、戦時編制改定により解隊され、所属の十三潜水隊を第六艦隊直率に、二十一潜水隊を第七潜水戦隊に、長鯨は呉鎮守府部隊に編入された。

第七潜水戦隊

昭和十五年十一月一日に編成され、太平洋戦争開戦時は第四艦隊に所属し、クェゼリンを基地とした。第二十六潜水隊と二十七潜水隊は中部太平洋ウェーク攻略作戦に協力、三十三潜水隊はハウランド、ベーカー島の攻撃を行なった。

昭和十七年一月上旬より二十六潜水隊は、マーシャル防備部隊としてウォッゼ方面の哨戒監視を行ない、第二十七、三十三潜水隊はニューアイルランド～ニューブリテン島間のセントジョージ海峡方面監視に従事し、ラバウル攻略作戦に協力した。

四月以降、第七潜水戦隊の潜水艦は旧式の呂号潜水艦のため、大部分は内地にて修理整備中であった。しかし呂三三潜、呂三四潜のみがトラックに在泊していた。四月中旬、ラバウルに進出して、ポートモレスビー攻略作戦のため各泊地の偵察を命ぜられ、四月下旬にラバウルを出港した。珊瑚海海戦にも参加したが、敵艦隊と遭遇せず、ラバウルに帰港した。

七月十四日、戦時編制の改定により第八艦隊に編入された。これまで戦力をなしていた旧式呂号潜水艦をのぞき、伊一二一潜型が編入され、外南洋部隊潜水部隊として、ポートモレスビー沖、ソロモン方面作戦に従事した。

八月二十二日、先遣部隊（第六艦隊）に編入され、ガ島周辺における潜水艦作戦に従事した。一部はポートモレスビー沖に派遣され、敵増援阻止および偵察を行なった。あらたに編入された新造の呂号潜水艦はソロモン、ニューギニア方面輸送作戦に従事した。

昭和十九年三月、ラバウルよりトラックに移動し、以後、内南洋方面の作戦に従事した。八月十五日、戦時編成改定により輸送潜水艦が配属され、もっぱら太平洋の孤島にたいする輸送作戦に従事した。

昭和二十年初頭より作戦全般の重点が本土防衛に指向され、太平洋の孤島への輸送作戦もとだえがちの状態となった。第七潜水戦隊の潜水艦の作戦輸送よりも、本土防衛作戦に転用する意向がつよくなり、三月二十日、戦時編成改定により解隊された。

ここに作戦を行なう潜水戦隊は消滅し、第六艦隊直率の潜水艦による回天攻撃によらなければならなくなった。

第八潜水戦隊

昭和十七年三月十日に編成され、第六艦隊に編入された。内地で整備ののち特別攻撃隊として二隊に分かれ、一隊は南東方面に進出し、ポートモレスビー攻略作戦に参加した。またシドニーに特殊潜航艇三隻を発進させたのち、同方面において海上交通破壊戦に従事。六月下旬クェゼリンに帰港、七月中旬、内地にて整備を行ないマレー半島北西岸沖ペナンに進出した。

一隊は四月、ペナンに進出後、マダガスカル島ディエゴスアレスに特殊潜航艇二隻を発進させたのち、モザンビーク海峡、アフリカ東岸で交通破壊戦に従事した。十月末よりガ島泊地に特潜の攻撃を行なった後、ニューカレドニア、豪州東岸要地を偵察した。昭和十八年になってトラックまたは内地で整備し、四月中旬ペナンに進出した。ドイツ派遣潜水艦が五隻あったが、伊八潜だけが成功した。九月十二日、南西方面艦隊に編入され、もっぱらインド洋交通破壊戦に従事したが、昭和十九年末には呂号潜水艦二隻だけとなり、昭和二十年二月二十日に解隊された。

他に第十一潜水戦隊が、昭和十八年四月一日に呉潜水戦隊を改編して編成。終戦まで所在した。

また呉潜水戦隊が、昭和十七年九月一日に編成され、呉鎮守府部隊に所属した。この戦隊は新造潜水艦をもって編成し、訓練および戦備の完成に重点がおかれ、各潜水艦は期間二〜三ヵ月でその目的を達し、逐次、作戦用潜水艦として艦隊に編成変えされていた。

かくのごとく、同戦隊はつぎつぎと新造潜水艦によって構成された。昭和十八年四月一日、第十一潜水戦隊に改編されたが、十八年十二月一日にふたたび編成されて終戦まで所在した。

伊号呂号潜水艦戦歴一覧

太平洋戦争時、全一七〇隻の航跡と最後

戦史研究家　伊達　久

伊一潜

日米開戦時、ハワイ方面の米艦隊監視に従事し、昭和十六年十二月三十一日、ヒロ湾を砲撃した。

内地に帰還後、豪州西岸に出撃して交通破壊戦を行ない、商船一隻を撃沈する戦果をあげて昭和十七年三月、内地に帰還して修理後、六月、アリューシャン方面に行動したのち、九月よりラバウルを基地としてソロモン方面で活躍した。昭和十八年一月二十四日、ラバウルを出発してガダルカナル島（以下ガ島と略す）輸送に向かったが、二十九日、カミンボ沖にて哨戒艇、魚雷艇の攻撃をうけ、浮上してこれと交戦、沈没した。

伊二潜

開戦時ハワイ作戦に従事、昭和十六年十二月三十一日、マウイ島を砲撃。十七年二月より豪州西岸を哨戒し、五月、内地に帰還して修理した後、アリューシャン方面に作戦した。九

月よりラバウル、ショートランドを基地として、ガ島へ糧食弾薬輸送を五回おこなった。昭和十八年三月より五月まで横須賀で修理後、キスカ輸送作戦、西部アリューシャン交通破壊戦に従事して十八年を終える。

昭和十九年三月、トラックへ進出して、ニューギニア方面への輸送作戦に従事し、四月四日、ラバウルを出港、十一日トラックへ入港の予定だったが途中消息不明となる。五月四日、沈没と認定されたが、米側の記録によると四月七日、駆逐艦ソーフィの攻撃をうけ沈没とある。

伊三潜

開戦時、ハワイ作戦に従事し、昭和十六年十二月三十一日、カウアイ島を偵察。十七年二月より豪州西岸交通破壊戦、四月にはセイロン島を偵察し帰途に貨物船一隻を撃沈、一隻を大破する戦果をあげた。六月よりアリューシャン方面に行動した。

九月、ソロモン方面に進出して、ショートランドを基地としてガ島輸送に従事していたが、十二月七日、ショートランドを出撃してガ島カミンボの輸送作戦に向かい、九日夜、カミンボ沖三浬で魚雷艇二隻の攻撃をうけ、魚雷艇59号の魚雷二本が命中して沈没、四名救助されたが、艦長以下八十九名は戦死した。

伊四潜

開戦時、ハワイ作戦に参加し、昭和十六年十二月十四日、オアフ島東で大型貨物船一隻を撃沈した。

昭和十七年二月よりジャワ南方に進出し、三月二十八日よりインド洋方面に行動して五月一日、内地に帰還した。六月よりアリューシャン方面の哨戒任務につき、八月一日、内地に帰還した。九月よりソロモン方面作戦に参加し、九月二十七日、七千トン級輸送船一隻を撃沈した。

十一月、ガ島輸送作戦に従事した後、十二月十六日、ラバウルを出発してニューギニア・ブナ輸送に向かったが、十九日、「陸上と連絡とれず二十一日ラバウル着の予定」と電報を打電してきたが、そのまま消息不明となり、昭和十八年一月五日、沈没認定となった。

米側の記録によると十二月二十一日、ラバウルの南方において潜水艦シードラゴンの雷撃をうけ沈没とある。

伊五潜

開戦時、ハワイ作戦に参加。昭和十七年三月末よりインド洋方面に作戦し、貨物船一隻を撃沈して五月一日、内地に帰還。六月十七日よりアリューシャン方面の哨戒任務に従事。八月一日、横須賀に帰投後、ソロモン方面に進出した。

十一月、舵故障のため内地に帰投したのち、昭和十八年三月、ラバウルへ進出、ラエへの輸送作戦を九回おこなった。六月、内地に帰還し、七月よりキスカ島方面の索敵攻撃に従事したが敵を見ず、九月、横須賀に帰投して昭和十九年一月末までかかって修理したのち、ラバウルへ進出して輸送作戦に従事後、三月に帰投した。

五月二十五日、横須賀を出撃し、サイパンをへてポナペ輸送を終え、七月十六日、トラックを出港して横須賀へ向かう途中、十九日にサイパン東方で敵艦船を攻撃したが、米駆逐艦ウェイマンの反撃をうけ沈没した。

伊六潜

開戦時、ハワイ作戦に参加し、昭和十七年一月十二日、ハワイ南西で空母サラトガを雷撃して損害をあたえた。二月よりジャワ南東海面につづいてインド洋方面に進出し、ボンベイ沖で貨物船二隻を撃沈する戦果をあげた。六月よりアリューシャン方面に行動して、八月、横須賀に帰投した。

昭和十八年二月十六日、横須賀を出撃し、豪州東岸の交通破壊戦と機雷敷設を行ない、その後、五月末までラエ輸送を九回成功させた。七月二日よりキスカ撤退作戦を掩護し、つづいて西部アリューシャン方面の哨戒に従事した。

十一月三十日、横須賀を出撃してラバウルへ進出し、ニューギニア・シオへ四回、イボキへ三回輸送を行なって、昭和十九年二月二十九日、横須賀に帰投した。

六月十五日、横須賀を出港してサイパン東方海面へ出撃し、六月三十日、サイパン島東方二十キロで空母らしきものを撃沈したと報告の後、消息不明となったので、同日をもって沈没と認定された。

伊七潜

開戦時、ハワイ作戦に参加後、昭和十七年二月二十三日よりジャワ南方海面に進出、つづいてインド洋方面に行動し、四月三日、コロンボ沖で貨客船一隻を撃沈して、五月一日、横

ら譲りうけた逆探の威力の賜物であった。艦橋上後部に逆探が見える

須賀に帰投した。

六月十一日よりアリューシャン方面に行動。九月よりガ島南方海面で行動したのち、十二月一日、横須賀に帰投、昭和十八年四月五日まで修理を行なった。四月二十一日に出撃してアッツ、キスカへ輸送を行ない、帰途、人員を輸送した。

六月十五日、幌筵を出撃してキスカ輸送作戦に従事。六月二十一日、キスカ南方一浬で駆逐艦モナガンと交戦し、司令、艦長以下の五名が戦死したが、明くる二十二日、輸送物件揚陸後に横須賀にむけ七夕湾を出発した。

午後九時二十五分、七夕岬南方で敵艦艇三隻と遭遇し、レーダー砲撃をうけ大破して擱座、二十三日に生存者四十三名はキスカ島に収容された。艦は七月五日までに爆破処分された。

伊八潜

開戦時、ハワイ作戦に参加しマーシャル諸島クェゼリンに帰港後、米本土西岸方面に行動、昭和十七

無事ブレスト港口に達したドイツ派遣の伊８潜。アゾレス諸島近海でＵボートか

年三月二日、呉に帰投した。四月、横須賀を出撃したがクェゼリン近くで誤爆をうけて潜航不能となり、内地に帰投した。九月十五日、呉を出撃してトラック経由ガ島南方海面に進出し、各基地の偵察を行ない、三月二十一日、呉に帰投した。

昭和十八年六月一日、ドイツ派遣第二艦として呉を出港し、八月三十一日、フランス北西端ブレストにぶじ入港した。十月五日、ブレストを出港して帰途につき、十二月五日、シンガポール着。十二月二十日にぶじ大任を果たして呉に入港した。

昭和十九年三月よりのインド洋交通破壊戦で、貨物船四隻、帆船一隻を撃沈する戦果をあげ、十月九日、横須賀に帰投した。

昭和二十年三月二十日、内海西部を出撃して沖縄南方海面に向かったが、三十日夜十時ごろ浮上充電中に敵艦艇と遭遇し、急速潜航したが爆雷攻撃をうけて三十一日午前三時ごろ、潜航不能となったので浮上して駆逐艦モリソン、ストックトンと約三十分ほど砲戦したのち艦尾より沈んでいった。生存者はわずか一名であった。

伊九潜

開戦時、ハワイ作戦に参加し、十二月十二日、ハワイ北東で貨物船一隻を撃沈、昭和十七年一月、クェゼリンに帰投した。二月一日、クェゼリンを出港してハワイ南方海面に進出し、二月二十四日、真珠湾の飛行偵察に成功して、三月二十一日、横須賀に帰投した。五月十九日、大湊を出撃してアリューシャン方面に行動した。八月十五日、横須賀を出港してソロモン方面に進出し、十一月よりガ島輸送作戦に従事し、昭和十八年一月末までに五回成功した。

昭和十八年五月二十九日、幌筵を出港してキスカ輸送に成功、便乗者八十名を幌筵まで輸送した。六月十日、第二回キスカ輸送のため幌筵を発し、十四日、キスカ着予定であったが入港せず、六月十五日、沈没と認定された。米側の記録によれば、六月十四日、キスカ南方で駆逐艦フレジャーの攻撃により沈没とある。

伊一〇潜

開戦前フィジー諸島スバの飛行偵察を行なった後、ハワイ作戦に参加した。十二月十日、ハワイ南方で貨物船一隻を撃沈し、昭和十七年一月二十一日に横須賀へ入港した。四月十六日、呉を出撃してインド洋方面に行動し、帰途、インド洋で商船七隻を撃沈して、八月十三日、横須賀に帰投した。十月二十日、横須賀を出撃し、トラックを基地としてソロモン南方海面の交通破壊戦に従事、貨物船二隻を撃沈して昭和十八年三月二十一日、佐世保に帰投した。六月二日に呉を出撃してインド洋交通破壊戦に従事し、商船六隻撃沈の戦果をあげて十二月十六日、佐世保に帰投した。

昭和十九年二月、トラックに進出したが、トラック大空襲にあい小破した。二月二十五日、米西岸に向かったが、途中、被雷により横須賀に帰投した。五月九日、横須賀を出港してマーシャル東方海面に進出し、六月十二日、メジュロ泊地を偵察後、グアム島東方海面に急行した。二十四日、サイパンの第六艦隊司令部職員の救出を企図したが成功せず、二十八日の位置を報告後に消息不明となり、七月二日、沈没認定となった。

米側の記録によれば七月四日、マリアナ海域で船団が攻撃をうけ、これにより駆逐艦デヴィッド・W・テイラー、リッドウルの攻撃により沈没とある。

伊一一潜

昭和十七年六月七日、呉を出撃、クェゼリンをへてシドニー沖で行動し、商船三隻を撃沈してトラックに帰投した。八月二十日よりソロモン方面の敵艦船監視攻撃に従事した。九月七日、飛行機と交戦して潜航不能となったので呉に帰投し、昭和十八年一月まで修理を行なった。

一月九日、呉を出撃してトラックを基地として豪州東岸の交通破壊戦に従事し、七月二十日、豪軽巡ホバートに魚雷二本を命中させ損害をあたえた。

十二月二十一日、トラックを出港して南太平洋エリス諸島（現英連邦ツバル）方面に作戦し、昭和十九年一月十一日、首都のあるフナフチ環礁の偵察を見合わせエリス、サモア方面に移動を命ぜられたが消息不明となり、三月二十日、沈没認定となる。

伊一二潜

昭和十九年十月四日、内海西部を出撃してハワイ、タヒチ、マーシャル方面の交通破壊戦に従事していたが、昭和二十年一月五日、マーシャル方面で敵に発見されたような情報があり、以後、消息不明となり、一月三十一日、沈没認定となる。

伊一三潜

昭和二十年七月二日、舞鶴を出港して大湊で彩雲二機を搭載。七月十一日、大湊から出撃してマリアナ東方海面をへて、七月二十日ごろトラック着の予定で作戦輸送に従事したが、消息不明となり、八月一日、中部太平洋で沈没認定となる。

伊一四潜

昭和二十年七月十四日、大湊を出港して西太平洋カロリン諸島東北端ウルシー環礁偵察用の偵察機二機をトラックへ輸送する任務に従事したが、八月四日、トラック着、そのまま終戦を迎えた。内地に帰還後、米軍に接収され昭和二十一年一月、米国に回航された。

伊一五潜

日米開戦時、サンフランシスコ方面に行動し、昭和十七年一月十一日、マーシャル諸島クエゼリン着、三月二十二日、ハワイ偵察に向かう飛行艇に燃料補給を行なった。五月十五日よりアリューシャン方面作戦に従事した。

八月十五日、ソロモン方面に進出し、敵機動部隊発見を報告したのち、九月二十五日、トラックに帰投した。十月五日、トラックを出港してガ島南東海面に作戦していたが、十一月三日以降消息不明となり、十二月五日、ガ島方面で沈没認定となる。なお十一月十日、敵部隊と交戦して沈没したものと推定される。

伊一六潜

開戦時、ハワイ作戦には特殊潜航艇（横山艇）を発進させた。昭和十七年四月よりインド洋、アフリカ東岸の交通破壊戦に従事した。五月三十一日、マダガスカル島に特殊潜航艇（岩瀬艇）を発進させた。その帰途、商船四隻を撃沈して八月二十六日、横須賀に帰投した。十月よりソロモン方面作戦に従事し、十一月になってガ島の敵艦船に対し三回特殊潜航艇の攻撃を行ない、運送艦アルキバを大破させた。つづいて昭和十八年には、途中、損傷して修理に従事しつつも、トラック、ラバウルを基地として、ガ島に二回、ラエ、シオに八回おこない、昭和十九年一月二日、横須賀に帰投した。

三月、トラックへ進出し、五月十四日、トラックを出港してブーゲンビル島ブインにむけて作戦輸送の途次、消息不明となり、六月二十五日、ソロモン方面で沈没認定となった。米側記録によれば五月十九日、ソロモン北方海面で駆逐艦イングランドの攻撃により沈没とある。

伊一七潜

開戦時、ハワイ作戦、米西海岸交通破壊戦に参加し、商船二隻を撃沈した。昭和十七年二月ふたたび米西岸方面に行動、二月二十四日、ロサンゼルス北方のエルウッド油田を砲撃し、その後、商船二隻を撃沈した。五月よりアリューシャン作戦に参加。八月よりソロモン方面作戦に従事し、つづいてガ島輸送作戦に従事した。

昭和十八年四月よりサモア、フィジー方面の交通破壊戦に従事した。そして七月二十五日、トラックを出港してエスピリッサントおよびニューカレドニア島ヌーメアの飛行機偵察ならびに通商破壊に従事中、消息不明となり、十月二十四日、豪州方面で沈没と認定された。米側記録によれば八月十九日、ヌーメア沖で哨戒機および豪州艦艇の攻撃により沈没とあり、生存者が六名あった。

伊一八潜

開戦時、ハワイ作戦に特殊潜航艇（古野艇）を発進させた。昭和十七年一月二十六日、ミッドウェーを砲撃したのち、四月よりインド洋およびアフリカ東岸交通破壊に従事、商船六隻を撃沈し、八月二十一日、横須賀に帰投した。

昭和十八年一月二十二日、トラックを出港してガ島輸送作戦に成功、二十五日以後もガ島東方海面で作戦中、二月十一日、敵部隊を発見して攻撃したが、軽巡ヘレナの艦載機および駆逐艦フレッチャーの攻撃をうけ沈没した。

伊一九潜

開戦時、ハワイ作戦に参加、つづいて北米西岸の交通破壊戦に従事し、商船一隻を撃沈した。その帰途、昭和十七年一月五日、真珠湾の飛行偵察を成功させた。五月、アリューシャン方面の要地偵察を行なった。八月よりソロモン南東海面で行動中、九月十五日、ニューへブライズ沖で空母ワスプを撃沈、また戦艦ノースカロライナ、駆逐艦オブライエン（のち沈没）に損害をあたえる大戦果をあげた。十一月よりガ島輸送作戦に従事し、昭和十八年一月二十五日、横須賀に帰投した。

四月よりトラックを基地として南太平洋交通破壊戦に従事し、商船三隻を撃沈した。十月十七日、トラックを出港してハワイ方面に行動し、十一月十七日、真珠湾の飛行偵察を実施した。十一月十九日、ギルバード方面に急行を命ぜられたが消息不明となり、昭和十九年二月二日、ギルバート方面で沈没と認定された。

伊二〇潜

開戦時、ハワイ作戦に特殊潜航艇（広尾艇）を発進させた。昭和十七年二月よりフィジー、サモア方面の要地攻撃に向かった。四月十六日、呉を出撃してインド洋交通破壊戦に従事し、商船八隻を撃沈する戦果をあげた。この間、五月三十一日、マダガスカル島に特殊潜航艇（秋枝艇）を発進させ、八月二十三日、横須賀に帰投した。

十一月、特殊潜航艇をもってガ島在泊艦船の攻撃を三回おこなった。つづいてガ島にたいする糧食輸送を三回、ラエに七回成功させ、昭和十八年五月、横須賀に帰投した。八月十九日にトラックを出発してニューヘブライズ諸島方面に向かい、八月三十日、戦艦空母を発見して報告してきたが、その後消息不明となり十一月十八日、沈没認定となった。

伊二一潜

開戦時、ハワイ作戦に参加し、十二月二十三日、タンカー二隻を撃沈した。昭和十七年四月より豪州東岸方面に行動した。六月七日、豪州ニューカッスルを砲撃し、商船一隻を撃沈した。

八月よりソロモン南方海面に進出し、十月二十七日、駆逐艦ポーターを撃沈する戦果をあげ、このほか商船三隻を撃沈した。十一月、ガ島へ輸送作戦を行ない、つづいて豪州東岸に進出して商船四隻を撃沈して、昭和十八年三月三日に横須賀に帰投した。

五月より八月までアリューシャン方面作戦に従事、キスカ輸送を二回おこなった。九月二十五日、トラックを出港してフィジー諸島南方海面を行動中、十一月十九日、ギルバート方面に急行を命ぜられたが、同方面において二十七日以降消息不明となり、十二月二十四日、沈没と認定された。

伊二二潜

開戦時、ハワイ作戦に参加し、特殊潜航艇（岩佐艇）を発進させた。十二月十六日、ハワイ西方ジョンストン島を砲撃、二十一日に輸送船一隻を撃沈した。昭和十七年五月一日より豪州東岸に進出して三十一日、シドニーに特殊潜航艇（松尾艇）を発進させ、七月二十一日、横須賀に帰投した。

九月一日、横須賀を出港してソロモン方面に向かい、十月一日、マライタ島東方四十浬《かいり》で輸送船団を発見したが、五日以降消息不明となり、十一月十二日に沈没と認定された。

伊二三潜

開戦時、ハワイ作戦つづいて米西岸の通商破壊戦に従事し、昭和十七年一月十一日、マーシャル諸島クェゼリン基地に帰投した。二月一日、クェゼリン発、八日にオアフ島南方へ進出して監視を行なっていたが、十四日以降、音信なく消息不明となり、二月二十八日、沈没と認定された。

伊二四潜

開戦時、ハワイ作戦に特殊潜航艇（酒巻艇）を発進させた。昭和十七年一月二十六日、ミッドウェー島を砲撃した。四月末より豪州東岸に進出し、五月三十一日、シドニーへ特殊潜航艇（伴艇）を発進させ、六月七日にはシドニーを砲撃した。その帰途、商船三隻を撃沈して七月十二日、横須賀に帰投した。

十月よりトラックを基地としてソロモン方面に行動し、ガ島在泊の艦船に特殊潜航艇の攻撃を行なった。つづいて昭和十八年に入りラバウルを基地として、ブナ、ラエ輸送を七回おこなって、三月、横須賀に帰投した。五月三十日、幌筵を出港してアッツ島近海で作戦中、六月十一日、アッツ島付近で哨戒艇の攻撃をうけて沈没した。

伊二五潜

開戦時は東太平洋方面で行動した。昭和十七年二月七日より豪州東岸およびフィジー方面の偵察を行なっていたが、四月四日、横須賀に帰投した。五月よりアリューシャン方面で行動しタンカー一隻を撃沈した。八月十五日より米西岸に進出し、九月九日、二十九日の二回にわたりオレゴン州の森林地帯を搭載機で爆撃した。このほか商船七隻を撃沈する戦果をあげて、十月二十四日、横須賀に帰投した。

十二月よりニューギニア輸送作戦に従事し、つづいて豪州東岸に進出して貨物船一隻を撃沈して、昭和十八年六月、トラックに帰投した。七月二十五日、トラックを出港して八月二十四日、エスピリッサントの飛行偵察を行ない、九月十六日、二十日ごろフィジー諸島スバを偵察のうえ帰投するよう命ぜられたが消息不明となり、十月二十四日、エスピリッサント方面で沈没と認定された。

伊二六潜

開戦時、アリューシャン方面の偵察に従事し、十二月八日、輸送船一隻を撃沈した。昭和十七年三月一日、飛行艇によるハワイ偵察に協力し、五月より米西岸方面で行動。六月二十一日、バンクーバー島を砲撃して、七月、横須賀に帰投した。八月十五日よりガ島南東海面へ進出し三十一日、空母サラトガを雷撃して損傷をあたえた。つづいて十一月十三日、軽巡ジュノーを撃沈した。昭和十八年に入ってソロモン方面で行動し、八月、横須賀に帰投した。十二月より翌十九年五月までインド洋交通破壊戦に従事。六月、マリアナ方面で運貨筒輸送に従事した。

十月十三日に呉を出撃して、二十四日、レイテ東方海面に急行し、二十五日、敵空母四隻発見の報告をしてきたが、二十七日以降消息不明となり、十一月二十一日、沈没と認定された。

伊二七潜

初陣は昭和十七年四月よりシドニー付近の監視であった。五月三十一日、シドニー攻撃の特殊潜航艇（中馬艇）を発進させ、その帰途、商船一隻を撃沈した。八月よりインド洋方面の交通破壊戦につづいてアラビア海方面の交通破壊戦に従事し、商船一隻を撃沈した。

昭和十八年もインド洋方面の交通破壊戦に従事し、商船十三隻を撃沈する戦果をあげて十二月十七日、ペナンに帰港した。昭和十九年二月四日、ペナンを出港してアデン湾、アラビア海方面の交通破壊戦に従事していたが消息不明となり、五月十五日、インド洋方面で沈没と認定された。

英側の記録によると二月十三日、北緯〇度五七分、東経七二度一六分において英船団を攻撃し、商船一隻を撃沈したが、その後、護衛艦艇パラディンとペタードの攻撃をうけ、浮上砲戦をしようとしたところ、パラディンに衝突されて沈没とある。

伊二八潜

昭和十七年四月三十日、トラックを出撃して珊瑚海海戦に参加、五月十一日、トラックへ帰投を命ぜられたが、十六日、ラバウルの北で機関故障を報じたのち消息不明となった。米側記録によると五月十七日、トラックの南方で潜水艦タウトグの攻撃をうけ沈没とある。

伊二九潜

昭和十七年四月、豪州東岸の交通破壊戦に従事し、つづいて八月よりインド洋方面に行動し、商船四隻を撃沈した。十一月より昭和十八年八月までアフリカ東岸、インド洋方面で活躍した。

十一月、ドイツ派遣第四艦として呉を出港し、昭和十九年三月十一日、ロリアンに着き、

遣独第１艦として昭和17年８月５日、ロリアン軍港に入る伊30潜

四月十六日、同地を出港して七月シンガポールに到着した。七月二十二日、シンガポールを出港して呉に向かう途中の二十六日、ルソン海峡で潜水艦ソードフィッシュの雷撃により沈没した。

伊三〇潜

昭和十七年四月、インド洋要地の偵察を行なった。ドイツ派遣第一艦として八月五日、ロリアンに入港し、八月二十二日、同地を出港、十月十三日、シンガポールに入港したが、同日出港し内地へ向かう途中、十月十三日、シンガポール商港の東三浬において触雷沈没した。乗員一〇〇名のうち十三名が戦死した。

伊三一潜

昭和十七年八月十五日、呉を出撃してソロモン方面で行動したのち、ショートランド、トラックを基地として偵察、ガ島輸送などに従事し、昭和十八年一月四日、呉に帰投して修理整備した。
二月二十五日よりアリューシャン方面に行動した。五月八日、幌筵を出港し、十三日、キスカ輸送作戦に成功し、キスカを出港して帰途についたが、消息不明となった。
伊三二潜
昭和十七年六月より豪州方面に行動し、つづいてソロモン方面で交通破壊戦に従事した。十二月より昭和十八年五月まで東部ニューギニアのブナ方面への糧食輸送、南太平洋方面の交通破壊戦を行なった。九月より十一月までラエ輸送、豪州東岸の交通破壊戦に従事した。
昭和十九年三月十五日、トラックを出港してマーシャル東方海面で作戦中、三月二十三日、敵機動部隊発見の報告をしたのち消息不明となる。米側の記録によると、三月二十四日、マーシャル西方で護衛駆逐艦マンラブおよび駆潜艇ＰＣ一一三五による攻撃をうけ沈没とある。
伊三三潜
昭和十七年八月十五日よりソロモン方面に行動し、九月二十五日トラックに帰投、明くる二十六日、浦上丸に横付修理中に事故により沈没、乗員三十三名が戦死した。十二月二十九日、引揚げを完了、昭和十八年三月二日、日豊丸に曳航されて内地に向かった。呉で修理を終わり訓練に従事していたが、昭和十九年六月十三日、伊予灘で事故により沈没した。
伊三四潜
昭和十七年十一月二十八日、呉を出撃してキスカ輸送に従事したのち、幌筵を基地として昭和十八年七月までアリューシャン方面の敵艦隊攻撃に向かったが、戦果はなかった。

七月より十月まで遣独第三艦として整備を行ない、十月十三日に呉を出港し、シンガポール、マレー半島西岸沖のペナン基地経由でドイツに向かう途中の十一月十三日、ペナン島ムカ岬灯台の二一八度一八〇〇メートルで英国潜水艦の雷撃をうけ沈没した。

伊三五潜

昭和十七年十二月二日よりアリューシャン方面の交通破壊戦に従事し、キスカ輸送を六回おこなった。昭和十八年十月十一日、トラックを出港してギルバート諸島方面に行動中、二十二日、敵有力部隊発見の報告をしたのち消息不明となり、昭和十九年一月十日をもって沈没と認定された。

米側の記録によれば、十一月二十三日、ギルバート方面で駆逐艦ミードならびにフレージアの攻撃をうけ浮上砲戦、衝突によりフレージアに損傷をあたえる奮戦ののち沈没した。

伊三六潜

昭和十八年一月一日よりソロモン方面へ進出し、ガ島、ニューギニア各地への輸送作戦に従事した。六月より八月まで幌筵、アリューシャン方面に作戦した。九月よりハワイ方面偵察のため横須賀を出撃し、十月十七日ハワイの飛行偵察を行なったが、搭載機は揚収できなかった。

昭和十九年になってスルミ、マーシャル、トラックへの輸送任務に従事したのち回天搭載艦となり、十一月二十日、米海軍基地のある西太平洋カロリン諸島東北端のウルシーを攻撃、つづいて昭和二十年一月十二日にもウルシー攻撃を行なった。四月、沖縄方面に出撃し、輸送船団を攻撃して輸送船三隻を撃沈する戦果をあげた。六月、マリアナ東方海面に出撃して、七月六日、内海西部に帰投して終戦を迎えた。昭和二十一年四月一日、五島沖において米軍により処分された。

伊三七潜

昭和十八年六月八日よりインド洋、アラビア海方面の交通破壊戦に従事して商船二隻を撃沈し、九月よりアフリカ東岸方面に作戦して商船、油槽船五隻を撃沈する戦果をあげてペナンに帰投した。

昭和十九年四月末、ペナン水道で触雷し、その修理後、八月に内地へ回航されて回天搭載艦となった。十一月八日、呉を出港して回天特別攻撃隊としてパラオ諸島コスソル水道在泊艦船の攻撃に向かったが消息不明となり、十二月六日をもってパラオ島近海で沈没と認定された。

米側の記録によれば十一月十九日、パラオの北方二十浬で護衛駆逐艦コンクリン、マッコイレイノルズの協同攻撃により沈没とある。

伊三八潜

昭和十八年五月より十二月までラバウルを基地として東部ニューギニアのラエ、シオ、ソロモン諸島コロンバンガラ、ニューブリテン島中部南岸スルミに計二十四回輸送を行なった。

昭和十九年四月八日、西部ニューギニア防衛の第九艦隊司令部（司令長官・遠藤喜一中将）をウエワクよりホーランジアに輸送した。五月十八日、マーシャル東方海面に出撃したが、六月十三日、米軍のマリアナ来攻により、サイパンの第六艦隊司令部救出を命ぜられたが成功しなかった。十月十九日、呉を出撃して比島東方海面に向かい、哨区についたが、十一月五日、クツルー偵察を命ぜられ、その途上に敵機動部隊発見を報告したが、それ以後消息不明となり、十二月六日、比島東方海面で沈没認定となった。米側の記録によれば、十一月十二日、パラオ東方海面で駆逐艦ニコラスの攻撃をうけ沈没した。

伊三九潜

昭和十八年八月一日より豪州および南太平洋方面の索敵通商破壊戦に従事し、九月十二日、大型曳船ナヴァジョーを撃沈し、九月二十七日、トラックに帰投した。

十一月二十一日、トラックを出撃してタラワ島方面に進出、二十五日、敵艦船を攻撃したが、以後消息不明となり、昭和十九年二月二十日、タラワ島西方海面で沈没と認定された。米側の記録によれば、十一月二十六日、マキン島西方で駆逐艦ラドフォードの攻撃をうけ沈没とある。

伊四〇潜

昭和十八年十一月十三日、横須賀を出港して十九日、トラックへ進出した。十一月二十二日、トラックを出撃しギルバート方面の敵艦船攻撃に向かったが、初陣において消息不明となり、昭和十九年二月二十一日、マキン島付近で沈没と認定された。米側記録には見当たらない。

伊四一潜

昭和十九年一月二十三日よりトラックを基地としてブイン、ラバウルへ作戦輸送を五回おこない、四月二十五日、呉に帰投した。五月十五日、呉を出撃してニューギニア東方海面の索敵に従事したのち、六月二十四日、グアム島より搭乗員一〇六名を収容して呉に帰投した。

十月十九日、呉を出撃して比島東方海面に急行し、十一月三日、レイテ沖で軽巡レノを雷撃により損傷をあたえた。十二日、ふたたび敵を攻撃したが失敗したと報告したのち消息不明となり、十二月二日をもって比島東方海面で沈没と認定された。

米側の記録によれば、十一月十七日、同方面で護衛空母アンツィオの飛行機と護衛駆逐艦ローレンス・C・テーラーの攻撃により沈没とある。

伊四二潜

昭和十九年二月十二日、横須賀を出撃して東カロリン方面で作戦し、三月三日、サイパン着。輸送物件搭載のためパラオに回航した。三月二十三日、パラオを出撃してラバウルへ三十日着の予定をもって輸送作戦中、予定日に入港せず消息不明となり、四月二十七日に沈没と認定された。

米側の記録によれば、三月二十三日、パラオ南西で潜水艦タニーの雷撃をうけ沈没した。

伊四三潜

昭和十九年二月九日、内海西部を出撃してトラックへ作戦輸送に向かった。二月十三日、サイパンに着き、佐一〇一特の九十九名を輸送のため乗艦させた。二月十四日、サイパンを出港して十六日、トラック入港の予定であったが入港せず、消息不明となり、四月八日、沈没と認定された。

米側の記録によれば、二月十五日、トラックの北方で潜水艦アスプロの雷撃をうけ沈没とある。

伊四四潜

昭和十九年三月三十一日よりパラオ東方海面に進出し、ついでニューアイルランド東方海面へ進出中に被爆し、六月五日、呉に帰投した。十月十八日、比島東方海面に向かったが、途中で事故により引き返した。

回天搭載艦となり昭和二十年二月、硫黄島作戦に参加したが、実施せず呉に帰投。四月四日、内海西部を出港して回天特別攻撃隊として沖縄方面に向かったまま消息不明となり、五月二日をもって同方面で沈没と認定された。

米側の記録によれば、四月十八日、沖縄東方海面で軽空母バタアンの艦上機および駆逐艦ヒーヤマン、マクコード、ウールマン、メルツ、コレットの五隻より攻撃をうけ沈没とある。

伊四五潜

昭和十九年三月二十五日よりマーシャル東方海面の索敵に従事したが、四月一日、被爆により引き返した。六月二十八日よりテニアン、グアムへ特殊輸送に従事したが成功しなかった。

十月十三日、呉を出撃して二十四日、レイテ東方海面の敵機動部隊攻撃に向かった。十一月五日、ラモン湾東方に移動を命ぜられたが応答なく、消息不明となり、十一月二十一日をもって同方面で沈没と認定された。米側の記録によれば、十月二十八日、同方面で駆逐艦グリッドリーおよびヘルムの攻撃により沈没とある。

伊四六潜

昭和十九年十月九日、呉を出撃して比島東方海面に急行、十月二十七日、哨区変更を命ぜられたが応答なく、消息不明となり、十二月二日をもって同方面で沈没と認定された。米側の記録によれば、十月二十四日、同方面で護衛駆逐艦リチャード・M・ローウェルの攻撃により沈没とある。

伊四七潜

回天搭載艦として訓練後、昭和十九年十一月八日、菊水隊としてカロリン諸島東北端のウルシー攻撃に向かい、二十日、四基を発進させ、つづいて金剛隊としてニューギニア中部北岸ホーランジア泊地の攻撃に回天四基を発進させた。昭和二十年三月、多々良隊として沖縄に向かったが、その途中、被爆により引き返した。四月二十日ふたたび沖縄へ出撃、五月二日、七日に二基ずつ発進させた。七月十九日、多聞隊として沖縄に出撃したが、敵を見ず八月十一日、内海西部に帰投して終戦を迎えた。昭和二十一年四月一日、五島沖で米軍により処分された。

伊四八潜

昭和二十年一月九日、内海西部を出撃して、回天特別攻撃隊金剛隊としてウルシー米海軍泊地の奇襲に向かったまま消息不明となり、二十一日、ウルシー付近で沈没と認定された。

雷装を強化した伊53潜。艦橋前に22号電探、右にシュノーケル装置

米側の記録によれば、一月二十三日、同方面で護衛駆逐艦コルベシャー、コンクリンおよびラビイの協同攻撃により沈没とある。

伊五二潜

ドイツ派遣第五艦として、昭和十九年四月二十三日、シンガポールを出港してドイツに向かい、六月二十三日、ドイツ潜水艦と会合し、ドイツ将校が便乗してドイツ海軍の指令により行動したが、消息不明となり、八月二日をもって大西洋ビスケー湾付近で沈没と認定された。

米側の記録によれば、六月二十四日、大西洋において護衛空母ボーグ艦上機の爆撃により沈没とある。

伊五三潜

昭和十九年五月十六日、呉を出撃して敵艦船攻撃のためニューアイルランド北方で行動したが敵を見ず、七月二十五日、佐世保に帰投した。

回天搭載艦となり十月、比島方面へ出撃したが、敵を捕捉せず帰投した。つづいてパラオ諸島コスソル水道の敵艦船攻撃のため、昭和二十年一月十二日、回天三基を発進させ爆発音を聴取した。

三月三十日、周防灘にて触雷し、修理後の七月十四日、多聞隊として出撃して二十四日、台湾の南東海面で回天二基を発進し、護衛駆逐艦アンダーヒルに損傷をあたえた。八月四日にも敵艦船に回天二基を発進させて、十二日、呉に帰投し終戦を迎えた。昭和二十一年四月一日、五島沖で米軍により処分された。

伊五四潜

昭和十九年七月六日、横須賀を出撃し、テニアン島へ運砲筒による輸送を行なったが失敗し、二十四日、横須賀に帰投した。十月十五日、呉を出撃し比島東方海面に急行したが、二十三日以後、消息不明となり、十一月二十日、同方面で沈没と認定された。米側の記録によれば十月二十八日、駆逐艦エヴァソールを撃沈後、護衛駆逐艦ホワイトハーストの攻撃により沈没した。

伊五五潜

昭和十九年七月七日、横須賀を出港して飛行機搭乗員収容のためマリアナ諸島テニアンへ向かい、十四日朝「十五日夜テニアン島着の予定」と打電したのち消息不明となり、七月十五日テニアン島付近で沈没と認定された。

伊五六潜

昭和十九年十月十五日、比島東方海面に出撃し、二十四日、LST一隻を撃沈し、明くる二十五日、護衛空母サンティを特攻機と協同して撃破して十一月四日、呉に帰投した。
回天搭載訓練後、昭和二十年一月、回天特攻金剛隊としてアドミラルティの攻撃に向かったが発進できず、帰投を命ぜられ、二月三日、呉に入港した。三月三十一日、内海西部を出撃して回天特攻多々良隊として沖縄方面に向かったまま消息不明となり、五月二日、同方面で沈没と認定された。米側の記録によれば、四月五日、同方面で駆逐艦ハドソンの攻撃により沈没とある。

伊五八潜

回天特別攻撃隊金剛隊として昭和十九年十二月三十一日、呉を出撃し、一月十一日、グアム島の敵艦船に四基発進させて呉に帰投した。昭和二十年三月、丹作戦（ウルシー航空特攻）に協力後、三月三十一日より多々良隊として沖縄へ出撃したが敵を見ず、四月三十日、呉に帰投した。
七月十八日、多聞隊として東カロリンに出撃し、二十八日、回天二基を発進した。三十日、パラオの北方二五〇浬で重巡インディアナポリスを雷撃により撃沈する大戦果をあげた。八月十日、比島の北東海面で回天二基を発進したが、戦果は不明だった。八月十四日、呉に帰投して終戦となる。昭和二十一年四月一日、五島沖で米軍により処分された。

伊六〇潜

昭和十七年一月九日、ミンダナオ島ダバオを出港して十七日、スンダ海峡において英駆逐艦ジュピターの攻撃をうけて潜航不能となり、浮上砲戦を行なったがついに沈没した。

伊七〇潜

昭和十六年十一月二十三日、マーシャル諸島クェゼリンを出港してオアフ島南方海域においてハワイ作戦に参加、十二月九日、ダイヤモンドヘッドの二一〇度四浬で敵情を報告したのち消息不明となり、十日、同方面で沈没と認定された。

伊七三潜

日米開戦時、ハワイ作戦に参加した。昭和十六年十二月二十三日、ハワイ西方一五〇〇キロにあるジョンストン島を砲撃して、二十九日クェゼリンに帰投した。昭和十七年一月十二日、クェゼリンを出撃してハワイ方面の監視に任じ、十五日、敵情報告を行なったのち消息不明となった。二十五日ごろオアフ島南方に達し、敵と遭遇沈没したものと推定され、二十七日同方面で沈没と認定された。

伊一二一潜

開戦時、マレー方面で作戦して同方面に機雷を敷設し、つづいて比島方面で作戦した。昭和十七年一月より豪州方面の交通破壊戦に従事した。五月、ミッドウェー作戦に協力したのち、八月七日よりソロモン方面へ進出し、九月五日までガ島の偵察に任じた。

十二月二十三日よりラバウルを基地としてニューギニア補給作戦を昭和十八年八月末まで、十一回おこなった。以後、内地に帰投して練習潜水艦となり、内海西部で終戦を迎えた。昭和二十一年四月三十日、若狭湾にて米軍により処分された。

伊一二二潜

開戦時、マレー方面で作戦して機雷を敷設し、つづいて比島方面で作戦。昭和十七年一月より豪州方面の交通破壊戦に従事した。五月二十六日よりミッドウェー作戦に協力のためハワイ北西レイサン島を偵察した。八月七日よりソロモン方面へ進出し、昭和十八年八月までラバウルを基地としてニューギニア補給作戦を十二回おこなった。以後、内地で昭和二十年六月まで練習潜水艦として働いた。昭和二十年六月十日、舞鶴を出港して七尾北湾に回航の途次、石川県禄剛岬灯台一二〇度六浬の地点で潜水艦スケートの雷撃をうけ沈没した。

伊一二三潜

開戦時、マレー方面で作戦し同方面に機雷を敷設した。つづいてダバオを基地として、ジャワ島スラバヤ港外、豪州ポートダーウィン港外に機雷を敷設した。昭和十七年五月、ミッドウェー作戦に協力した。八月七日にトラックを出撃し、ソロモン群島へ進出、二十四日以降ガ島ルンガ泊地東方海面を哨戒中、二十九日、飛行機の制圧をうけたとの電報を発したのち消息不明となり、九月一日、同方面において沈没と認定された。米側の記録によれば、八月二十九日、敷設駆逐艦ガンブルの攻撃をうけ沈没した。

伊一二四潜

開戦時、マニラ湾外に機雷を敷設した。昭和十六年十二月十日、輸送船一隻を撃沈。昭和

伊155潜。艦首の防潜網切断器の左に米国製を国産化したＫ式水中聴音機

十七年一月十六日、ポートダーウィン沖に機雷を敷設、十九日、ポートダーウィン北方クラレンス海峡で敵を発見したが、以後消息不明となり、一月二十日、同方面で沈没と認定された。米側の記録によれば、同方面で駆逐艦エゾールおよびコルベット艦三隻の協同攻撃をうけて沈没とある。

伊一五二潜

開戦時より内地にいて作戦に参加せず、昭和十七年八月一日、老齢のため除籍となる。（備考）昭和十七年五月二十日、伊五二潜より伊七五潜までの海大型潜水艦名を伊一五二潜～一七五潜に改名した。従来の番号に一〇〇をくわえることになった。

伊一五三潜

開戦時、マレー方面で作戦し、昭和十七年二月よりジャワ南方へ進出し、商船一隻を撃沈して三月二十一日、内地へ帰投して呉鎮部隊に編入された。それ以後は作戦に参加せず、昭和十九年一月三十一日、第四予備艦となって潜水学校に繋留されていた。終戦後ながらく放置されていたが、昭和二十三年初頭に解体された。

伊一五四潜

開戦時、マレー方面で作戦し、昭和十七年二月よりジャワ南方へ進出、商船二隻を撃沈して、三月二十五日、内地に帰投した。以後、呉鎮部隊に編入されて練習潜水艦となり、作戦には参加しなかった。昭和十九年一月三十一日、第四予備艦となって潜水学校に繋留されていた。昭和二十一年五月、伊予灘で米軍により処分された。

伊一五五潜

開戦時、マレー方面で作戦し、つづいてバンカ海峡、ジャワ北方海面で行動し、商船一隻を撃沈して昭和十七年三月二十五日、内地に帰投した。以後、呉鎮部隊に編入されて練習艦となり、作戦には参加しなかった。昭和二十年七月二十日、第四予備艦となって潜水学校に繋留されていた。昭和二十一年五月、伊予灘で米軍により処分された。

伊一五六潜

開戦時、マレー方面で作戦し、つづいてジャワ南方海面で行動、昭和十七年三月十二日までに商船五隻を撃沈した。ミッドウェー作戦に協力したのち、呉鎮部隊に編入された。昭和十八年六月、一時キスカ輸送作戦に従事したのち練習潜水艦となって終戦を迎えた。昭和二十一年四月一日、五島沖で米軍により処分された。

伊一五七潜

開戦時、マレー方面で作戦し、つづいてジャワ方面の交通破壊戦に従事したのち、ミッドウェー作戦に協力した。昭和十七年六月より十八年六月の一年間は内地ですごし、六月、アリューシャン方面に行動した。以後、呉鎮部隊に編入されて練習潜水艦となり、内海西部で終戦を迎えた。昭和二十一年四月一日、五島沖で米軍により処分された。

伊一五八潜

開戦時、マレー方面で作戦し、十二月十日、英戦艦レパルスを雷撃したが、命中しなかった。つづいてジャワ方面の交通破壊戦に従事して商船三隻を撃沈した。その後、ミッドウェー作戦に参加。以後、呉鎮部隊に編入されて練習潜水艦となり、内海西部で終戦を迎えた。昭和二十一年四月一日、五島沖で米軍により処分された。

伊一五九潜

昭和十七年一月十日よりジャワおよびスマトラ方面の交通破壊戦に従事し、つづいてインド洋方面に進出して、この間、商船二隻を撃沈した。ミッドウェー作戦に参加。七月より呉鎮部隊に編入されて練習潜水艦となり、内海西部で終戦を迎えた。昭和二十一年四月一日、五島沖で米軍により処分された。

伊一六二潜

開戦時、マレー方面で作戦し、つづいて昭和十七年三月までペナンを基地としてインド洋方面の通商破壊戦に従事し、商船五隻を撃沈した。その後ミッドウェー海戦に参加。昭和十八年八月より十九年三月までペナンを基地としてインド洋通商破壊戦に従事し、商船七隻を撃沈する戦果をあげた。

以後、呉鎮部隊に編入されて作戦には参加せず、終戦を迎えた。昭和二十一年四月一日、五島沖で米軍により処分された。

伊一六四潜

開戦時、マレー方面で作戦し、つづいて昭和十七年三月までインド洋、ベンガル湾方面の交通破壊戦に従事し、商船六隻を撃沈した。

五月十六日、佐世保を出撃してミッドウェー作戦に参加のためクェゼリンに進出する途中、消息不明となり、五月二十五日をもって南洋方面で沈没と認定された。米側の記録によれば、五月十七日、四国南方で潜水艦トライトンの雷撃により沈没とある。

伊一六五潜

開戦時、マレー方面で作戦し、昭和十六年十二月九日、英戦艦二隻の北上を発見報告して、マレー沖海戦に寄与した。つづいてジャワおよびインド洋方面の交通破壊戦に従事し、商船五隻を撃沈した。ミッドウェー作戦に参加。

昭和十七年八月より十九年七月までペナン、スラバヤを基地として、インド洋交通破壊戦に従事し商船六隻を撃沈した。八月にビアク島へ輸送を行なったが成功しなかった。

以後、回天搭載艦となり、昭和二十年六月十五日、内海西部を出撃して回天特攻轟《とどろき》隊《たい》としてマリアナ東方海面へ向かい、六月下旬、敵信情報により戦果をあげたと推定されたが、以後消息不明となり七月二十九日、同方面で沈没と認定された。米側の記録では、六月二十十七日、同方面で基地哨戒機の爆撃により沈没した。

伊一六六潜

開戦時、マレー方面で作戦し、つづいてジャワ、インド洋方面の交通破壊戦に従事し、オランダ潜水艦K16、商船四隻を撃沈した。ミッドウェー作戦に参加。

昭和十七年八月より十九年六月までペナンを基地としてインド洋交通破壊戦に従事し、商船二隻を撃沈した。昭和十九年七月十六日、ペナンを出港してシンガポールへ回航の途次、十七日、マラッカ海峡において英国潜水艦の雷撃により沈没した。

伊一六八潜

開戦時、ハワイ作戦に参加し、昭和十七年六月七日、ミッドウェー海戦において空母ヨークタウンと駆逐艦ハンマンを撃沈した。十二月より昭和十八年一月までガ島輸送作戦に従事。三月よりキスカ、アッツ島に輸送作戦を行ない六回成功させた。

七月十二日、呉を出港して二十二日トラックへ入港し、二十五日トラックを出撃してラバウルへ向かう途中、二十七日正午の位置を報告した後、消息不明となり、九月十日をもってラバウル北方海面で沈没と認定された。米側の発表によると、七月二十七日、同方面で潜水艦スキャンプの攻撃により沈没とある。

伊一六九潜

開戦時、ハワイ作戦に参加し、昭和十七年二月、ミッドウェー偵察および砲撃を行なった。ミッドウェー海戦に参加。七月より豪州方面へ行動し、タンカー一隻を撃沈したが、そのと

純国産ディーゼルにより速力24ノットを得た伊171潜から見た伊172潜と伊73潜

き被害をうけて昭和十八年二月まで佐世保で修理した。

三月より八月までアリューシャン方面の交通破壊戦に従事した。十月よりハワイ南方、ウェーク北方海面の監視、つづいてギルバート方面の敵艦船攻撃に従事したのち、昭和十九年三月、ブイン輸送を行ない、三月二十二日、トラックに帰投した。四月四日、トラックで空襲警報により沈坐したまま、事故により浮上しなかった。

伊一七一潜

開戦時、ハワイ作戦に参加し、つづいてハワイ方面に行動、ミッドウェー海戦に参加した。昭和十七年七月よりフィジー方面の交通破壊戦に従事したのち、呉で修理した。昭和十八年二月よりアリューシャン方面に行動し三回輸送に成功した。十月よりソロモン方面へ進出した。

昭和十九年一月三十日、ラバウルを出撃してブカ島に向かったが消息不明となり、三月十二日、同方面で沈没と認定された。米側の記録によれば、一月三十日、同方面で駆逐艦ゲストおよびゲストンの攻撃により沈没とある。

伊一七二潜

開戦時、ハワイ作戦に参加し、つづいて同方面で行動した。昭和十七年八月三十日、トラックを出港してソロモン方面へ進出した。十月十二日、トラックを出撃してソロモン南方作戦に従事し、二十八日ごろから消息不明となり、十一月二十七日、同方面で沈没と認定された。

米側の記録によれば、十一月十日、同方面で掃海駆逐艦サウザードの攻撃により沈没とある。

伊一七四潜

開戦時、ハワイ作戦に参加し、つづいてアリューシャン方面に行動した。ミッドウェー海戦に参加の後、昭和十七年七月よりソロモン方面に作戦し、ガ島輸送、ニューギニア輸送に昭和十八年十月まで従事した。十一月、ギルバート方面の迎撃作戦後、昭和十九年三月末まで呉で修理した。

四月三日、呉を出撃してパラオ東方海面に向かい、四月十日、敵機動部隊にそなえてトラック南方配備を命ぜられたが、以後消息不明となる。米側の記録には見当たらない。

伊一七五潜

開戦時、ハワイ作戦に参加し、つづいてアリューシャン方面に行動後、ミッドウェー海戦に参加した。昭和十七年七月より豪州東方海面に行動し、商船二隻を撃沈、つづいてトラックを基地としてソロモン方面に作戦後、横須賀で修理した。

昭和十八年五月よりアリューシャン方面に行動し、キスカへ輸送を行なった。呉で整備したのちギルバート方面に行動し、十一月二十四日、護衛空母リスカムベイを撃沈する戦果をあげた。

昭和十九年一月二十七日、トラックを出港してマーシャル東方海面に向かい、一月三十日、ウォッゼ環礁の三〇度二百浬に急行を命ぜられたが消息不明となり、三月二十六日、沈没と認定された。米側の記録によれば、二月十七日、同方面で駆逐艦ニコラスの攻撃により沈没とある。

伊一七六潜

昭和十七年九月十日、呉を出撃、トラックをへてソロモン方面へ進出し、十月二十日、重巡チェスターを雷撃して大破させた。昭和十七年暮れより十八年十一月までラバウルを基地として東部ニューギニア補給輸送作戦を十三回おこなった。

昭和十九年三月よりトラックを基地としてマーシャル方面の索敵を行なった。五月十日、トラックを出発してブカ島へ補給輸送に向かったまま消息不明となり、六月十一日、沈没と認定された。米側の記録によると、五月十六日、ブカの南四浬で駆逐艦フランクスおよびハッガードの協同攻撃により沈没とある。

伊一七七潜

昭和十八年三月三十日、呉を出撃して豪州東岸の交通破壊戦に従事し、タンカー一隻、貨客船一隻を撃沈した。八月よりラバウルを基地としてニューギニア補給輸送作戦に参加し、昭和十九年一月まで十六回おこなった。四月よりアリューシャン、千島方面で行動した。九月十九日、呉を出港してパラオ方面に向かった。九月二十四日、パラオ周辺の敵攻撃に向かい、十月三日、西太平洋カロリン諸島東北端に位置するウルシー米海軍泊地を偵察後、呉に帰投を命ぜられたが消息不明となり、十一月八日、沈没と認定された。米側の記録によると、十月三日、パラオ北西一〇〇浬で護衛駆逐艦サミュエル・S・マイルスの攻撃により沈没した。

伊一七八潜

昭和十八年三月三十日、呉を出撃、豪州東岸で商船一隻を撃沈して、五月十八日、トラックに帰投した。六月四日、トラックを出撃し豪州東方海面作戦に従事したが、消息不明となり、八月四日、同方面で沈没と認定された。

伊一七九潜

昭和十八年七月十四日、瀬戸内海伊予灘で哨戒訓練中、事故により沈没した。

伊一八〇潜

昭和十八年三月三十日、呉を出撃して豪州東方海面で作戦し、商船三隻を撃沈した。ソロモン方面に行動し、七月十三日、軽巡神通の乗組員二十一名を救助した。八月よりニューギニア補給輸送作戦を四回おこなった。

昭和十九年三月二十日、大湊を出撃してアリューシャン方面で作戦中、消息不明となり、五月二十日、同方面で沈没と認定された。米側の記録によれば、四月二十六日、東部アリューシャンで護衛駆逐艦ギルモアの攻撃により沈没とある。

伊一八一潜

昭和十八年八月二十五日、呉を出撃してニューヘブライズ諸島エスピリッサント方面に作戦し、つづいてニューギニア補給作戦に昭和十九年一月まで従事した。一月十三日、ラバウルを出撃したが、十六日以後ブカ輸送の途次、消息不明となり、三月一日、沈没と認定された。バリ島所在陸軍部隊の情報によれば、一月十六日、グィディアグ海峡において駆逐艦、魚雷艇と交戦、沈没と推定される。

伊一八二潜

昭和十八年八月二十二日、トラックを出港してニューカレドニア北方ニューヘブライズ諸島方面に出撃したが、九月八日、情況報告をもとめたが消息なく、十月二十二日、同方面で沈没と認定された。米側の記録によれば、護衛駆逐艦エレットの攻撃により沈没とある。

伊一八三潜

昭和十九年四月二十八日、内海西部を出港してサイパンをへてトラックに進む予定であったが、サイパンに入港せず消息不明となり、五月二十九日、沈没と認定された。米側の記録によれば、四月二十八日、九州沖で潜水艦ポギイの砲撃により沈没とある。

伊一八四潜

昭和十九年三月、アリューシャン方面の交通破壊戦に従事。五月二十日、横須賀を出撃して六月十二日、マーシャル諸島ヤルート環礁東方ミレ輸送に成功し、十五日、サイパン方面に向かったがその後消息不明となり、七月十二日、同方面で沈没と認定された。米側の記録には、六月十九日、サイパン南東方において護衛空母スワニーの艦上機の攻撃により沈没とある。

伊一八五潜

昭和十九年三月、ラバウルに進出して、ブカ島などに輸送を行ない、三月末、佐世保に帰投した。六月十一日、内地を出港してニューギニア中部北岸ウエワク輸送の途中からサイパン方面に急行したまま消息不明となり、七月十二日、沈没と認定された。米側の記録によれば、六月二十二日、サイパンの北西海面で駆逐艦ニューコムおよび掃海駆逐艦チャンドラーの攻撃により沈没とある。

伊二〇一潜

作戦に参加する機会なく、昭和二十年六月、呉より舞鶴に回航し終戦を迎えた。終戦後、米軍に接収され、昭和二十一年一月、米国に回航された。

伊二〇二潜

作戦に参加せず、舞鶴で終戦を迎えた。昭和二十一年四月五日、向後岬西方十三浬付近で米軍により処分された。

伊二〇三潜

竣工遅く作戦に参加せず、内海西部で終戦を迎えた。伊二〇一潜と同じく米軍に接収され、米国へ回航された。

伊三五一潜

昭和二十年六月二十二日、佐世保を出港して作戦輸送のためシンガポールへ向かい、七月六日、同地着、十一日、同地を出港して内地に向かったまま消息不明となり、七月三十一日、南シナ海で沈没と認定された。米側の記録によれば、七月十四日、ボルネオ沖において潜水艦ブルーフィッシュの雷撃により沈没とある。

伊三六一潜

昭和十九年八月より二十年二月までウェーク島へ三回輸送作戦を行なった。回天特攻轟隊として昭和二十年五月二十四日、内海西部から沖縄方面に出撃したまま消息不明となり、六月二十五日、沈没と認定された。米側の記録では、五月三十日、護衛空母アンチオ艦上機の攻撃により沈没とある。

伊三六二潜

昭和十九年九月、中部太平洋赤道直下のナウル島へ、十月には南鳥島へ作戦輸送を行なった。昭和二十年一月一日、横須賀を出港して一月二十一日カロリン諸島メレヨン島着予定の作戦輸送の途次、消息不明となり、二月十五日、カロリン諸島方面で沈没と認定された。米側の記録によれば、一月十八日、同方面で護衛駆逐艦フレミングの攻撃により沈没とある。

伊三六三潜

昭和十九年十月にトラック、メレヨン島へ、十二月と昭和二十年三月には南鳥島へ作戦輸送を行ない、物件を揚陸した。五月二十八日、回天特攻轟隊として沖縄方面に出撃し、八月八日にも回天特攻多聞隊としてパラオの北方海面に出撃したが回天を発進せず、八月下旬、内海西部に帰投した。終戦後の十月二十九日、宮崎沖で触雷沈没した。

潜補と称された伊351潜型２番艦・伊352潜。竣工直前の空襲により沈没。2650トン燃料弾薬補給用の大型潜水艦

伊三六四潜

昭和十九年九月十四日、横須賀を出港して中部太平洋の南鳥島南東方ウェーク島への作戦輸送の途次、消息不明となり、十一月二日、マーシャル方面で沈没と認定された。米側の記録によれば、九月十五日、本州東方海面で潜水艦シーデビリーの雷撃により沈没とある。

伊三六五潜

昭和十九年十一月一日、横須賀を出港してトラックへの作戦輸送に向かい十五日着、翌十六日トラックから横須賀に向かったが消息不明となり、十二月二十日、小笠原群島東方海面で沈没と認定された。米側の記録によれば、十一月二十八日、東京湾南方で潜水艦スカバードフィッシュの雷撃により沈没とある。

伊三六六潜

昭和二十年一月より三月までトラックをへてメレヨン島への作戦輸送に従事。五月六日、山口県光沖で機雷に触雷。八月一日、回天特攻多聞隊としてパラオ北方海面に出撃し、回天三基を発進した。終戦後、内海西部に帰投した。昭和二十一年四月一日、五島沖で米軍により処分された。

伊三六七潜

昭和十九年十一月に南鳥島、十二月にはウェークへ作戦輸送を行なった。昭和二十年五月五日、回天特攻振武隊として内海西部を出撃し、二十七日、回天三基を発進して六月四日、呉に帰投した。

七月十九日、多聞隊として沖縄方面へ出撃したが、回天は発進せず八月十六日に帰投した。昭和二十一年四月一日、五島沖で米軍により処分された。

伊三六八潜

回天特攻千早隊として、昭和二十年二月二十日、呉を出撃。硫黄島方面に向かったまま消息不明となり、三月十四日、同方面で沈没と認定された。米側の記録によれば、二月二十七日、同方面で護衛空母アンチオ艦上機の攻撃により沈没とある。

伊三六九潜

昭和二十年一月に南鳥島、三月の父島につづいて五月にはトラック経由カロリン諸島メレヨン島（現ウォレアイ環礁）への作戦輸送に従事。六月より、横須賀で航空揮発油搭載工事に着手し、そのまま終戦を迎えた。終戦後、米軍に接収された。

伊三七〇潜

昭和二十年二月二十一日、内海西部を出撃して回天特攻千早隊として硫黄島方面に向かったまま消息不明となり、二月二十四日、同方面で沈没と認定された。米側の記録によれば、二月二十六日、同方面で護衛駆逐艦フインネガンの攻撃により沈没した。

伊三七一潜

昭和十九年十二月三十日、横須賀を出港、トラックをへてメレヨン島（ミクロネシア／ヤップ島南東方）へ作戦輸送を実施後、一月三十一日にトラックを発し、二月二十二日に横須賀着の予定であったが入港せず、消息不明となり、三月十二日、南洋群島で沈没と認定された。

伊三七二潜

昭和二十年二月、比島作戦輸送に従事したが、途中で中止となり引き返した。四月一日より七月十日の間に南鳥島南東方ウェーク島に作戦輸送を二回実施した。横須賀で航空揮発油還送のための工事中、七月十八日、敵機の空襲により沈没した。

伊三七三潜

伊503潜。昭和20年５月のドイツ降伏により接収した伊501潜級６隻のうち伊503と504は元イタリア艦

昭和二十年八月九日、佐世保を出港して内地〜台湾間の作戦輸送に従事中、消息不明となり、八月十四日、東シナ海で沈没と認定された。米側の記録によれば、八月十三日、同方面で潜水艦スパイクフィッシュの雷撃により沈没した。

伊四〇〇潜

昭和二十年七月二十六日、大湊を出撃してウルシー泊地特攻攻撃に向かったが、トラックの南西海面で終戦となり、内地に帰投した。米軍に接収され昭和二十一年一月、米国に回航された。

伊四〇一潜

神龍特別攻撃隊の一艦として、ウルシー泊地へ向かう途中で終戦となり、内地に帰還した。

伊四〇二潜

終戦直前の竣工のため作戦に参加せず、終戦時、小破のまま残存。

伊五〇一潜

旧ドイツ潜水艦U181号。終戦をシンガポールで迎えた。

（備考）伊五〇一〜五〇六潜はドイツの降伏により接収した

もの。

伊五〇二潜

旧ドイツ潜水艦U862号。終戦をシンガポールで迎えた。

伊五〇三潜

旧イタリア潜水艦UIT24号。終戦を神戸で迎えた。（備考）イタリア軍降伏によりドイツ艦となったものをドイツ降伏により日本が接収。

伊五〇四潜

旧イタリア潜水艦UIT25号。終戦を神戸で迎えた。（備考）右同。

伊五〇五潜

旧ドイツ潜水艦U219号。終戦をジャワ島スラバヤで迎えた。

伊五〇六潜

旧ドイツ潜水艦U195号。終戦をスラバヤで迎えた。

呂三〇潜

作戦に参加せず、昭和十七年四月一日、老齢除籍となる。

呂三一潜

内地において整備諸訓練に従事していたが、昭和二十年五月二十五日、老齢除籍となる。

呂三二潜

作戦に参加せず、昭和十七年四月一日、老齢除籍となる。

呂三三潜

日米開戦の日に佐世保を出港して、マレー、ジャワ方面の交通破壊戦に従事した後、昭和十七年四月、ラバウルへ進出して豪州軍基地のあるニューギニア東部ポートモレスビーの監視哨戒に任じ、商船一隻を撃沈した。八月二十二日、ラバウルを出港してポートモレスビーに向かったが、二十六日以後消息不明となり、九月一日、同方面で沈没と認定された。米側の記録によれば、二十九日、同方面で英国飛行機の攻撃により沈没とある。

呂三四潜

昭和十六年十二月十八日、佐世保を出港してジャワ方面に行動。昭和十七年四月よりソロモン方面に作戦し、八月にガ島泊地偵察を行ない、以後ソロモン方面で敵艦船攻撃に従事した。

昭和十八年四月二日、ラバウルを出港して六日、ガ島西方ルッセル島付近の天候および敵情報告の命をうけたが、以後連絡なく消息不明となり、五月二日、同方面で沈没と認定された。米側の記録によれば、四月五日、同方面で駆逐艦オーバノンの攻撃により沈没した。

呂三五潜

昭和十八年八月十六日、トラックを出港してニューヘブライズ諸島エスピリッツサント方面に向かい、二十五日、輸送船六隻発見の報告後、消息不明となり、十月二日、同方面で沈没と認定された。米側の記録によれば、八月二十五日、同方面で駆逐艦パタースンの攻撃により沈没した。

呂三六潜

昭和十六年九月よりカロリン諸島トラック環礁を基地として、ソロモン南東方面に行動す。昭和十九年三月、マーシャル方面の偵察に従事した。六月四日、内地発サイパンへ進出し、十一日、サイパン発ニューギニア北方に向かう途中、敵情報告したのち消息不明となり、七月十二日、サイパン方面で沈没と認定された。米側の記録によれば、六月十三日、同方面で駆逐艦メルヴィンの攻撃により沈没した。

呂三七潜

昭和十八年十月よりウェーク島方面で行動した。昭和十九年一月三日、トラック発、ニューへブライズ諸島方面に作戦中、消息不明となり、二月十七日、同方面で沈没と認定された。米側の記録によれば、一月二十三日、給油艦キャシュを大破した後、駆逐艦ビューカナンの攻撃により沈没した。

呂三八潜

昭和十八年十一月十九日、トラック発、ギルバート諸島方面に作戦行動中、消息不明となり、昭和十九年一月二日、同方面で沈没と認定された。

呂三九潜

昭和十九年一月二十日、トラック発、マーシャル諸島東方海面に行動中、二月二日、緊急信を発したのち消息不明となり、三月五日、マーシャル諸島ウォッゼ東方で沈没と認定された。米側の記録によれば、二月五日、同方面で駆逐艦シャーレットおよびフェーアの攻撃により沈没した。

呂四〇潜

昭和十九年二月十四日、トラック発、ギルバート東方海面に向かったが消息不明となり、二月二十一日、マキン島付近で沈没と認定された。米側の記録によれば、二月十六日、マーシャル諸島クェゼリン付近で駆逐艦フェルプスおよび掃海艇セージの攻撃により沈没した。

呂四一潜

昭和十九年三月よりトラック南方海面で索敵、五月、ミクロネシア東端クサイ島への作戦輸送の帰途サイパン南方散開線につき、七月五日、佐世保に帰投した。九月より比島東方海面へ進出し、十月三日、護衛駆逐艦シェルトンを撃沈した。いちど内地に帰投後、ふたたび比島東方海面に作戦した。

昭和二十年三月十八日、佐伯発、沖縄方面に出撃したが、二十二日、敵情報告して以後消息不明となり、四月十五日、同方面で沈没と認定された。米側の記録によれば、三月二十三日、同方面で駆逐艦ハッガードの攻撃をうけ、最後は浮上衝撃によりハッガードに損傷をあたえたが沈没した。

呂四二潜

昭和十八年十二月、南太平洋方面の哨区につき、昭和十九年一月より四月までトラックを基地として、マーシャル方面に行動した。五月十五日、横須賀発、マーシャル方面の哨区につき、つづいてサイパン来攻の敵部隊迎撃のため同方面に向かったが消息不明となり、七月十二日、サイパン付近で沈没と認定された。米側の記録によれば、六月十一日、マーシャル方面で護衛駆逐艦バンガストの攻撃により沈没した。

呂四三潜

昭和十九年六月、サイパン島来攻の敵部隊迎撃、つづいて比島東方海面哨戒ならびに迎撃に昭和二十年一月まで従事した。二月十六日、呉を出撃、硫黄島方面に向かったが、そのまま消息不明となり、三月十四日、同方面で沈没と認定された。

米側の記録によれば、二月二十一日、硫黄島付近で駆逐艦レンショーを大破させたが、二十七日、同方面で護衛空母アンツィオ艦上機の攻撃により沈没した。

呂四四潜

昭和十九年一月、ソロモン南東海面哨区につき、三月、マーシャル諸島ミレ輸送ならびにメジュロ偵察に従事し、四月二十九日、呉に帰投した。五月十五日、呉を出港してサイパンに向かい、二十三日、サイパン発マーシャル方面に進出し、六月十三日にブラウン偵察後、サイパンに向かったが以後消息不明となり、七月十二日マリアナ方面で沈没と認定された。米側の記録によれば、六月十六日、マーシャル方面で護衛駆逐艦バードウン・R・ヘイステイングスの攻撃により沈没した。

呂四五潜

昭和十九年四月十六日、内地を出撃してトラックへ進出し、三十日、敵機動部隊迎撃のためトラック発、以後消息不明となり、五月二十日、沈没と認定された。米側の記録によれば、五月一日、トラック南方で護衛空母モンテレーの艦上機、駆逐艦マクドノー、ステファンポッターの攻撃により沈没した。

呂四六潜

昭和十九年六月、サイパン島周辺哨戒、九月より十一月まで比島東方海面哨戒に従事。昭和二十年一月、ルソン西方に敵艦隊迎撃のため出撃し、一月三十日、タンカー一隻を撃沈し、二月は比島より飛行機搭乗員を収容して台湾に輸送し、二月十九日、呉に帰投した。四月六日、内海西部発、沖縄方面に向かったまま消息不明となり、五月二日、同方面で沈没と認定された。米側の記録によれば、四月二十九日、同方面で護衛空母ツラギの艦上機の爆撃により沈没した。

呂四七潜

昭和十九年六月、サイパン島方面の索敵に出撃した。内地帰投後、九月十八日に呉を出港して、パラオ周辺の敵攻撃に向かったまま消息不明となり、十一月三日、パラオ方面で沈没と認定された。米側の記録によれば、九月二十六日、同方面で護衛駆逐艦マッコイレイノルズの攻撃により沈没した。

呂四八潜

昭和十九年七月五日、呉発サイパンに向かい、七月十三日および十四日、サイパン島の北方三十浬で敵の制圧をうけたとの報告後、消息不明となり、七月十五日、サイパン島付近で沈没と認定された。

米側の記録によれば、七月十四日、同方面で駆逐艦ウィリアム・C・ミラーの攻撃により沈没した。

呂四九潜

昭和十九年十一月より二十年一月まで比島東方海面に二度出撃した。三月十八日、佐伯発、沖縄方面へ出撃し、二十五日、敵情報告ののち消息不明となり、四月十五日、同方面で沈没と認定された。

呂五〇潜

昭和十九年十一月、比島東方海面へ出撃。昭和二十年一月ふたたび比島東方海面へ出撃し、二月十一日、LST577を雷撃撃沈して呉に帰投。以後、四月、六月、ウルシーと沖縄の中間地域で哨戒に任じていたが、敵を見ず、七月三日、舞鶴に帰投して終戦を迎えた。昭和二十一年四月一日、五島沖において米軍により処分された。

呂五五潜

昭和二十年一月二十七日、呉を出港してルソン島西方海面に向かい、二月二日、敵情報告ののち消息不明となり、三月一日、同方面で沈没と認定された。米側の記録によれば、二月七日、同方面で護衛駆逐艦トーマスンの攻撃により沈没した。

呂五六潜

昭和二十年三月十八日、佐伯を発し沖縄方面へ向かい、三月二十五日、敵情報告後に消息不明となり、四月十五日、同方面で沈没と認定された。

呂五七潜

呉鎮部隊で作戦には参加せず、昭和十七年三月より横鎮部隊に編入された。昭和二十年五月一日、第四予備艦となり小豆島突撃隊に繋留されて終戦を迎えた。終戦後、伊予灘で米軍により処分された。

呂五八潜

呉鎮部隊で作戦には参加せず、昭和十七年三月より横鎮部隊に編入された。昭和二十年五月一日、第四予備艦となり横須賀に繋留されて終戦を迎えた。昭和二十年十月、清水付近において米軍により処分された。

呂五九潜

呉鎮部隊で作戦には参加せず、昭和十七年三月より横鎮部隊に編入された。昭和二十年五月一日、第四予備艦となり潜水学校に繋留されて終戦を迎えた。昭和二十一年五月、伊予灘において米軍により処分された。

呂六〇潜

昭和十六年十二月十八日、南鳥島南東方ウェーク方面監視につき、二十九日、マーシャル諸島クェゼリン環礁（北端）で座礁沈没した。乗員は迅鯨《じんげい》に総員救助された。

呂六一潜

昭和十六年十二月、ウェーク方面、つづいてマーシャル方面に昭和十七年三月まで行動した。八月一日よりアリューシャン方面の敵艦船攻撃に四回出撃した。八月二十八日キスカ発、アリューシャン列島中部アトカ島ナザン湾の敵艦艇攻撃に向かい、三十一日、同湾に侵入し敵攻撃の電報を打電したのち消息不明となり、九月一日、沈没と認定された。

米側の記録によれば、九月一日、駆逐艦レイドおよび基地哨戒機の攻撃により沈没した。

呂六二潜

昭和十六年十二月十四日よりウェーク方面の行動していたが、十七日、呂六六潜と衝突し、クェゼリンに帰投した。以後、昭和十七年三月までマーシャル、ウェーク方面で行動した。八月一日よりキスカを基地としてアリューシャン方面の敵艦船攻撃に八回出撃したが、いずれも敵を見ず、十一月五日、横須賀に帰投し、以後、呉鎮部隊に編入され、作戦には参加せず内海西部で終戦を迎えた。昭和二十一年五月、伊予灘で米軍により処分された。

呂六三潜

開戦時、ギルバート東方、赤道直下フェニックス諸島ハウランド方面の監視に従事、つづいてソロモン方面、マーシャル方面の監視攻撃に任じた。昭和十七年八月よりキスカを基地として周辺の哨戒に従事し、十一月八日、呉に帰投した。以後、呉鎮部隊に編入されて作戦には参加せず、内海西部で終戦を迎えた。昭和二十一年五月、伊予灘で米軍により処分された。

呂六四潜

開戦時、ハウランド方面の監視に従事。呂六三潜と同行動で呉鎮部隊に編入された。昭和二十年四月十二日、広島湾において教務訓練潜航中、触雷により沈没した。

呂六五潜

開戦時、ウェーク方面の監視、つづいてラバウル攻略作戦、ヤルート東方海面に出撃して監視迎撃に任じたが敵を見ず、昭和十七年四月二日、佐世保に帰投した。九月十五日に大湊発、キスカの哨戒に任じていたが、十一月四日、空襲を回避してキスカ湾内で沈坐のさい、事故のため沈没した。

呂六六潜

開戦時、南鳥島南東ウェーク島の監視に従事していたが、十二月十七日午後八時三十分、ウェーク島の二五二度二十五浬で哨区交替のとき、僚艦の呂六二潜と衝突、沈没した。

呂六七潜

開戦時、ウェーク方面の監視、つづいてラバウル攻略作戦、マーシャル諸島南部ヤルート環礁東方海面の監視迎撃に任じたが敵を見ず、昭和十七年四月二日、佐世保に帰投した。九月、キスカ方面に出撃して、十月十二日、横須賀に帰投した。

以後、呉鎮部隊に編入されて、作戦には参加しなかった。昭和二十年七月二十日、老齢により除籍された。

呂六八潜

開戦時、フェニックス諸島ハウランド方面監視に従事し、行動は呂六三潜と同じで、呉鎮部隊に編入されて作戦に参加しなかった。昭和二十年五月五日、第五十一戦隊に編入され、舞鶴に回航されて終戦を迎えた。昭和二十一年四月三十日、若狭湾において米軍により処分された。

呂一〇〇潜

昭和十七年十二月二十日、横須賀を出撃してニューブリテン島ラバウルへ進出し、ソロモン方面で作戦していた。昭和十八年十一月二十三日、ラバウルを出撃してブーゲンビル島ブインへの緊急輸送に従事中の二十五日、ブイン北口水道オエマ島西方二浬で触雷により沈没した。

呂一〇一潜

昭和十八年一月十八日、横須賀を出撃し、ラバウルを基地としてニューギニア、ガ島、ソロモン方面の交通破壊戦に従事した。昭和十八年九月十日、ラバウル発ガ島東方サンクリストバル島南東海面に進出したが消息不明となり、十月十一日、同方面で沈没と認定された。米側の記録によれば、九月十五日、同方面で哨戒機および駆逐艦ソーフレイの攻撃により沈没した。

呂一〇二潜

昭和十八年一月二十五日、横須賀を出撃してラバウルに進出し、ニューギニア南東方面、ガ島東方海面の敵艦船攻撃に向かった。四月二十九日、ラバウル発ニューギニア東端ラビ南方海面に進出し、五月九日、同方面に敵を見ずの報告をしたのち消息不明となる。

呂一〇三潜

昭和十八年一月五日、呉を出撃してラバウルに進出し、ニューギニア南東方面、ガ島方面の敵艦船攻撃に任じ、六月二十三日、サンクリストバル島南方で貨物運送艦二隻を撃沈した。七月十一日ラバウル発、ソロモン諸島ニュージョージア北西海面に進出し、十五日から二十四日までに三回にわたり敵艦船を発見したが、攻撃の機会を得ず、七月二十八日以降消息不明となり、八月十日、同方面で沈没と認定された。

呂一〇四潜

昭和十八年六月、アッツ島西方海面で行動後、九月よりラバウルに進出し、昭和十九年一月までニューギニアの敵輸送補給遮断に、またわが軍の作戦輸送に従事した後、呉に帰投した。

四月二日、内地発トラックをへてニューブリテン島北西方アドミラルティ方面に行動し、サイパンに帰投した。五月十七日、サイパン発アドミラルティ北方哨戒についたが、そのまま消息不明となり、六月二十五日、同方面で沈没と認定された。米側の記録によれば、五月二十三日、同方面で護衛駆逐艦イングランドの攻撃により沈没した。

呂一〇五潜

昭和十八年六月、アリューシャン方面キスカ撤退第二次作戦に従事後、九月よりラバウルに進出し、主にニューブリテン島中部南岸スルミへの作戦輸送を行なって、昭和十九年三月二十三日、佐世保に帰投した。五月十七日、トラック発アドミラルティ北方哨戒についたが、そのまま消息不明となり、六月二十五日、同方面で沈没と認定された。米側の記録によれば、五月三十一日、同方面で護衛駆逐艦イングランドの攻撃により沈没した。

呂一〇六潜

昭和十八年三月三十一日、佐世保を出撃し、ラバウルを基地としてソロモン方面輸送および敵艦船迎撃に従事し、七月十七日、ＬＳＴ342号を撃沈した。スルミ輸送を最後に昭和十九年三月よりトラックを基地とした。五月十六日、トラック発アドミラルティ北方哨戒につき、そのまま消息不明となり、六月二十五日、同方面で沈没と認定された。米側の記録によれば、五月二十二日、同方面で護衛駆逐艦イングランドの攻撃により沈没した。

呂一〇七潜

昭和十八年三月三十一日、佐世保発、ソロモン方面に進出した。六月三十日、ラバウルを出撃してソロモン諸島レンドバ島方面に向かい、七月六日以降消息不明となり、八月一日、同方面で沈没と認定された。米側の記録によれば、七月十二日、同方面で駆逐艦テーラーの攻撃により沈没した。

呂一〇八潜

昭和十八年八月十一日、横須賀を出港しラバウルへ進出してソロモン方面作戦に従事し、十月三日、駆逐艦ヘンリーを撃沈した。昭和十九年三月、トラックへ基地を移し、同方面の哨戒に任じていた。

五月十五日、トラック発ビスマルク諸島北部アドミラルティ諸島の北方哨戒につき、そのまま消息不明となって六月二十五日、同方面で沈没と認定された。米側の記録によれば、五月二十六日、同方面で護衛駆逐艦イングランドの攻撃により沈没した。

呂一〇九潜

昭和十八年八月十五日、佐世保を出港してラバウルへ進出し、スルミ、ブインへの作戦輸送を行ない、昭和十九年三月、佐世保に帰投して修理を行なった。四月サイパンに進出し、あ号作戦（マリアナ沖海戦）に参加した。十月、比島東方海面に進出し、敵艦船攻撃に二回従事したが敵を見ず、佐世保に帰投した。

昭和二十年二月ふたたびルソン東方海面に出撃し、二月十七日、敵艦船に攻撃を行なったが、米側の記録には被害の記録はない。四月十二日、佐世保を出撃して沖縄方面に向かったまま消息不明となり、五月七日、同方面で沈没と認定された。米側の記録によれば、四月二十五日、同方面で輸送艦ホレース・A・バスの攻撃により沈没した。

呂一一〇潜

昭和十八年十一月十二日、内海西部を出港、マレー半島西岸沖のペナン基地をへてインド洋で作戦し、商船一隻を撃沈して十二月十九日、ペナンに帰投した。昭和十九年二月二日、ペナンを出撃して、ベンガル湾で作戦中に消息不明となり、三月十五日、同方面で沈没と認定された。英側の記録によれば、二月十二日、同方面で豪州艦艇の攻撃により沈没した。

呂一一一潜

昭和十八年十月三十一日、呉を出撃し、ペナンを基地として昭和十九年三月までインド洋交通破壊戦に従事し、商船三隻を撃沈して四月十三日、佐世保に帰投した。

五月二十二日、佐世保を出港してトラックに進出し、六月四日、トラックを出撃してアドミラルティ北方に向かい、十三日、サイパンに急行を命ぜられたが消息不明となり、七月十二日、サイパン付近で沈没と認定された。米側の記録によれば、六月十日、アドミラルティ北方において駆逐艦テーラーの攻撃により沈没した。

呂一一二潜

昭和十八年十二月二十六日、呉を出撃、スラバヤをへて豪州方面で行動した。昭和十九年四月よりニューギニア北方海面に作戦してサイパンに入港、六月のあ号作戦ではサイパン島方面の敵機動部隊迎撃に従事した。十月より比島東方海面で敵艦船攻撃に二度出撃した。比島北岸バタリナオ〜高雄間作戦輸送のため昭和二十年二月八日、高雄を出発したが、バタリナオに到着せず消息不明となり、二月二十日、ルソン海峡で沈没と認定された。米側の記録によれば、二月十一日、同方面で潜水艦バットフィッシュの雷撃により沈没した。

呂一一三潜

昭和十九年三月より沖ノ鳥島、大東島付近の敵潜掃討に従事した。六月、あ号作戦に参加し、カロリン諸島南方海面の敵艦攻撃に出撃した。九月よりインド洋方面に行動し、商船一隻を撃沈して昭和二十年二月七日、高雄に入港した。二月八日、呂一一二潜と同行動をとり、やはり消息不明となる。米側の記録では、二月十二日、ルソン海峡で潜水艦バットフィッシュの雷撃により沈没とある。

呂一一四潜

昭和十九年六月四日、佐伯を出発してサイパンに向かったが、以後消息不明となり、七月十二日、同方面で沈没と認定された。米側の記録によれば、六月十七日、同方面で駆逐艦メルヴィンおよびワッドレイの攻撃により沈没した。

呂一一五潜

昭和十九年三月よりトラックに進出し、カロリン諸島方面の敵機動部隊迎撃、ニューギニア中部ウエワク輸送などに従事。六月、あ号作戦のときサイパン方面に出動して、七月十七日、横須賀に帰投した。八月十日、横須賀を出撃してインド洋交通破壊戦に従事した。昭和二十年一月二十二日、シンガポールを出撃して比島西方海面に進出したまま消息不明となり、二月二十一日、同方面で沈没と認定された。米側の記録によれば、二月一日、同方面で駆逐艦ジェンキンズ、オバノン、ベルおよび護衛駆逐艦アルバート・M・ムーアの協同攻撃により沈没した。

呂一一六潜

昭和十九年五月十五日、サイパンを出撃してビスマルク諸島アドミラルティ北方哨戒についたが、以後消息不明となり、六月二十五日、同方面で沈没と認定された。米側の記録によれば、五月二十四日、同方面で護衛駆逐艦イングランドの攻撃により沈没した。

呂一一七潜

昭和十九年五月、佐伯を出撃してサイパン方面に向かったのち消息不明となり、七月十二日、同方面で沈没と認定された。米側の記録によれば、六月十七日、哨戒機の爆撃により沈

ドイツから譲渡された呂500潜。甲板上は日本へ回航準備中のドイツ側乗員

没した。

呂五〇〇潜

昭和十八年五月にドイツを出発、ペナンをへて八月七日に呉に入港し、九月十六日、ドイツより引き渡されて呂五〇〇潜と命名された。内地において潜水学校の練習艦となり、諸訓練に従事した。

昭和二十年五月五日、第五十一戦隊に編入され、舞鶴に回航されて終戦を迎えた。昭和二十一年四月三十日、若狭湾において米軍により処分された。

呂五〇一潜

昭和十九年三月三十日、ドイツより譲渡をうけ、同日キールを出港して回航任務につき、七月中旬にペナン着の予定であったが、五月六日、位置を知らせる電報を打電したのち消息不明となり、八月二十六日、インド洋方面で沈没と認定された。米側の記録によると、五月十三日、大西洋において護衛駆逐艦フランシス・M・ロビンソンの攻撃により沈没した。

潜水艦発達史に影響をあたえた重大事件

元「伊五八潜」艦長・海軍中佐　橋本以行

橋本以行中佐

ホーランド型の出現いらい、世界各国はすすんで潜水艇を採用し、しだいにその数を増した。そしてだんだんと改良されて、進歩発達した。しかし発達途上の潜水艇は、全乗組員が遭難するような重大事故をはじめとする各種の事故がつづいて発生した。

潜水艦はその水中に潜《もぐ》るという特性上から、水上艦艇にくらべ浮力の余裕が少ないために、少量の浸水によってもただちに沈没してしまう、という非常に重大なる弱点をもっていた。

それで衝突はいうにおよばず、少しの取扱いの錯誤による浸水によってもすぐに沈没し、全員遭難という事故をひき起こした。

その数あるなかでも、六号艇の遭難は、佐久間艇長以下十四名の艇員がもっとも立派な最期をとげたものとして、全世界の人々がひとしく嘆賞するところであるから、私はこれを重大事件の一つとしてとり上げた。

明治四十三年四月十五日、日本製の最初の潜水艇として就役していた六号潜水艇（二五八頁写真参照）は、広島湾岩国の新湊沖で母艇歴山丸の監視のもとにガソリン潜航（今日のシユノーケル潜航と同じ）を行なっていた。

そのさい、深度保持を誤って深く潜りすぎ、給気筒から水が入り出した。急いで弁を閉めにかかったが、チェーンがはずれて閉まらず、艇長が直接、手で回して弁を閉めたときには、すでに相当多量の海水が艇内に入っていた。このため艇は、二十五度の傾斜をもって海底に沈坐してしまって、メインタンクをブローしても浮き上がらず、手動ポンプの排水も利かず、ついに浮き上がることができなかった。

まず艇内にもれたガソリンに酔ったうえに、刻々と蓄積増加する炭酸ガスにも苦しめられ、まもなく全乗組員はガソリン中毒のために、その持ち場に倒れたのであった。一方、母艇の方では、あまりに潜航時間が長いので不安に思い、多数の艦艇をくり出して捜索に当たり、翌十六日に沈没位置をさぐり当て、十七日になってようやく艇を引き揚げた。

まっ先に艇内に入った司令吉川安平中佐は、佐久間艇長以下十四名がそれぞれに持ち場を少しもはなれず、みごとな最期を遂げているのを見て、思わず「よろしい」とつぶやいた、というくらいみごとな最期であった。

やがて、遺体の収容が終わって呉軍港に帰ってきた佐久間勉艇長の、軍服のポケットから発見された一冊の手帳にあった鉛筆のこすり書きが、あの有名な驚嘆すべき遺書であることがわかったのであった。

それは死が刻々とせまる、ガソリンの充満する艇内において、沈着冷静に司令塔の窓辺のうす明かりをたよりに書きつらねたものであった。この沈没の原因から部下の遺族のことまで、あますところなく書きのこされた遺書は、のちに「その至誠至忠は鬼神を泣かしめ、懦《だ》夫《ふ》を立たしむ」とまで内外の人々にたたえられたものであった。

ディーゼルエンジン登場

わが海軍では、最初のホーランド型五隻はすべてガソリンエンジンであった。ついで日本製の六号、七号の両艇もガソリンエンジンであった。

しかし、災害の多いガソリンエンジンは十三号艇を最後として、その頃しだいに発達してきたディーゼルエンジンにとって換えられた。

他の各国も、ほとんど同じ時期にディーゼルエンジンに換えられたのであったが、ドイツのU1号以下の十数隻の潜水艇は、ガソリンよりはましであったが、依然として石油発動機であった。しかし、これも第一次大戦に実用した結果、昼間は煤煙が高く立ちのぼり、夜は火炎を発して、敵にみずからの所在を暴露することがはなはだしかったので、以後はもっぱらディーゼルが採用されることになった。

ガソリンエンジンは、その燃料のガソリンがしばしば爆発して災害を発生したばかりでなく、潜航中ばかりか、水上航走中でさえも、艇内に洩れるとガソリン中毒を起こすなどのことがあった。そこで潜航前にはエンジンを停止して、換気してから潜航する必要があり、水上航走中からする急速潜航などは思いもよらぬ状態であった。

このようにガソリンエンジンは、潜水艇には不向きのエンジンであった。これにとってかわったディーゼルエンジンは、石油や重油を燃料としないので、爆発や中毒の危険がほとんどなかった。それでエンジンを停止してから、ただちに潜航することができたし、なおそのうえに馬力当たりの燃料消費量が他の機関にくらべてきわめて少なかった。

それらの点から、潜水艦の航続距離をさらに長大にすることができて、他の軍艦にくらべて小柄な潜水艦が、連続長期間の行動ができることになり、その隠密性と相まって制海権、制空権に関係なく、敵地の奥深くまで行動することができるようになった。そして今日、原子動力が採用されるまでの約五十年間、試験的に蒸気タービンをそなえた潜水艦も出現したが、ほとんど全部の潜水艦の主機械として採用され、潜水艦の主機械といえば、ディーゼルエンジンときまっていたのであった。

史上はじめての軍艦撃沈

一九一四年（大正三）八月、第一次大戦が開始されるや、対英主力艦の劣勢にかんがみて、かねてより潜水艦に力をそそいでいたドイツ海軍の潜水艦Ｕ21号は、九月五日、英軽巡パンファインダー（五千トン）をみごと魚雷で撃破した。これが史上最初の潜水艦の魚雷による軍艦撃沈である。

ついでU９号は単独でもって英国の一万二千トン級の装甲巡洋艦アブーカー、ホーグ、ワレッシーの三隻を一ヵ所で相ついで撃破した。これは当時、優勢な水上艦艇をもって海上を睥睨《へいげい》していた英帝国海軍の心胆を寒からしめた。

独潜の活躍はこれにとどまらず、さらに十月に同じU９号がまたもや、英巡洋艦ホークを撃沈した。また同じ十月には他の独潜がロシア巡洋艦パルラダを撃沈、英潜水艦３号および英軽巡ハーミスを撃沈。そして十二月になると、ついに無敵を誇った英戦艦フォーミダブルをも撃沈してしまった。

これは潜水艦でもって、海上の王者でもあった戦艦を撃沈できることを実証したものである。また、わずか開戦いらい四ヵ月で大小の軍艦九隻を撃沈してしまったのである。海上の王者といわれた英帝国海軍は色を失って対策に狂奔し、やがて爆雷が考案されるようになった。

一方、海上兵力の少ない他の各国は、潜水艦こそは安上がりで、有力な海軍をきずき上げるのに最適のものだと、いっせいに潜水艦へと注目し、力を入れ出したのであった。しかし、このような成功は、潜水艦に対する警戒が全然なっていなかったからであった。

つまりは潜水艦というものがわかっていなかった初期だったからであって、しだいに対抗策が講ぜられるにしたがって、そう容易に戦果を得られないようになってゆくのである。が、とにかく、これらの快挙は潜水艦の声価を大いに高めたのであった。

無制限潜水艦戦始まる

用兵作戦上から見ると、無警告撃沈の実施は、潜水艦の特性上、ついに来るべきものが来たという感じがする、潜水艦の特性に適合した使用法であった。潜水艦が国際公法の定めるところにしたがって、公海上の商船に停船を命じてから調査のうえ撃沈する、という方法をとっていては、自艦も危険であるし、ほとんどの商船を取り逃すことが明らかである。

それで潜水艦戦でもって島国イギリスの海上交通を遮断し、その息の根を止めんと企図したドイツは、一九一七年二月一日に無制限潜水艦戦の宣言を発して、国籍のいかんを問わず手当たりしだいに無警告で商船を撃沈しだした。

この結果、米国はただちに第一次大戦に参戦することになったほど重大な影響をあたえたのであった。この先例をもって第二次大戦においては、各国は最初から無制限潜水艦戦を行なったのであった。

水上高速潜の出現

主としてディーゼル機関の発達から昭和初年ごろには、潜水艦の水上速力は十七ノットに達した。それから引きつづく努力の結果、ついに日本海軍において複動ディーゼルエンジンの開発によって、潜水艦の水上速力は二十三ノットにたっした。

これによって、ほかの水上艦艇といっしょに行動することができるようになり、艦隊随伴潜水艦とよばれるものが出現し、艦隊戦闘に密接に協力することができると期待された。

また、通商破壊戦においても、輸送船より大きな速力をもって、その前方に出て、待ち伏せができることになり、さらには反復くり返して船団を攻撃することもできる、という期待が持てるようになったのである。

しかし、間もなく飛行機の発達につぐレーダーの発達によって、この水上の優速も発揮できず、水中移動を強いられ、水上優速はあたら無用のものとなってしまうのであった。

潜水艦に飛行機搭載

潜水艦がしだいに大型となり、発達するにつれて、潜水艦に飛行機を搭載したならば、潜水艦の長大な足と、飛行機の広大なる眼とをあわせて活用すれば、非常に有効だろうとは誰しもが考えるところである。

イギリス海軍では第一次大戦中、ドイツのツェッペリン飛行船対策として、潜水艦上にカコイをして水上機を運び、待ち伏せしたことがあった。

このことから、荒天時でも運べるようにと、水上機の格納筒を潜水艦上につくることが考えられ、第一次大戦終了後になって、巨砲搭載のM2号潜水艦の一二インチ砲を取りはらって飛行機格納庫をつくり、カタパルトを備えて「ペト」とよぶ特殊小型の水上機を射出した。

フランスでも、巨砲搭載の潜水艦スルーク号の艦橋後方に水上機を搭載し、またイタリアでも潜水艦に水上機を搭載して、いずれも一応は成功している。

用クレーン。艦尾へ延びるカタパルト上の九六水偵は分解して格納する

それぞれに使用可能であったのだが、いずれの国もその後、積極的に使用しようとせず、発達しないままで終わった。

しかしながら、日本海軍においては昭和初頭に伊五一潜にはじめて水上機搭載を試みて成算を得ていらい、研究をすすめた。昭和七年に完成した伊五潜（巡潜I型）には、最初からカタパルトを装備し、はじめて潜水艦上より水上機を発進するのに成功したのだった。

それ以来、積極的に採用し、巡潜の一部および甲型、乙型、特型の各大型潜水艦に搭載して、第二次大戦においては積極的に使用したのであった。そのうちの特型と称した伊号第四百型潜水艦には、雷爆撃が可能の「晴嵐」三機を搭載するにいたって、海底空母と呼ばれるまでになった。しかし、その真の偉力を発揮す

伊８潜の飛行機搭載施設。艦橋後部の両舷にあるカマボコ型格納筒の中央に揚収

るまでにいたらずに戦いが終わってしまったのは、残念なことであった。

隠密の魚雷発射研究

第二次大戦になる少し以前までは、潜水艦はなるほど巧妙なる潜望鏡の使用法によって、敵に発見されずに敵をやっつけることができた。しかし、魚雷発射のさいには、発射管から鯨が潮を噴くよりももっと大きい、大量の空気が噴き上がって海上を一面に真っ白にしたものである。

そのため潜水艦が魚雷を発射したことがすぐわかってしまって、敵艦はただちに魚雷にたいして回避の運動を起こすことができた。

そのうえにまた、魚雷は気泡を出して走ったから、その走る方向がわかり、魚雷の命中を避けるのに好都合であった。さらに、その上に、この潜水艦をやっつけるほどの艦艇にとっては、魚雷を発射した潜水艦の位置がよくわかるので、爆雷攻撃をくわえるのが容易であった。

このように潜水艦にとって、もっとも重要な隠密性が保てず、不利なことばかりが起こるのであった。そこでこの一大欠点をのぞこうとして、各国はけんめいに研究をすすめた。そうして成功したのが、日本海軍の九五式無気泡潜水艦発射管であり、九五式五三センチ酸素魚雷、すなわち無航跡魚雷の採用であった。

これでほとんど完全に発射時、および発射後に魚雷が走っている間も気泡を出さなかったために、命中するまで敵は潜水艦の存在に気づかなかったのである。

いま、ここに簡単に説明すると、無気泡発射管は、魚雷を発射管から押し出す空気が発射管口まで行ったときに、後へ引きもどして艦内に出すようにしたのであった。が、操作に熟練を要したので、下手をすると少なからず艦外にも気泡を出した。

酸素魚雷はまったく無気泡で、無航跡であったので、戦後まで米海軍は完全にこれの存在を知らなかったという。

特筆すべき〝人間魚雷〟

かつて日本海軍が甲標的と称した、二人乗りの発射管二門を持った四十トンの特殊潜航艇を出現させたが、第二次大戦中には英、伊両国でX艇とよばれる、人間が魚雷にまたがったような二人乗りの人間魚雷艇が出現した。

これら各種の小型潜水艇や潜水具が出現して、軍港内深く潜り込んで艦底に爆薬を仕かけたりした。その最後の兵器として、回天すなわち体当たりを専門とする人間操縦の魚雷が出現したのであった。これを潜水艦の部類に入れるか、また魚雷のなかに入れるかはさておいて、必死必殺の特攻水中兵器の出現は、潜水艦戦史上じつに特筆すべき出来事であった。

シュノーケルで対抗

対潜兵器、あるいは対潜攻撃法の発達にともなって、潜水艦の被害は激増してきた。そこで、その対応策、とくにレーダーによって発見されないようにするために水中に潜りながら主機械で走れ、そして同時に充電ができるようにと考えられたのが、シュノーケル装置である。

第二次大戦においては、米国の参戦により米英側の対潜作戦は、急速に強化された。昭和十七年の秋にはレーダーが英基地哨戒機に装備され、さらに昭和十八年四月には対潜支援隊と称して、基地航空隊と対潜艦艇とが連合して護送船団を支援する部隊をつくった。

ついで一ヵ月後の五月には対潜掃蕩隊(ハンターキラーグループ)と称して、護衛空母一隻と駆逐艦三隻とをもって一組として〝潜水艦狩り〟を積極的にはじめた。このように相つぐ、強力なる対潜掃蕩作戦の実施のために、独潜が得意とする〝狼群戦法〟は水上行動を封ぜられて、実施不可能となった。独潜の月間喪失は三十七隻にたっし、行動中の潜水艦のじ

レーダー対策に苦慮したドイツが実用化したシュノーケル装置の原型

つに三〇パーセントものぼるという惨憺たる状況となった。

そこで、窮余の一策として採用されたのがシュノーケル、すなわち潜航中に給排気筒を水面に出して主機械を運転し、充電および航走を行なおうというのであった。

これはたちまち効を奏し、月間喪失数は昭和十九年九月には絶頂をすぎて、それまで月に二十隻ぐらいであったのが十隻と半減した。

日本海軍においても同様の理由で、昭和二十年に入ってシュノーケル装置を装備したが、時すでにおそかった。

このシュノーケル装置はドイツ側において、前記のように相当の効果をあげたが、対潜掃蕩作戦の進歩、強化の進みぐあいより見て、決して根本的の解決策ではなかった。

水中高速潜の実現

シュノーケルによって水中移動をしただけでは、戦場までの往復に時間を要して、戦場に在る潜水艦の数がいちじるしく減少する。

　そこで、この往復に要する日数を減少するためと、急激に進歩し発達する対潜兵器ならびにますます強化される対潜作戦に対応するためには、連続高速で水中を航走できる潜水艦の出現が待望された。

　この要望に応じて日本海軍では、千トン級の伊二〇一潜型が建造され、水中高速潜水艦として終戦時までに完成したが、ついに戦場には出ずに終わった。

　ドイツ海軍では千六百トン級のXXI型をまず造って、水中最高速力十七・五ノットを得た。ついで二二八トン、水中十三ノットの小型高速潜水艦を造った。

　以上のような性能を発揮するためには、大馬力の電動機と大容量で大電流を出すことができる電池が必要であった。しかし、電池の急速な発達はとうてい望めなかったので、さし当たり電池の数を数倍に増加して、かろうじてその要求にこたえたのであった。

　しかし、いかにしようとも電池は電池で、ごく短い時間しかその高速力は出せなかった。そこで過酸化水素を燃料とした、空中の酸素を必要としない、電池以外の水中運転可能の機関が研究開発され、実用の域へと進んだのであった。

　しかし、これもいろいろの欠点を持っていたので、一般に広く採用されるにいたらなかった。そして、この水中高速力という難題の根本的解決策として、戦後、原子力が採用されるにいたって、潜水艦の水中動力問題は解決された。これで水中高速の連続発揮も可能となり、潜水艦はここに隔世的の躍進をとげたのである。

立体戦術の理想潜水空母「伊四〇〇潜」型

潜特の誕生からウルシー攻撃までの全貌

元「伊四一潜」艦長・海軍少佐　板倉光馬

昭和十七年一月十三日、艦政本部第四部——船体設計部の会議室は昼すぎから急に人の出入りがはげしくなり、電話のベルが鳴りつづけていた。やがて、軍令部の二部長に呼びつけられていた艦艇設計主任の片山有樹技術少将と潜水艦設計班長である中村小四郎技術大佐の二人が、急ぎ足で会議室に姿を消すと、頑丈な樫《かし》のドアはぴたりと閉ざされて〝秘密会議中〟の赤札が重々しくさげられた。

会議に明け会議に暮れるところではあるが、秘密会議はめったに開かれるものではない。どんなことが議せられているのか？　海軍がほこる技術の殿堂、艦政本部の秘密会議は、異様な好奇心をかきたてるにふさわしい権威をもっていた。

板倉光馬少佐

秘密に弱い日本人の性格として、そうとう重要な機密事項までが、いつしか筒抜けにされたものであるが、この日の会議の内容だけは、不思議とサザエのように閉ざされたままであった。おそらく終戦の日まで、その内容を知らなかった人も少なくなかったであろう。

さて、軍令部からもたらされた要求とは何か。もともと軍令部の要求は、おおむね無理難題が多く技術部を泣かせたものである。《作戦の要求》という謳い文句で、横車を押し通してきた。しかし、雲のごとく人材を集め、技術の最高峯を自負する艦政本部は、いまだかつて不可能の回答を出したことがない。時として、軍令部の要求をうわまわる性能を発揮する艦艇を設計したこともある。日本海軍の建艦技術が、世界の青史に輝かしい一頁をくわえた所以《ゆえん》もここにある。

しかし、一月十三日に提出されたものは、奇想天外というか、なみいる技術首脳部をアッといわせた。技術のテンポからみても、あまりにも飛躍した構想であったからである。水上攻撃機を搭載するいわゆる「水中空母」ともいうべき超大型潜水艦の建造であった。

日本が、潜水艦の建造を手がけてから三十有余年、いまだかつて、このような難題にお目にかかったことはない。しかし、不可能とされた真珠湾攻撃を成功させた軍令部の要求である。まして、国運を賭けての要請なのだ。ぜがひでも実現させねばならない。底冷えのする会議室に、重苦しい沈黙が流れた。

だが、この決定はいままでになく早かった。艦艇設計の重鎮片山少将と、鬼才をもって鳴る中村大佐のコンビにして、初めてなしえた決断というべきであろう。

いま一つ、水上偵察機を搭載する潜水艦をつくりあげた実績が、モノをいったことも事実である。米英にも、潜水艦に飛行機を搭載する企図はあった。むしろ日本より早かった。しかし、実現したのは日本のみであったが、偵察機と攻撃機では雲泥の相違がある。いうならば巡洋艦と航空母艦以上のひらきがあった。

しかも航続距離四万浬《かいり》という要求である。はたして、軍令部はいかなる作戦計画をえがいていたのであろう。

ねらいは第二の奇襲作戦

開戦劈頭《へきとう》、真珠湾の奇襲に成功し、マレー沖ではプリンス・オブ・ウェールズ、レパルスの二大戦艦をふくむ英極東艦隊を壊滅して、破竹の進撃をつづける連合艦隊にも、一抹の不安がまとわりついていた。

その不安とは、連合軍の反撃である。厖大なる物量と、強力な工業力をもつアメリカがパールハーバーの一撃ぐらいで音《ね》をあげるとは思われない。すでに、リメンバー・パールハーバー（真珠湾を忘れるな！）の合言葉が、ヤンキーの闘魂に火を点じたことは、日本の情報にもキャッチされていた。そうでなくても、洞察力の鋭い山本五十六長官には、当然予期されたことであろう。

今にして手を打たねば――強引なミッドウェー攻略戦が、そのあらわれであると同時に、パナマ運河の爆砕の構想が、急にクローズアップされてきた。尋常一様な手段では勝ち目がない――こうした考えが用兵の根底をなす山本長官の胸中には、開戦前から秘められていた

艦名	建造所	起工	進水	完成	備考
イ400潜	呉工廠	18. 1. 18	19. 1. 18	20. 2. 13	19年2月攻撃機2機と3機に変更されたため1番艦の完成が遅れている。米国に引渡し。
イ401潜	佐世保工廠	18. 4. 26	19. 3. 11	20. 1. 8	
イ402潜	佐世保工廠	18. 10. 2	19. 9. 1	20. 7. 24	終戦後米軍によって爆沈
イ404潜	呉工廠	19. 2. ?	19. 7. 7	――	20. 6. 22の爆撃で沈没
イ405潜	神戸川崎重工	18. 9. 29	――	――	船台上で建造中止

のではあるまいか。

パナマ運河は西のスエズ運河とともに、連合軍にとっては掛けがえのない要衝である。アメリカ海軍が広大な両洋作戦の同時展開を可能ならしめているのは、パナマ運河のおかげである。両大洋の兵力を交流し、離合集散をたやすくするルートとして、パナマ運河の果たす役割は大きい。

この二大動脈の結合点をつぶすことが出来るならば――一時的にしろ使用不能にすることができれば、作戦の進展を大きく転換させることは不可能ではない。南米を迂回《うかい》すれば、距離にして七千浬以上の無駄がある。タイミングがモノをいう海戦において、これはなんとしても痛い。ことと次第によっては命とりだ。

しかし、強力なる航空兵力の傘下にあって、防備は厳重である。敵地をへだたること九千浬。磐石《ばんじゃく》の安きを思わせるものがあった。だが、いかなる金城湯池といえども盲点はある。そこを衝こうというのだ。そして、浮かんだのが、水中空母群をもってする海底機動作戦の構想である。

要求に応え技術陣を総動員

昭和十七年四月二十七日、軍令部次長より、潜水空母の主要性能に関する要求が出された。そして、翌二十八日には技術分科会がひらかれ、五月の本会議によって設計概案の決定をみた。その日の議事録(故中村小四郎氏の収録)には、次のようにしるされている。

一、本艦型ノ特徴ハ航続距離特ニ大ナルコト、攻撃機二機ヲ搭載スルコトデアッテ、コノ特徴ハ艦型ヲ著シク大ニシ常備状態約四五〇〇トン。満載状態約五六〇〇トンノ排水量ニ達スル。

二、要求航続距離一六ノットデ三三〇〇〇浬一四浬ニ換算シ四二〇〇〇浬、コノタメ重油量一七五〇トンヲ要ス。

三、攻撃機二機ヲ搭載スルタメ、極メテ大ナル水密格納筒ヲ上甲板ニ装備スルノ要アリ、カカル大ナル筒ノ装備ハ初メテノコト故、詳細設計、トクニ扉ノ開閉装置ニ細心ノ注意ヲ必要トスル。

(注) 昭和十九年二月、建造なかばにして、軍令部は攻撃機二機を三機に変更する要望を強く打ち出してきた。そのため、排水量にして約一〇〇〇トン増加し、逆に燃料は一七五〇トンから一六二六トンに減量された。このため、技術者が筆舌につくせぬ苦心を払ったことを付記する。

四、射出機ノ長サハ二六メートル、飛行機吊揚用ノ起倒式クレーンハ約三・五トンノ荷重ヲ揚グルヲ要シ、コレマタ潜水艦トシテハ類例ナキ大規模ノ装置デアリ、艦ノ潜航性能ニ不安ナカラシムルヨウ細心ノ注意ガ払ハレナケレバナラナイ。艦橋ナド上部ニ装備セラルル兵器ナドハ潜水艦トシテ忍ビウル限リコレヲ節シ、上部構造物ヲ極力小トスル要ガアル。

（注）起倒式クレーンは石川島造船所の製作になるものであるが、戦後、来日した米技術調査団が絶讃を惜しまなかったものである。

五、舵面積ニツイテ。排水量ガカツテ経験セザリシホド大ナル潜水艦ナルニ鑑ミ、操縦性能ニ関シテハコレヲ低下セシメヌヨウ留意スベキハ勿論、従来ノ艦ニ比シ最良ト認メラルル程度優秀ナルモノトシ、潜航ニ就テモ急速潜航ヲ容易ナラシムルヨウ充分考慮ノ要ガアル。

六、飛行機格納筒ハ浮量二二〇トンアリ、被害ナドニヨリ浮力ヲ喪失シタル場合ノ対応策トシテ、コレニ相等スル重油ノ量ヲ排除シ、浮力ヲ保チ、カツコノ場合ニオケル復元性ヲ考慮シ、水中BGヲ大ナラシムルヨウ内殻内ニ重油タンクヲ配置スル。

七、満載時ノ予備浮量ヲ一八％トシ、カツ前後部ノタンクトップヲ高クシ、凌波性ヲ良好ナラシムルヨウ考慮スルコト。

八、行動日数四ヵ月ヲ要求セラレテイル関係上、倉庫ハコレニ対応シテ一〇〇立方メートルヲトル必要ガアル。

九、本艦型中、若干隻ハ旗艦潜水艦トシテノ施設ヲ要スルモ艦型ハ同一トシ、只コレニ対処スルタメ、左ノ二点ヲ改変スル。

(1)予備魚雷ヲ六本減ズル外、聴音室、測深室、兵員室ナドノ配置ヲ変更シ、司令部職員ノ居住施設、作戦室ナドヲ設ケル。

(2)電信室ノ容積ヲ増大シ、受信機ヲ一〇台トスル。

（注）当初の建造計画隻数は十八隻であったが、昭和十九年二月、五隻にきりつめられた。

十、要求潜航所要秒時ハ一分デアルガ、コレヲ可及的ニ短縮スルヨウ前記ノ如ク舵面積ヲ極力大ニシ、カツ装備位置ヲ能フ限リ前方トシ、舵ノ利キヲ助ケルホカ前部補充タンクヲ負浮力タンクトシテ使用スルヨウ考慮スル。

わが海軍最初の新装置

この議事録によって技術的な内容は解明されたことと思うが、いざ実現となると、幾多の問題点が山積していた。しかし、日本の技術陣は、それを見事になしとげた。

用兵者の要求を技術的に解決できないものはありえない。弱音をはくのは恥だ！——この信念をつらぬく片山少将のもとにあって、中村大佐が陣頭指揮をとり、文字どおり心血をそそいだのである。

ものが出来たというだけではない。

そこには、いくたの新機軸が取り入れられていた。その一つにシュノーケル装置（潜航中の潜水艦が海中から油圧により煙突様のものを海上に出し、一方から吸気、他方から排気してディーゼル機関を運転して発電、充電するための吸排気装置。充電のため浮上する必要がない）がある。

日本潜水艦の被害が大きかった原因はいろいろあるだろうが、その最たるものは、充電のため水上航走中にレーダーで発見されたことである。ひとたび捕捉されると、強力な対潜兵力によって、トコトンまで追いつめられ、とどのつまりは息の根をとめられてしまう。いかに日本の技術者が心血をしぼっても、これだけは解決できなかった。マンモス潜にとって、この悩みはじつに深刻であった。

シュノーケルとは、オランダ語で《豚の鼻》という意味であるが、オランダ海軍が研究中のものをドイツが着目し、苦心の結果、戦争末期に完成したものである。

昭和十九年一月、ドイツからシュノーケル装置の技術資料が送られてきた。

そのころ、設計主任に昇格した中村大佐のあとをついで、寺田明少佐が潜水艦設計班長に就任したばかりであったが、まってましたとばかり、これに（当時は特殊充電装置と呼称していた）に飛びついた。

伊号400潜型が装備したシュノーケル装置

ところが、ことは簡単には運ばなかった。まかりまちがえば沈没の原因ともなりかねないシロモノである。しかも、急がねばならない。しかし、これで潜水艦の弱点が解決されるのだ。新しいものを生み出す陣痛を味わいながら、夜を日についで作業が進められた。

海底機動部隊の編成なる

その苦心と努力がみのって、第一艦である伊四〇〇潜（伊号第四百潜水艦）は、昭和十八年一月十八日、呉海軍工廠において起工、昭和二十年二月十三日完成した。約三ヵ月おくれて起工した伊四〇一潜（伊号第四百一潜水艦）の方が一足先に竣工している。

作戦を急ぐ軍令部は、昭和十九年十二月十六日に引渡しを終わった伊一三潜（伊号第十三潜水艦）とともに、第一潜水隊を編成した。ときに、昭和二十年二月十一日。紀元節の佳き日が卜《ぼく》されていた。伊一三潜は、もともと伊九潜と同型艦であるが、伊一四潜（伊号第十四潜水艦）とともに、建造の途中から攻撃機二機を搭載できるように改造されたものである。

伊四〇〇潜は、十二日おくれて編入され、ついで三月十四日、伊一四潜がくわわった。ここに、伊四〇〇潜型二隻、伊一三潜型二隻、計四隻からなる水中空母群が勢ぞろいしたわけである。全身これ胆《きも》といわれた有泉龍之助大佐が、司令として着任した。司令は、龍之助の頭文字をとって神龍隊と名づけた。そして出撃にあたり、『神龍特別攻撃隊』と命名するよう艦隊司令部に要請している。知る人ぞ知る、司令はこのとき、すでに心中深く決するものがあったようである。

潜水艦長には、伊四〇〇潜・日下敏夫中佐、伊四〇一潜・南部伸清少佐、伊一三潜・大橋勝夫中佐、伊一四潜・清水鶴三中佐。いずれも歴戦の勇士で、ベテラン中のベテランぞろい

伊401潜水艦後甲板上の14cm 砲越しに伊14潜の右舷を望む

である。司令旗は、いちばん若い南部艦長の指揮する伊四〇一潜にかかげられた。

一方、潜水艦に搭載する水上攻撃機は晴嵐《せいらん》とよばれ、魚雷または八〇〇キロ爆弾一個をつみ、航続距離七百浬。最大時速五五〇キロ。下駄ばきながら、陸上戦闘機にまさるともおとらないすばらしい性能であった。

武の神が鎮《しず》まりましますほとり、鹿島航空隊に第六三一航空隊がおめみえしたのが、昭和十九年の暮れもおしつまったころである。飛行長には福永正義少佐、第一潜水隊飛行長に船田正少佐がえらばれた。船田少佐は新しい機種ができるたびにテストパイロットとして選ばれたほどで、腕は抜群であった。たんに技量がすぐれていたばかりでなく、人物も高く買われていた。

空と海の精鋭からなる海底機動部隊の奇想天外ともいうべき特攻作戦に、帝国海軍が最後の期待をかけたのもうなずける。

晴嵐十機によるパナマ奇襲案

第一潜水隊は第十一潜水戦隊（新造潜水艦の訓練部隊）のもとにあって、昭和二十年三月末までに個艦訓練を終わり、晴嵐隊との連合訓練を待つばかりであった。そして、日本本土の出撃は、おおむね六月末と予定された。

潜水艦隊先任参謀の井浦祥二郎大佐のもとには、すでにこまかい作戦計画ができあがっていた。井浦大佐と有泉司令は潜水艦はえぬきの級友で、ひどくウマがあっていた。したがって、とかく司令部と前線部隊の間にありがちなギャップはなく、呼吸はぴったり合っていた。さらに、パナマ運河の兵要地理にくわしい情報部の実松譲大佐の助言により、計画は綿密をきわめたものであった。そのあらましは次のとおりである。

攻撃目標をパナマ運河の太平洋に面する閘門《こうもん》とし、晴嵐十機をもって、魚雷と爆弾を併用する体当たり攻撃を敢行しようというのである。

潜航状態から浮上し、三機の攻撃機を格納筒からひきだして組み立ておわり、発進するまで十五分とは要しなかった。訓練しだいでは、十分そこそこにちぢめることも可能である。しかし収容となると、そうはゆかない。どんなに急いでも三十分はかかる。また三機同時に帰投することはありえないし、帰投する攻撃機には敵機が喰いさがってくるであろうことは、容易に想像できた。

それよりも、一〇〇パーセント作戦目的を達するためには、この方法をおいてほかに手段はなかった。もとより、搭乗員は、はじめからその覚悟でいた。みずからこの壮挙を志願したものばかりである。発進と同時にフロートは海中に投棄し、二度と着水するつもりはなかった。神風特攻機や、人間魚雷回天につづかんとする殉国の精神は、若き血潮にみなぎっていた。

だが、成功の算については、だれも断言できなかったであろう。果たして、何機が体当たりできるか？　それすら疑問であった。しかし、いまはそれを言っているときではない。決行あるのみ。断じて行なえば鬼神もこれを避くの一語が、全将兵の心をささえていたといっ

晴嵐。単発複座の双フロート。800キロ爆弾または魚雷を搭載できた

てもよいであろう。苛烈な戦局が人心を単純にする。

昭和十九年七月以降になると、海上戦闘のすべてが、特攻的性格をおびていた。ところが、思いがけないことから、作戦計画を変更せざるをえないハメとなった。

足をすくう重油の不足

その一つは、画期的な性能を要望されていたので、晴嵐の生産が遅々としてはかどらなかったことである。おまけに大地震のため、名古屋にあった晴嵐の製作所は致命的な被害をこうむった。さらに、その後もあいつぐ空襲のため、すっかり製産工程がくるってしまった。

晴嵐が試作を終わって正式に採用されたのが、昭和二十年二月なかばである。六三一空が本格的な訓練を開始したのは、この時からといってもよい。したがって基礎訓練もそこそこに、潜水艦との連合訓練のため三月上旬、晴嵐隊は広島県の福山に移らねばならなかった。

ところが、連日のように事故が続出し、一時は作戦が危ぶまれたほどであった。なにしろ八〇〇キロ爆弾をかかえた攻撃機を、わずか二十六メートルのカタパルトから射ち出すのである。しかも、潜水艦の甲板は低い。身がるな偵察機ですら、射出後はフワリと落ちる。晴嵐の場合は海面スレスレである。

毎回のように手に汗を握らねばならなかった。一歩あやまれば海中につっこんでしまう。生き残りの搭乗員からよりすぐったとはいえ、飛行時間が少なく、練度の不足はおおうべくもなかった。

第二の問題は燃料である。

そのころ呉軍港に残っていた重油は、わずか二千トンにすぎなかった。とうてい四隻の潜水艦をまかなうことはできない。伊四〇〇潜型一隻でも、一六〇〇トン以上の重油を必要とした。油槽船は、そのほとんどが敵潜の好餌となっていたのである。

二転三転した作戦計画

第三の問題は、ここだけは安全地帯と考えられていた内海西部も、いまや機雷原と化し、前線とかわるところがない。おちおち訓練もしておれなくなった。そこで、五月二十一日、第一潜水隊は下関海峡をぬけて、日本海に面した石川県の七尾湾に基地をうつした。五尺の体の置き場もない、とはこのことであろう。

ここで、潜水艦と晴嵐隊の火をふくような訓練が開始された。救国の一念に燃ゆる若き搭乗員は、実戦さながらの猛訓練に精魂を打ちこんでいったが、一朝一夕に技量の向上は望めなかった。

わずかの期間に行方不明一、不時着三を出し、機体を破損する事故は十指にあまった。しかし戦局は切迫し、一日といえどもゆるがせにできない。練度において多分の不安はあったが、有泉司令は断乎として出撃の決意をかためた。ときに、六月なかばであった。

だが、時すでに遅しの感、切なるものがあった。パナマ運河まで、どんなに急いでも一ヵ月はかかる。慎重を期すればさらに日数はふえるであろう。その間に最悪の事態、すなわち本土決戦が起こらないと、たれが保証しえよう。ついに水中空母群をもってする作戦は、全面的に変更せざるをえなくなった。

そして、攻撃目標をサンフランシスコまたはロサンゼルスの都市にむけた。この計画変更は、主として井浦先任参謀と、有泉司令の合議になるものである。もちろん、艦隊、参謀長も、醍醐忠重長官も内諾はあたえていた。

そのころ、本土は空襲警報が四六時ちゅう鳴りひびき、米空軍の無差別爆撃と焼夷弾の仮借なき攻撃によって、都市という都市は焦土と化し、数十万の人民は惨死しつつあったのである。わずか十機たらずの空爆で、あげうる戦果はしれている。米軍の九牛の一毛にもあたるまい。しかし、やらざるをえなかった。せめて米本土に一矢むくいたい。これが、作戦部隊のいつわらない気持であった。

この意見具申は、ただちに海軍総隊に上申された。しかし、上級司令部はゆるさなかった。その意見には共鳴するが、とりあえず差しせまった戦局を打開するのが先決問題ということにあった。足もとに火がついているとき、米本土の空襲どころの騒ぎではない。かくて神龍作戦は、三転した。

特攻作戦に全てをかけて

けっきょく攻撃の対象としては、もっとも手近で有効な目標に意見がおちついた。すなわち、敵進攻の大策源地である〝ウルシー〟に決定され、だいたい次のような攻撃計画が発令された。

一、伊四〇〇潜及ビ伊四〇一潜搭載ノ晴嵐六機ヲ以テ、ウルシー環礁内在泊中ノ敵機動部隊ニ対シテ特攻攻撃ヲ敢行スル。
一、伊一三潜、伊一四潜ハ偵察機各々二機ヲトラック島ニ輸送シ、同機ヲ以テウルシー泊地ノ偵察ヲ実施スル。
一、伊四〇〇潜、伊四〇一潜ノ両艦ハ、偵察ノ結果、敵機動部隊ガイナイ場合ハ攻撃ヲ中止シ、シンガポールニ回航ノ上、燃料ヲ搭載シテ再挙ヲ図ル。

ついに待望の秋《とき》が来た。しかし、祖国に訣別をつげる将兵の気持は複雑であった。すでに、一億玉砕を呼号し、全戦線にわたって背水の陣が布かれていたのである。

外洋作戦としては回天特別攻撃隊が、残りすくない潜水艦の背にあって敵の心胆を寒からしめているにすぎない。ふたたび帰る日も、あいまみえる祖国も期待できなかった。成否は

格納筒扉を開いた伊14潜(右)。クレーンの様子や左の伊401潜との違いがわかる

別として、軍人として死所をえたことを、せめてもの本懐とすべきであった。

会合点はポナペ南方海面

まず、伊一三潜・伊一四潜が先陣をうけたまわり、昭和二十年七月二日、舞鶴を出撃した。飛行機格納筒には、晴嵐のかわりに彩雲が二機ずつおさめられていた。トラックで陸揚げして、そこからウルシーを偵察するのである。

真夏の太陽が燃え、青葉山の緑が痛いほど目にしみる。日本海のウネリに飛び魚が無心の波紋をえがく。まったく一幅の絵である。しかし、その下には敵潜が目を光らせ、ねた刃をといでいるのだ。死地につくにも、薄氷をふむ思いをしなければならなかった。

伊一四潜はいったん大湊に入港したのち、七月十六日、トラック島にむけ抜錨した。そして予定どおり八月四日トラックに入港して彩雲をぶじ陸揚げできたが、大橋中佐の指揮する伊一三潜は杳《よう》として消息をたってしまった。後日の米軍側の記録によると、七月十六日、護衛空母アンツィオ所属の哨戒機と駆逐艦によって撃沈されたとある。地点は北緯三四度二八分、東経一五〇度五分であった。

本隊である伊四〇〇潜、伊四〇一潜は晴嵐六機とともに大湊に回航、同地を七月下旬に出撃することになっていた。そして敵の厳重なる警戒網を考慮して、伊四〇〇潜はサイパン島の東方海面を、伊四〇一潜はヤルート島の東側を、それぞれコースを異にし、迂回して第一の会合点ポナペ島の南方海面でおちあう。

後部の14cm 砲、25ミリ 3 連装機銃、支持台上に13号、22号電探、逆探が見える

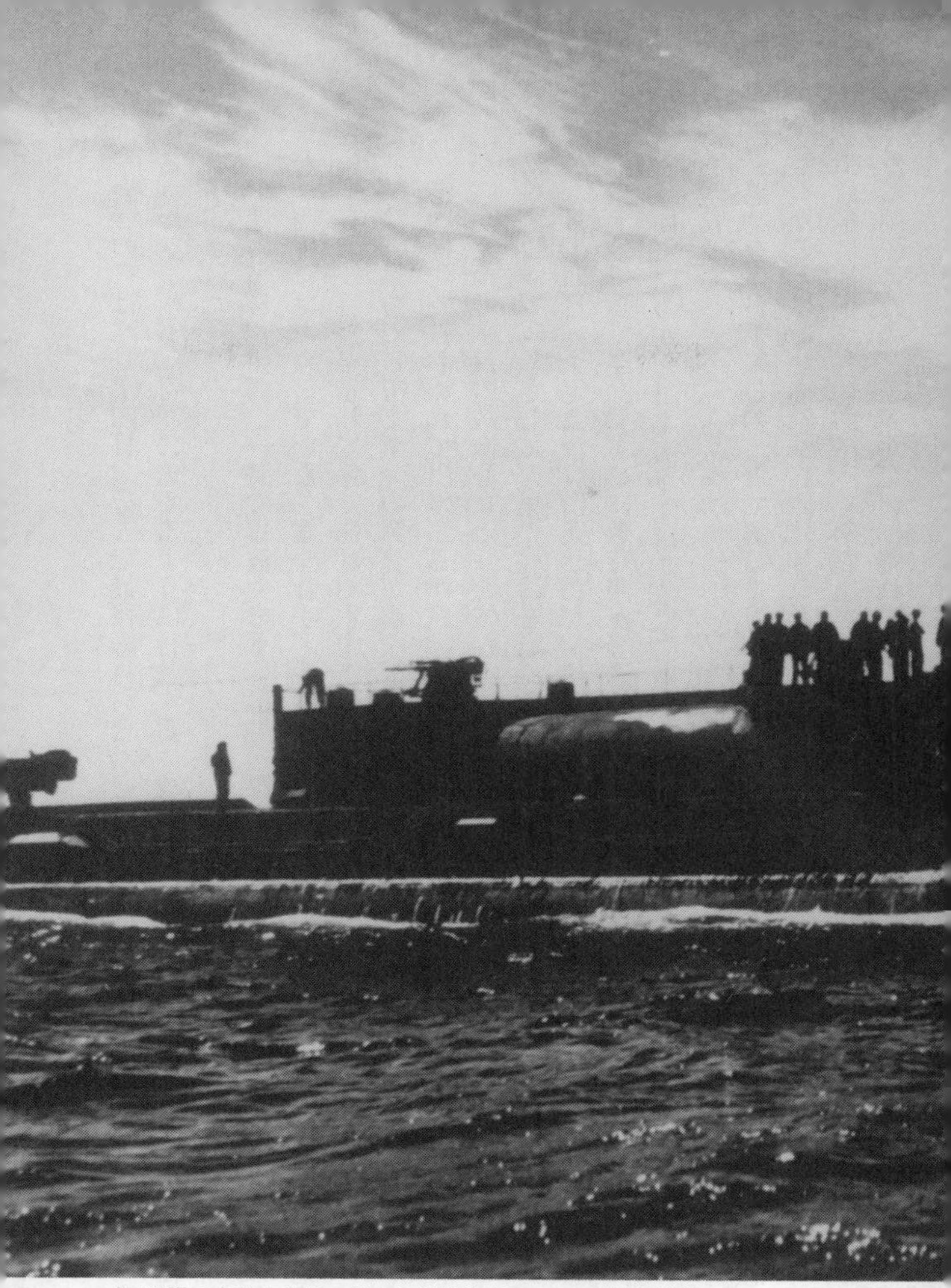

伊400潜の右舷中央部。長大な構造物は30.5mの晴嵐格納筒。シルエットながら

会合の日は八月十四日、そこで最後の打ち合わせをすませてから、発進点に予定されているウルシー南方二百浬に達するように行動する。攻撃は八月十七日の黎明、状況により薄暮、と予定された。

出港の当日、伊四〇一潜の短波マストには「一撃必殺」と墨痕あざやかに大書された幟《のぼ》りが、西風にはためいていた。艦全体が、出陣の武者ぶるいに震えているように見える。過去一年有余、寝食を忘れて育てあげた水中空母群をひきいて出撃するのである。有泉司令の眉《び》宇《う》には「撃ちてしやまず」の闘魂がみなぎっていた。

港内は、一日おくれて出撃する伊四〇〇潜のほか艦影なく、寂寥《せきりょう》たるものであった。それが、かえって乗員の敵愾心をかりたてた。よしッ、やるぞ！　出港用意の令一下、伊四〇一潜は、ウルシーめざして万里の波濤を蹴った。

八月十四日、予定会合点に達したが、伊四〇〇潜の姿を見出すことはできなかった。日没後三十分にして浮上、すでに数時間が経過している。紫紺の夜空に南十字星がひときわ美しく輝いているが、日本海軍がほこる二〇センチ水防双眼鏡は、「艦影なし」を報ずるのみであった。

老練なる日下艦長のことである。万が一の間違いはないと思うものの、伊一三潜が消息をたったことは、いち早く艦内に知れわたっていた。伊四〇一潜自身も、マーシャルの近くで哨戒艦に捕捉され、あやうく不覚をとるところであった。このとき伊四〇〇潜は、たびかさなる制圧のため、予定がだいぶ遅れていた。といって、無線封止下にあっては連絡のとりようもなかったのである。

X日ついに来たらず

伊一三潜すでになく、いままた伊四〇〇潜の安否のほどが不明である。さすがに豪胆な司令も、断腸の思いをおさえることはできなかった。やがて、東の空が白みはじめてきた。いつ敵機が現われるかわからない。断ちがたき未練を残して水面下に身をひそめねばならなかった。

潜航号令をかけようとしたとき、艦隊司令部の電波がキャッチされた。作戦緊急信である。『X日を八月二十五日に変更する』X日とは、攻撃をかける日である。おそらく、彩雲の偵察と、ハルゼーのひきいる機動部隊の行動から判断して、二十五日まではウルシー泊地にはめぼしい敵はいない、という意味であろう。

電文は簡単であるが、単に攻撃が延期されただけでは済まされないものがあった。燃えあがった闘魂に水をかけられたも同然である。とくに、出撃搭乗員にとって、いつまでも死を直視することほど辛いことはない。すでに、覚悟はできているものの、本能ともいうべき人間の性《さが》である。

この微妙な心理の動きを読みとった艦長は、その日一日中、深度百メートルでゆっくり乗員の休養をはかった。このわずか一日の間に事態が急転直下しようとは、神ならぬ身の知るよしもなかった。

明くれば、八月十六日。思いがけない出来事にぶつかった。降伏、無条件降伏の悲報であった。襲撃寸前に、しかも外洋にあって、無条件降伏を知った艦内の動揺は、おおうべくもなかった。だが、司令の決断によって、大命に従うことにきまった。

祖国にむかう途中、米潜の接収をうけた。やがて八月三十一日の未明、有泉司令は覚悟の自決を遂げられたのである。艦長あての遺書にもとづいて、遺骸は水葬にふされることになった。夜はすっかり明け、海は波高く、悲憤の情がほとばしっているかのように見えた。

敵影なき爆沈「呂一〇〇潜」機関室の恐怖

司令塔の応答なく機関長の決断で危機脱出

当時「呂一〇〇潜」機関科員・海軍上等機関兵曹　中川新一

昭和十八年十一月二十三日、ラバウルをのぞむ活火山の花吹山が緩《ゆる》やかに煙をたなびかせていた。そして、スコールが去ったあとのラバウルは、緑をひときわ濃く浮き上がらせていた。それに毎日、執拗にやってくる敵機の空襲警報を朝から一度も聞かない、めずらしく静かな日であった。

しかし、在泊中の呂号第百潜水艦（呂一〇〇潜）は、旅装をととのえ身を引きしめて、旅立ちの時刻をまっていた。艦のふところには輸送物資をいっぱい詰めこみ、背中にはゴム製の米袋をうず高く背負っていた。米袋は三群にわかれており、一袋は二十五キロ入りだが、それを百五十個、百個、五十個の三組にまとめ、堅《かた》くロープでしばりつけていた。

中川新一上機曹

呂一〇〇潜の旅先は、ブーゲンビル島ブインであった。敵軍のタロキナ岬上陸にさいし、敵中に孤立した友軍を援助するのが使命であった。

潜水艦で運びうる物資量は知れていたが、いまとなってはそれに頼るほかはなかった。ガダルカナル島戦いらい、潜水艦は本来の任務をすてて、ぱっとしない運送屋の任務に従事していたが、呂一〇〇潜は小型ゆえに、いままでお目こぼしにあずかっていたのであった。それがとうとう輸送作戦に投入されるまで、事態は差しせまっていたのである。

大金久男艦長は総員の集合を命じた。艦長は艦橋を背にして台の上に立つと、後甲板に集まった乗員の顔を見わたした。そして口をきった。

「このたびの行動は決死的任務である。敵のタロキナ岬上陸は、ブイン攻略をねらったものであり、したがって敵はブインをいくえにも封鎖していると思われる。機雷原をもうけたことも判明している。また艦艇が泊地入口を哨戒していると思われる」

われわれはこれまでに何回も、出撃にさいして訓示を受けていた。だいたい同じような内容の訓示に不感症になっていたが、このたびはなぜか、いままでとは異なったものが体のなかを走るのを感じた。

「ついては、みなは本艦と運命を共にする覚悟でいてもらいたい」艦長は、きっとした顔で総員を見わたした。「命をおしいと思う者は、前へ出よ」

そして、しばし間をおくと、艦長は静かな口調で、

「その者は、何もいわずにラバウルにおいていく」乗員の間に、これといった動揺の色も現われなかった。艦長は声を高めた。「では、この艦長がみなの命をあずかる。よいか！」

敵はいずこに在りや

去る二月、呂一〇〇潜がラバウルに入港した当時は、おびただしい艦船が身をやすめていて、大根拠地の威厳をほこっていたが、その後しだいにかげをひそめて、いまや在泊艦船はまばらである。その数隻の艦船に見送られて、呂一〇〇潜は湾口をあとにする。午後であった。

湾外に出ると、試験潜航を行ない、それから潜航をつづけた。日没を待つためである。すでに制空権は敵の掌中ににぎられていて、港からひと足でれば、昼間の水上航走は不可能であった。

昼間は潜航する。そして日が落ちると浮上して水上航走。こうしてブインの近く、ショートランド泊地入口の沖に達したのは、出撃して三日目、二十五日の夕刻であった。まだ明るい。揚陸も〝暗闇〟の掩護を必要とする。あと二時間で目的の揚陸点へ到着する予定であった。

「総員配置につけ!」

いよいよ浮上して、泊地に突入するのである。このあたりから水深は浅くなり、四、五十メートル程度である。それに潮流もある。米軍にすれば機雷敷設には申し分のない海ということになる。

総員配置で浮上すると、つぎは揚陸準備にとりかかる。主機械関係者はそれとは没交渉で、

100潜級は離島基地防禦用として18隻建造。基準排水量525トン

ただひたすらに機械の運転に専念する。機械室の後部は管制盤室である。私は機械室と管制盤室とを遮断するハッチのそばに陣どっていた。受持ちが左舷機の排出弁の開閉なので、エンジンの排気の熱をまともにかぶる。防暑服の上衣もぬぎ、半ズボンだけのいでたちで、流れる汗を手拭いでふいては絞る。

機械室の時計は、午後五時五十分（現地時間午後七時十分）をさしている。水上航走を開始して、すでに三十分は経過していた。

まったく不意であった。――グワーン！発令所左舷付近でなにかが炸裂した。

突然の出来事に、だれもが息をのんだ。目だけ大きく見開き、音源の方向へ蒼白な顔を向けている。艦長は艦橋にいるはずだが、まだ艦橋からはなんの連絡もない。敵

呂100潜と同型(小型)の呂109潜。ラバウルの潜水艦基地で出撃準備中の光景。呂

の敷設機雷にやられたのか、それとも、かつて経験したように電探射撃をくらったのか。ソロモン戦線のわれわれの敵は、駆逐艦や飛行機だけではない。いったい、何をくらったのだろうか。

電圧が降下するのだろう、電灯の光もしだいに弱ってくる。電池室に早くも海水が浸入しはじめたらしい。鈴木機関長が、なんども伝令の斎藤機兵長を督促する。いくら斎藤機兵長が怒鳴っては伝声管に耳をおしつけてみても、伝声管からはなんの反応もえられない。

原因不明のまま、艦は左に傾きはじめた。主機械は「停止」の令がない。速力通信器の指針はいぜんとして「前進強速」をさしたまま、ディーゼルは轟々と回転をつづけている。

傾斜の増加はやまない。艦長からは、な

にひとつ指示をえられない。「総員退去」の命が下されないかぎり艦からの脱出はゆるされない——軍律である。機関長はおとなしい人であったが、ついに独断で機械の停止を命じた。ディーゼルが唸《うな》りをやめると同時に、エンジンの空気を取り入れていた発令所に通ずるハッチも、管制盤室へのハッチも閉鎖する。

機械室は傾斜する艦内で隔絶された。機械室にはいまのところ、浸水の心配はない。それにしても、深刻な不安が頭をもたげる。機械室はすでに水面下に没しているかも知れない。深度計はゼロをさしているが、それはあてにはできぬ。炸裂のショックでくるっている恐れがあるからだ。みなは思わず顔を見合わせる。そのどの顔にも苛《いら》立ちが、けわしくうごめいている。

やがて、不意に機械室の壁を水圧が破るかも知れない。死は、ついそこまで来ている。それがジリジリと這《は》い寄ってくるのである。潜水艦乗員は、早かれおそかれ、この道をたどることを運命づけられているとはいうものの、いまその一瞬がやってきたのだ。身もこおる焦燥のあと、やがて静かなあきらめに変わっていった。

まるい夜空に星ひとつが

機関長は深度計をじーっと見つめて、考え込んでいたが、くるりと背をかえすと、われわれの方に向きなおった。

「機械室のハッチを開け」

呂号潜水艦の主機械室。２台のディーゼル機関が見える

瞬間、機関長がなにを意図しているのかわからなかったが、機関長の決意を知るには時間を要しなかった。機関長は、自分自身の責任で退去を許したのである。

機械室上部ハッチの受持ちは、伊豆出身の田中一機曹である。うすぐらい天井へ、彼はラッタルを上っていく。ハッチを開いても、果たして脱出できるだろうか。もしかすると海水が、どっと入ってくるのではあるまいか。

ハッチの手回しハンドルは、思いのほか容易にスルスルと回転した。田中一機曹は慎重にハッチを持ち上げる。暗いなかで全員のひとみが輝いた。そこはなんと、丸いハッチのかたちそのものの空間に、星がまたたいていたのである。それもたった一つ！

意外さにしばし息をのんだ機械室員も、つぎつぎにハッチへ上がっていく。私も準備をして——といったところで、防暑服の上衣をひっかけただけで、それにつづく。私が傾いた上甲板に立ったとき、すでに海水はハッチの口をなめはじめていた。

機関長が最後だった。出るべき人が出終わったことをたしかめると、田中一機曹が急いでまたもとのようにハッチを締める。少しでも長くわれわれの艦を浮かせておくためである。

上甲板にかろうじて立っている私の膝を、早くも波が洗いはじめていた。海面がじょじょに、しかも確実に盛りあがってくる。先に出た者はみな、つぎつぎと海中に飛び込んでいった。いまや上甲板にはほとんど人かげはない。

艦から離れたくはなかったが、状況がここまでくれば、否でも応でも泳がねばならぬ。私は履いていた艦内靴をぬぎすてた。そのとき、大きなうねりがやってきた。それにあおられて、私の身体は艦から投げ出された。そのうねりがちょうど「離れろ」と命令したようであった。

なぜなら、その直後、眼前に黒い巨大な物体がむっくりと持ち上がってきたからである。それは、艦首をつっこんで逆立ちした、呂一〇〇潜の断末魔の姿であった。

ラバウルを出るとき、呂一〇〇潜の背中にしばりつけられていたゴム製の米袋は、揚陸点に到着したあと、本艦がロープを切断して潜航すると、そのまま浮揚するようになっており、ついで受け取りにきた大発が、それを曳航して行くという仕組みになっていた。それがなにものかの炸裂によって艦が沈み、米袋が海面にとり残されたのであった。

私がつかまったのはそのうちのひとつ、百五十個にまとめられたものであった。見れば、すでにこのまわりには十数人がとりついていたが、あとの二組の米袋にも二十数人がついていた。発射管員もいれば、発令所配置の者の声もする。

私はただ大きいからという理由で、この梱包《こんぽう》をえらんだわけではなかったが、それにしても巨大な米袋のブロックはしごく安定がわるい。三角の山にくくられていて、そのため一人がはなれたりすると、くるりとひっくり返り、残り全部の者が波間におしこめられ、したたか海水を呑まされるのである。

他の百個と五十個の組は、平らにゆわえつけられているので、つかまっている者も、楽なように見受けられた。それを見て、私たちの梱包からはなれて行く者が出はじめた。はじめは十五、六人が付いていたが、いまは、十二の頭がまわりに付いているだけであった。さいわいにも他の組の連中も、みな元気のようだった。となりの五十個の組からは、軍医長の声が聞こえてくる。

岩上に立つ漂流者九人

どの組も呂一〇〇潜を沈めた〝炸裂〟の原因追求に、声を高ぶらせている。ある者は、飛行機の爆弾だという。またある者は、敵艦艇からの魚雷だという。それがひとしきりつづいたあと、それぞれの目撃談や、ここに加わっていない者の推測へとうつる。

艦橋からの指令がとだえたのは、爆風によって、艦長が見張員とともに艦外へ放り出されたせいだった。その後、部下の制止をふりきって、沈没寸前に艦に泳ぎついたという。艦長は艦とともにあり――それが日本海軍の伝統である。大金艦長はそれを実行したのであろう。また、安部先任将校がこの海上の一群にくわわっていないのは、炸裂と同時に艦橋で、一瞬にして爆死したためであった。

黒い島かげが、うねりの間に見えかくれしている――艦の沈没地点は、オエマ島の西二浬《かいり》であった――島かげは、漂流者の暗い心にともしびを点ずる。島に向かって進みたいのは共通の心理である。みなは手と足をつかって梱包をおしすすめた。他の二組は軽いためか、どんどん私たちから島の方へとはなれていった。あるいは、潮流がそうさせたのかも知れない。

しばらくすると、二つのシルエットとも闇のなかに消えた。それがわれわれの見た最後であった。その後いまにいたるまで、消えていった彼らの消息については、なんらの手掛かりもえられない。ここのところ、「ソロモン諸島のベララベラ島に複数の元日本兵が生存している」という話題が世をにぎわせている。それも、原住民からの情報として、確度の高いものだといわれているが、私は呂一〇〇潜沈没当時の情況を考え合わせて、沈没地点からあまり遠くないこのベララベラ島に、あるいは――と望みをつないでみるのだが。

他の二つの組に遅れをとったのは、われわれの努力がたりないからだとばかり、清水特務下士（機関科の首席下士官）が『男なら』を歌いだして景気をつける。ところが、いくら頑張ってみても島かげの大きさは、いっこうに変わらない。どんなに努力してみても無駄だと知ると、いつか、みなは黙りこんでしまった。手足を動かす者も絶え、ただうねりに身をまかせているのみだった。

沈黙すると、孤独感がひしひしと身にせまってくる。いままでは夢中だったので、よけいなことを考える余裕もなかったが、いろいろなことが脳裏に浮かんでは消える。頭の上には銀河がミルクのように流れて、その先には、南十字星が慈愛のこもった光を投げかけている。しかし、そのそばの暗黒星雲のコールサック（石炭袋）が、悪魔の洞窟の入口のように、ぶきみに口を開けている。

いつの間にか、東の空が白んできた。よく見ると、はじめの大きな島よりもっと手前のところに、ずっと小さい島だがぽっかりと浮かんで見える。そこで各自ばらばらに、その小島に泳ぎつくことに全員の意見が一致した。そして今後の食糧として、それぞれに米袋を抱えて行くことにする。ゴム袋の一個はまたも人間ひとりの命をささえてくれることになろう。

ところが、手近にあると思った島は、太陽がのぼって頭の上にきても、いっこうに近づかない。はじめのうちこそ、みなはひとかたまりになって泳いでいたが、いつのまにか離ればなれになって、ついには見渡してもだれひとり見えなくなっていた。そのうち私はふと目標の島の右側に、海上から岩が突き出ているのを見た。どうやら私自身、そちらに流されているようである。そこでひとまず身を休めるつもりで、私は目標を変更してその岩に向かった。

おどろいたことに、そこにたどり着いたのは私ひとりと思っていたのに、すでに八名も先着していたのである。不幸にも三名のみが行方不明になっていた。後生だいじに抱えていた、ひとり一個という約束の米袋は、私のを入れて三個しかなかった。他の者は泳ぐのに邪魔になったので、捨ててしまったという。

総毛立つ足下のジョーズ

とにかくその日は、岩の洞窟で夜を明かした。だが、ここに長くいられるはずもない。目の前にはオエマ島が大きく横たわっていた。みればその手前、二千メートルくらいのところに、はじめに目標にした島が浮かんでいる。その島に泳ぎ渡ることに衆議一決したのは、十一月二十七日の午前であった。

一夜をすごした岩と、その島のあいだに湖水のような水面がひろがっていた。空の青、水の青とが、ほどよく調和し、それに島の緑が美景をそえている。そのなかには幻想的な椰子《やし》の木も見えている。この静かな、平和な海のつづく先で、いま激戦が展開されているとは思いもよらない。しかし、湖水の静けさに似たこの海が、間もなく一人の男の命をうばったのである。

やがて九人は島をめざして泳ぎだしたが、私と菅野機曹とT機曹の三人がおくれてしまった。そのなかで私だけが流木をかかえていた。二人は素手である。三つの米袋は他の者がかかえた。素手の二人は途中で私の流木につかまってきたが、このとき先をすすんでいた特務下士が手をふって合図をした。おそらく背の立つことを知らせたのだろう。

それを見たT機曹が、まどろこしく思ったのか「俺はさきに行くぜ」といって、私たち二人から離れていった。しかし、そのT機曹が三十メートルばかり離れたとき、彼は突然「鮫《さめ》だ」と一声を発したきり、水中に頭を没した。つづいてガバッと水面をわって頭を出すと、私たちの方に死物ぐるいで引き返してきた。

みれば真っ赤な血の帯をひいている。その帯にからむようにして、大小五、六頭の鮫が私たち三人の腹の下にせまってきた。大きいやつは二メートルは十分ある。海のギャングは交互に三人の腹をかすめる。もうどうすることもできない。つい前方には、はやくも岸辺に立っている人がいるというのに！

「水面で足をバタバタやれ」

私は、菅野機曹にそう叫んだ。足を海面下にたれないようにするためにである。私の腰にしがみついているT機曹の身体の重みで、ともすると二人が同時に沈んでしまう。私は力いっぱいT機曹の身体をかかえ流木にもたせかける。もう無我夢中であった。

ふと私は、汗をすい込んでよごれた手拭いに気づき、それを首からはずすと、手に持ったまま水中でむちゃくちゃに打ちふった。そのためか、それとも三人のあがきを異様な怪物とでも思ったのか、鮫はそれ以上は近寄らなくなった。

その間に私はT機曹をかばいながら、菅野機曹とともに岸辺に向かって、必死に手足を動かした。やがてサンゴ礁の海底が見えてきた。背が立つのを知ると、私はT機曹を水面から引き上げてみた。手はつめたく、脈動の強さもすでに失われていた。そして私は、彼の下半身を見てハッと息をのんだのであった。左ふくらはぎの肉は、バッサリ食いちぎられていて、その傷口には、白い骨までのぞいていた。もう血は一滴も出ていない。

直後、私が岸辺でひろった椰子の実の汁を口にそそいでやるのを、うまそうに飲みこんだあと、彼は眠るように息をひきとっていった。

それからまもなく、T機曹の遺体は、波がきても流されないと思われる砂浜に安置し、手掘りで日本とおぼしき方向に頭をむけて埋めた。みなが無言のうちに合掌するころ、島かげに夕日がいままさに沈むところであった。

特潜八号艇ルンガ泊地を攻撃せり

伊二〇潜を発した甲標的のガ島沖輸送船攻撃

当時 特殊潜航艇八号艇艇長・海軍中尉　田中千秋

私は開戦劈頭《へきとう》の真珠湾攻撃に、航空母艦飛龍《ひりゅう》の航海士として参加した。その後、呉軍港に帰投したさい、思いがけなくも鎮守府に出頭せよといわれ、昭和十七年一月八日付をもって水上機母艦千代田《ちよだ》乗組に補せられた。そして第四期甲標的講習員として、はじめて甲標的に関係し、それいらい約一年間の潜水艦勤務をのぞき、つねに特殊潜航艇関係に勤務して終戦をむかえた。

田中千秋中尉

甲標的とは、特殊潜航艇（特潜）の部内秘称であった。もともとは、軍縮会議によるわが海軍力の劣勢をおぎなう兵器のひとつとして考案されたもので、艦隊決戦のさいに、機会をみて敵艦隊の前方にこの小艇（乗員二名、排水量約五十トン、魚雷二本を装備）をばらまき、決戦にさきだって敵の主力に打撃をあたえようという奇襲兵器である。

したがって、この機密保持にはきわめて留意され、製造と訓練をおこなっていた呉鎮守府の長官でさえ、この訓練状況を見ることが許されなかったといわれている。また、われわれにしても艦籍上は千代田乗組とされており、極秘のうちに甲標的母艦に改装され、訓練その他の場合にも遮蔽幕などでかくし、秘密保持にはずいぶんと気をつかったものである。そのため海軍部内においても、甲標的が特殊潜航艇と知っていた者は、戦争中期までほとんどいなかったのではあるまいかと思われる。

甲標的は、真珠湾につづいて昭和十七年五月三十一日にはシドニー港、マダガスカル島ディエゴスアレス港を奇襲、それぞれ武勲をあげて、第一次、第二次特別攻撃隊として勇名をはせた。

ミッドウェー作戦の勝利をきっかけに、米軍はいよいよ反攻に転じた。そして昭和十七年八月にはじまるガダルカナル島の攻防戦にうつるのである。八月二十四日の第二次ソロモン海戦ではいくらかの戦果をおさめたが、圧倒的な兵力でおしまくる米軍は、物量にまかせてガ島の増強をすすめ、一方、わが陸軍の増援部隊の揚陸は思うにまかせず、戦況は日本にとって絶望的となった。

その間、千代田に待機するわれわれ甲標的部隊は、川口支隊による飛行場突入の誤報に一喜一憂し、再三にわたる陸軍の総攻撃の延期に悲憤こうがいし、あるいは戦艦戦隊による飛行場の艦砲射撃に興奮したことなどを思いだす。

敵輸送船攻撃に変更

米軍のガ島にたいする補給増強、輸送船団の往復はいよいよひんぱんとなり、十月上旬になって連合艦隊は、ガ島西北端のマルボボに甲標的基地を設営し、千代田基地隊と称した。隊長は磯部秀雄中尉（兵学校六八期）で、甲標的をもって敵輸送船を攻撃することとなった。こうしてある夜、われわれは千代田とともにサボ島をちかくに見る海域まで進出したが、なぜか、そのままショートランドにひき帰したのである。

その後、米軍の空襲はますます激しくなり、甲標的のガ島進出は困難となった。そのため第一、二次攻撃とおなじく、潜水艦上に搭載してガ島付近までゆき、そこから甲標的を発進させて、輸送船を攻撃することに方針が変更された。

十月末、伊一六潜、伊二〇潜、伊二四潜の三隻の潜水艦をもって甲潜水部隊（指揮官は第一潜水隊司令・太田信之輔大佐、のち第八潜水戦隊司令官・石崎少将）が編成され、母潜水艦はサボ島付近に進出、輸送船団の入泊情報に応じて甲標的を発進させることになった。そして、甲標的は攻撃をおえたのち、ガ島の味方陣地に帰投し、艇は注水処分のうえで千代田基地隊に合流するよう計画が検討された。

こうして十一月七日攻撃の第一一号艇（艇長国弘〈現姓山県〉信治中尉、兵学校六八期）を一番艇として、作戦がはじめられることになった。敵輸送船のルンガ入泊状況に応じ、三～七日ていどの間隔をもって、つぎつぎと攻撃、十二月十四日までの間に、甲標的八隻が攻撃に参加した。

これで、五隻の艇員は生還したが、艇長迎泰明中尉の一二号艇、外弘志中尉の一〇号艇、および辻富雄中尉の三八号艇の三隻は、ついに還らなかった。戦果としては、ルンガ泊地やツラギ港を攻撃して、輸送船または駆逐艦三〜五隻を撃沈したが、戦死の三艇長とも、私と兵学校の同期生であり、いろいろな思い出が胸中を去来するのである。

ガ島へ出撃の日

このような作戦の決定で、ながらく髀肉《ひにく》の嘆《たん》をかこっていたわれわれ搭乗員は、勇躍して出撃準備にとりかかった。母艦千代田は、一、二番艇をショートランドに残し、残りの艇をつんでトラック島に帰投、停泊艦襲撃の猛訓練を開始した。私も講習いらい、馴れしたしんできた愛艇八号艇の点検整備をはじめ、訓練に精励した。

そのうち、ショートランドに残した一、二番艇の攻撃情報もはいり、われわれも負けるものかと酷暑のなかでさらに頑張った。三番艇は故障のため攻撃不能との情報もあり、四番艇の僚友、迎中尉はツラギ港に突入したが、最初の戦死者になったという。敵の警戒もきびしくなり、攻撃はだんだん難しくなることが予想された。

そうこうするうち、いよいよ母潜水艦伊二〇潜に搭載され、出撃の日がきた。愛艇八号艇の最後の点検整備はおわった。母潜水艦からの離脱については未経験のことなので、いくぶんの不安はのこったが、心は早くも戦場にとんでいた。搭乗服（当時の飛行服そのもの）に身をかため、母艦千代田の原田司令官（のち三十三特別根拠地隊司令官として部下の全責任を負い自決された）のもとに出撃ならびにお礼の挨拶にいった。

講習いらいお世話になり、成績不良の私にもあまり怒ったことのない、温情あふれる千代田艦長であった原田覚少将が、あの太ったあから顔で、真剣というか恐いようなあのときの顔は、いまでも忘れられない。

「ご苦労、頑張ってこい。ただし、決して無理することなく生きて還れ。甲標的による戦闘経過は一次、二次とも、何もわからない。かならず生還して報告せよ、頼む」と在ガ島の千代田基地隊員への土産として、ウイスキー、缶詰などがわたされた。このとき、私の頭には感謝の気持のほか、生死については何もなかった。

先輩や僚友に別れをつげ、上甲板に出てみると、わが八号艇は、すでに母艦に横付けされた母潜の伊二〇潜の後甲板に搭載されていた。千代田乗組員の見送りをうけて、潜水艦につまれた愛艇の司令塔側に、艇付の三谷護兵曹とならんで立った。

潜水艦長の「モヤイ放て、後進微速」の力強い号令により、潜水艦は母艦に並行して動きだす。母艦千代田では、乗組員がさかんに帽子をふって、われわれの出撃を見送ってくれる。とくに、ながく身のまわりの世話をしてくれた従兵が、両眼に涙をたたえ、艇の移動にともない母艦の艦首までついて見送ってくれたことは、いまでも鮮明に印象にのこっている。

特別攻撃隊の出撃といえば、何か悲壮に考えられるが、そのときの私は、特殊訓練に出るような気持であった。母潜水艦は、トラック環礁の外にでると、さっそく試験潜航をおこなったが、艇に異状なく、昼間は潜航し夜間に浮上して、一路、ガ島にむけて航行をつづけた。

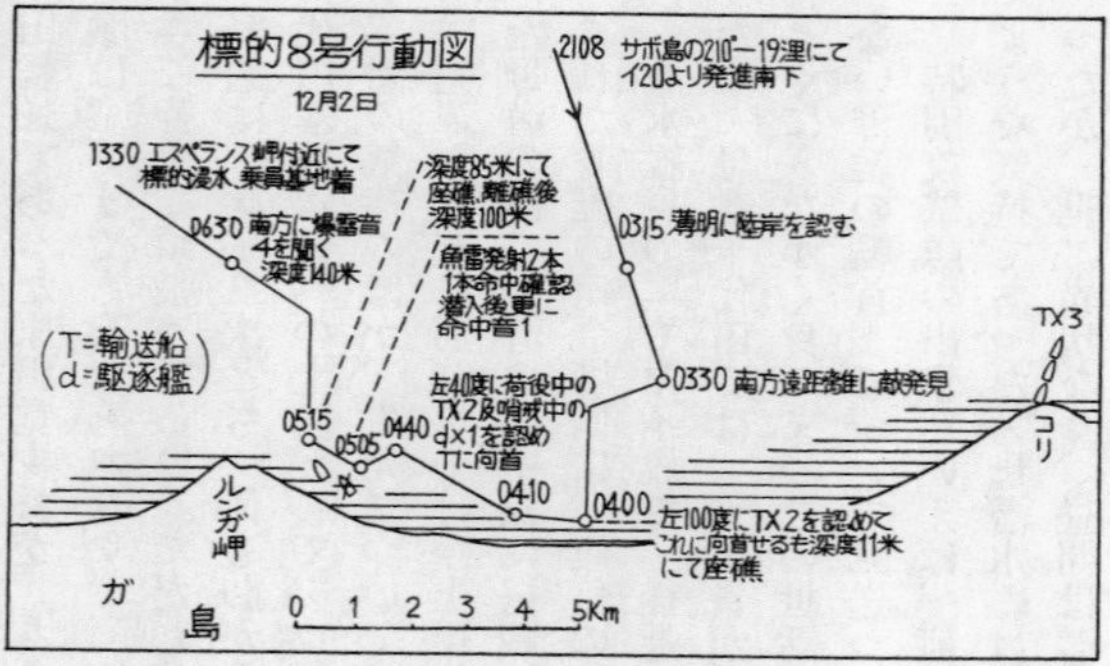

敵地潜入、魚雷命中

十二月二日、艦長から「今夜二〇〇〇に艇を発進、ルンガ泊地の輸送船を攻撃する」との内示があり、艇内をあらためて三谷兵曹とともに総点検したが、異状はなかった。艦長にそのむねを報告し、あとはただ発進時を待つのみであった。その間のことについては、なぜかほとんど覚えていないが、艇内は暑いからと褌ひとつに搭乗服を着こんだ。

「搭乗員乗艇」の命により、艦長をはじめ乗組員に挨拶をしたのち、家伝仕込みの軍刀をもって乗艇した。潜水艦との連絡は、ただ一本の電話線のみである。各部を再点検したうえ「八号艇、発進準備よし」と報告すると、艦長からは「成功を祈る、頑張ってこい」という激励の言葉とともに、まもなく固定バンドの離脱音が聞こえた。「前進最微速」艇は何の異状もなく、ぶじに潜水艦から離脱できたようだ。

「針路〇〇度、ヨーソロー。深度二〇メートル」を令し、ルンガ泊地へ直進する針路をとった（ある記録によると、午後九時八分、サボ島の二一〇度、十八浬にて発進となっている）。電池の消耗や泊地到着時間を考え、スピードは最微速（約三ノット）のままである。

　まもなく艇付から、最微速のままではトリム再調整の要があるとの申し出があり、鉛バラストをいくらか移動させたほか、艇の調子はきわめて良好だった。過去の思い出話や苦労話など雑談にもあき、一種の緊張のためか、眠いようで眠れない。気分転換の意味をふくめて、途中で一度、特眼鏡（甲標的の潜望鏡の呼称）を露頂してみる。周囲を見まわしてみるが、水平線上には灯火ひとつなく、ただ満月にちかい月が夜空に澄んで非常にきれいに見えた。ふたたび深度を二十メートルにもどし、進撃をつづける。

　明くる三日の午前三時半ごろ、ほぼ予定地点に到着したので露頂してみると、左方（東）遠くに輸送船のマストが三本みえ、ちかくの前方（南）に輸送船二隻を発見した。そこで、前方の輸送船に向首するうち、砂地に座礁してしまった。しかし、スピードが遅かったのと、砂地のため簡単に離礁することができた。

　ふたたび露頂してみると、西方のルンガ岬方面に輸送船を発見、これを攻撃することにする。特眼鏡をまわして、まわりを観測すると、かなり遠方にいる駆逐艦数隻は、全艦とも艦首を外にむけている。輸送船団は入港したばかりらしく、その護衛駆逐艦は警戒航行から警戒停泊配備に移行中であった。わが艇は、どうやらそのド真ん中に進入できたものと判断した。わが事なれりと艇付ともども喜びあったのは、もちろんであった。

　攻撃点に達して露頂観測してみると、輸送船はわりと小型（観測八千トン）で、少しばかりがっかりしたが、必中を期して観測距離八〇〇メートルで魚雷を発射した。魚雷はうまく直進している。甲標的の特性として、魚雷発射時に艇の前部が完全に水面上に露出するが、艇が水平にもどるのを待って、第二発目を発射、ただちに、「面舵《おもかじ》いっぱい、急速潜航、深度一〇〇メートル」を指示するとともに、全没までのあいだ、特眼鏡を上げたままで周囲を観測する。第一発目はみごとに命中して、水煙はマストより高くあがり、米兵のうろたえている姿もはっきり見えた。また、外側にいる駆逐艦の一艦から、探照灯で照射しているのも見られた。どうやらこれは、敵発見の合図だったように思われる。

それにしても、命中による反響音はものすごかった。第二発目の発射後、急旋回したとはいえ、距離はかなり近かったのであろう。「キーン」といった金属音とショックが艇をおそい、思わずペラ（推進器）が折れたのではないかと、回転計を見たほどであった。

海底の地獄からの生還

攻撃を終了したのち、急速潜航して回避中に、深度八十四メートルにおいて、ふたたび砂地に座礁してしまった。こんどは、魚雷発射後のため、艇首に四十五センチの穴があいており、スピードも半速十ノット、艇首にかなりの砂をくわえこんでしまったようだ。上下にうごかしたり、前後進をくりかえして再三ゆすってみたが、艇はビクともしない。

しかたなく、艇首のトリム調整用の鉛バラストを、せまい通路をつかって苦労して後部に移動した。どのくらい移動したか、それでも脱出できない。艇長として、私の心はあせるばかりである。万策つきて艇付に、「どうしても駄目だ」と自決をかんがえた。これまでは訓練とおなじく、生死については何も考えなかったが、自決を決意したとき、はじめて総毛だつというか、死というものが非常におそろしく感じられた。

「艇長、死んでもともと、いつでも死ねます。敵に発見されることを覚悟で、前部浮室に空気を送りこみ、前を軽くしてみたら……」という艇付からの意見があった。

最後の手段と、私はさっそく実行した。上げ舵いっぱい、前進原速（約十九ノット）をかけてみると、幸いにも離礁することができた。敵に発見されることを恐れて、このことに気がつかなかったのは、艇長としてじつに恥ずかしい次第であった。三谷兵曹は、まったく私の生命の恩人である。

ただちに深度二十メートルまで浮上し、鉛バラストの復旧トリムの修正作業をはじめたが、気のゆるみか、じつに大作業に感じられた。なにしろ艇内は高温（三五度～三六度）多湿、褌ひとつに搭乗服を着ごんだだけだが、流れでる汗のために、長靴が動くたびにガバガバと音がするほどであった。また、再座礁からトリム修正終了までの時間は、実際にはそれほど長時間を要していないかも知れないが、いまでも二時間以上かかったような気がしている。

トリム調整をおわり、深度一〇〇メートルでいったん北上し、戦場離脱をはかった。あらためて海図をひろげ、基地帰投計画（最初から帰投航路は決めていなかったと思う）にとりかかる。時間にしてどのくらいたったか、近くに爆雷音四つが聞かれた。のちの潜水艦での経験からすると、かなり遠方であった。

やはり、敵に発見されたと直感した私は、スピードを落とした。ところが、トリム調整が不十分のため、艇はだんだんと沈みこみ、特眼鏡摺動部からいくらかの漏水がふえたていどで、ついに深度一四〇メートル（艇の安全潜航深度は一〇〇メートル。その当時、日本海軍潜水艦としては新記録ではなかったかと思う）となった。

爆雷音も最初の四発のみであったので、そのままスピードをもとにもどして航進をつづけた。航路計画にしたがって、約一時間ほどで深度二十メートル、針路をガ島にむける。

突然、艇は海底の岩に衝突した。沈没のことを考えて急速浮上し、上部ハッチをあけて司令塔上にとびだし、艇付にも指示して脱出にそなえた。だが、いっこうに艇前部が沈下する傾向もなく、そのまま双眼鏡で見張りをしつつ浮上航行をつづけた。空は曇天で、ところどころに青空が見え、また視界内には島影が見られた。

二十分ほどたったかと思われるころ、三十メートルに潜航した。いぜんとして浸水の気配はなく、甲標的は衝突に案外と強いものだと感心したものである。

基地隊長をひき継ぐ

いよいよマルボボ沖の上陸予定地点に達し、何回も特眼鏡により海図上に位置をいれてみるが、どうしても三線が一致しない。これは海図の不備か、コンパスの誤差かわからない。また陸地を見るとジャングルばかりで人影は見あたらない。しかも、ここいらが敵地か味方の陣地か、その判断もつかない。

ガ島海岸に放棄された甲標的。三次特別攻撃隊として８隻が投入された

話には聞いたことがあるが、実際には訓練したことのない海底匍匐《ほふく》や、防材突破まがいのことをやりながら、それらしき海岸にそって約一時間ほど右往左往していた。しかし、ついに意を決して、赤屋根の家が一軒だけ見える小湾に進入、浮上した。そして、私は司令塔の上に出てみた。

双眼鏡で見張りをしながら、海岸までだいぶ近づいたとき、突然、艇の後方から大きな巻波をくらって、司令塔ハッチから浸水、艇は沈没してしまい、私は海中に放りだされてしまった。艇付に、

「上がれ」と怒鳴ったような気もするが、三谷兵曹は艇とともに海中に姿を消してしまった。

しかし、まもなく大きな泡とともに、ポッカリと浮かび上がってきたときは、嬉しさのあまり思わず二人は抱き合った。あとから聞

いた話だが、三谷兵曹はこのとき危険を感じ、タラップに噛《か》みついていたという。また、かなりの深さまで沈んだのであろう、上陸後しばらくは耳が痛いといっていた。

陸地にむかって泳ぎはじめたが、三谷兵曹はだんだんと弱ってくる。

「頑張れよ、陸地はちかいぞ」と激励しながら、立ち泳ぎ、背泳に自信のあった私は、彼の手を引っぱりながら泳いだ。しかし、ついに彼は、

「艇長、もう駄目です」と私の身体に抱きついてきた。私自身も、長時間にわたる暑いなかでの艇内作業に、そうとうに疲れていた。敵地か味方陣地かもわからないが、一か八かで、

「オーイ!」と怒鳴った。すると岸からは、「オーイ頑張れ、迎えにいくぞ」と声が返ってきた。

「味方陣地だ、もうすぐだ」と彼をはげましているうち、吉屋兵曹などの人々が、丸太棒をもって迎えにきてくれた。そのときの基地隊員の話によると、たまたま食糧補給をかねて海岸で魚釣りをしていたところ、上陸点をさがして右往左往するわが特眼鏡を発見したので、その後をつけてきてくれたという。まったく悪運つきず、といった次第であった。

私の疲労回復を待って、基地隊長を三好中尉からひき継ぎ、彼は患者数名とともに離島した。私の在島期間は昭和十七年の十二月三日から十八年一月六日までで、残余隊員は二十名弱ではなったかと記憶する。

攻撃隊員の収容を任務とする基地隊としては、近隣部隊との連絡があるわけではなく、いつ来るかわからない攻撃隊を待つほか、何もすることがない。食糧もあり、ジャングル内のテント生活は単調で、いくぶん退屈をおぼえた。

ある日、伊号第三潜水艦が物資の揚陸中に敵の攻撃をうけて沈没、ただ一人の生き残りである砲術長・竹一少尉が、ひょっこり助けをもとめてきた。こうして帰投便があるまで、基地生活をともにすることになった。

基地には連絡用として、通信機が一台あった。飛行機用のF暗号で通信するのだが、ある日の受信文はどうしても解読できない。竹一少尉と二人で、兵学校時代にならったことを思い出しながら、いろいろとやっているうち、暗号キーの原則をあてはめてみると、だいたいの文意をつかむことができた。暗号書が変わったのを知らなかったためとはいえ、われわれ程度の知識でも何とか解読できたのだから、米軍ならばと、秘密漏洩をおそれたこともあった。

十二月も下旬ごろになると、基地ちかくに陸軍兵士の行き倒れがぽつぽつみられ、元気だった隊員のなかにも、マラリアで苦しむものが多くなった。私もついに発病した。ある一等水兵は発熱がつづいて戦病死した。坊やといった感じの隊員であったが、いまでもときどき彼の顔を思い出す。

最後の攻撃隊である第二二号艇の艇長・門義視中尉（兵学校六八期）が、ジャングル内を数日にわたって彷徨《ほうこう》したのち、やっとのことで基地に生還している。

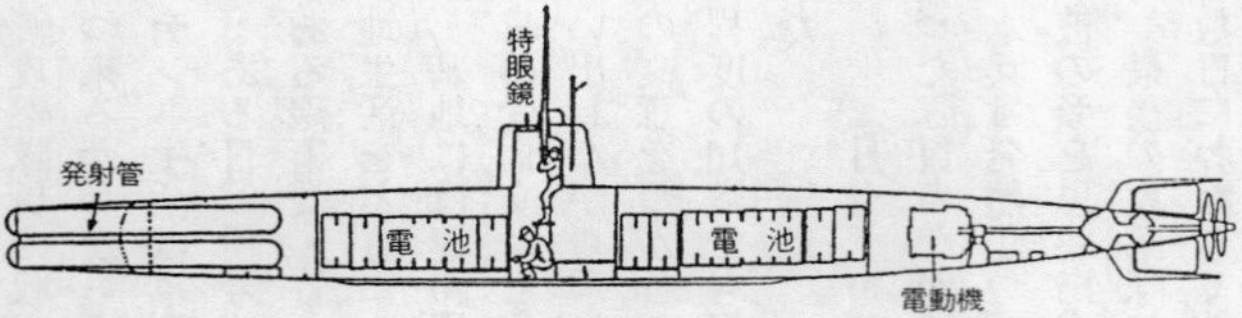

昭和十八年一月六日夜、われわれは潜水艦便によって、竹一少尉ほかマラリア患者数名とともにラバウルへ脱出した。そこから、さらに病院船氷川丸でトラック島に帰ってきた。トラック島についてみると、わが母艦千代田はすでに内地へ帰還し、標的母艦に改装された軍艦日進《にっしん》と交替していた。記録によると、私は昭和十七年十二月三十日付で日進乗組に発令されていた。やがて日進とともに内地帰投となり、呉鎮のお世話で別府の鉄輪《かなわ》で治療をつづけ、ふたたび戦列に復帰したのは昭和十八年三月のことであった。

その後、甲標的は一種の研究過渡期にはいり、私も僚友とともに潜水艦勤務を約一年つづけ、ふたたびこの関係にもどった昭和十九年八月には、すでに五人乗りの蛟龍《こうりゅう》と称する時代になっていた。

実践的〝特潜〟操縦法

最後に、特殊潜航艇の取扱い操作について触れておくと、甲標的は超小型潜水艦であり、操縦法、攻撃法といっても、その概要は通常の潜水艦と大同小異である。乗組員は二名、装備魚雷は二本、動力も電池のみで航続力は小さい（六ノット八十浬）が、水中高速（十九～二十ノット）の利点をもっている。

艇長はいわば潜水艦長であり、水雷長、航海長でもある。また艇付は操舵手であり、注排水手、魚雷発射員を兼ねたものである。艇概要図のように、せまい操縦室において、とくに艇付の仕事は常時、座席にすわりっぱなしで、目の前の諸計器に気をくばり、針路保持につとめるとともに、艇長の各種号令に即応操作しなければならず、なかなか大変な仕事である。

甲標的操縦の要訣は、ツリムの調整を十分おこなうことである。すなわち水中航走状態を良好にするためには、艇の重さ（艇の比重を海水比重と大体同じよう〈若干⊕浮力〉にする）と、艇前後のバランスをうまく調整しておく必要がある。調整がうまくできていないと、速度を落としたとき上下動を繰り返し、とくに露頂深度の維持がむつかしく、十分な敵情観測ができない。

また、速度があれば、深度維持は比較的容易であるが、露頂時に特眼鏡（潜望鏡のこと）による波切りが大きく、敵に発見されやすい。

これらの調整は、大略的には事前に鉛バラストの増減移動により実施されるが、現地での微細調整は、重さは主として調整タンク、前後は釣合タンクの注排水を繰り返し、最良状態を見い出すわけである。ところが、海水の比重は海域、潮流、天候などにより微妙にかわり、またそのときの艇の状態によってツリムは異なり、最良ツリムをつくることはなかなかむつかしい作業である。

以下、もろもろの操作を簡単に記してみよう。

一、潜艇浮上は、主タンクの注排水と横舵器調深の変更によっておこなう。

一、深度変更は、横舵器調深を変更することにより油圧運動する横舵が作動し、調定深度になれば水圧とのバランスにおいて自動的に安定し維持する。
一、針路変更は、縦舵器の操作により油圧連動する縦舵を動かし、操縦法は通常艇と同じである。
一、速度は、速度ノッチを変えることにより最微速（約三ノット）、微速（約六ノット）、半速（約十ノット）、原速（二十ノット）に変更できる。
一、露頂観測にさいしては、速力はかならず最微速とし、調深○○を合わし特眼鏡をあげる（海面の状況により調深に若干の修正をする）。所要の観測を終われば、特眼鏡をおろして調深変更を指示し潜航する。
一、魚雷発射は、把手をひくと圧縮空気により魚雷が圧出されるが、空気の移動にともない艇首が飛びあがる。艇が水平にもどるのを待って、定針のうえ第二発目を発射する。

にっぽん潜水艦いまとむかし

元「伊四一潜」艦長・海軍少佐　板倉光馬

わが国が潜水艦を採用したのは一九〇四年（明治三十七）、日露戦争のさなかである。潜水艦が問題となったのは、さらに三、四年前にさかのぼる。当時アメリカ駐在武官をしていた井出謙治少佐の進言によるが、日露の国交は風雲急をつげるものがあり、艦艇の増強を急いでいた時だけに、海のものか山のものかわからない潜水艦よりも、駆逐艦の充実が有利であるという理由で沙汰やみとなった。

ところが開戦後、連戦連勝の勢いで進撃をつづけていた日本軍が、青天の霹靂《へきれき》ともいうべき悲運に見舞われた。一九〇四年五月十五日、旅順港外において最新鋭の戦艦初瀬《はつせ》、八島《やしま》の二隻を瞬時にして失ったのである。水中爆発の情況と、これより先、旅順港には潜水艇がいるとの情報が流れていたため、てっきり敵潜水艇の襲撃によるものと判断された。初瀬、八島といえば大和、武蔵に匹敵する戦艦である。海軍当局を極度に狼狽させたばかりでなく、全軍の将兵におよぼした影響は深刻なものがあった。さらに、その翌日から一週間ばかりの

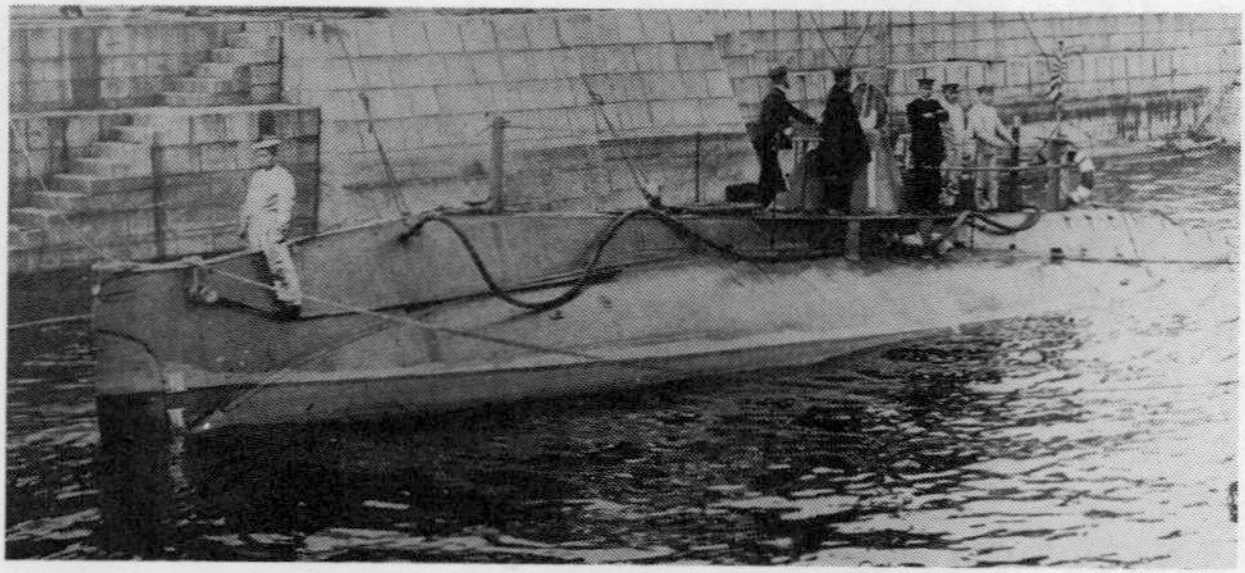

米国から購入したホーランド型の第一潜水艇。横須賀工廠で再組立された

間に、衝突、坐礁、触雷により数隻の艦艇を失っている。急遽、兵力の増強を迫られたわが海軍は、急転直下、潜水艇の購入にふみきった。

一九〇四年六月十三日、アメリカのエレクトリックボート社と日本海軍の間に契約が成立し、会社は昼夜兼行で工事を行ない、十一月には汽船神奈川丸がホーランド型五隻分の完成部材いっさいを積み込んでシアトルを出帆した。ホーランド型の要目は排水量七四トン、長さ五三フィート一〇インチ、直径一一フィート、四気筒ガソリンエンジン（水上）、電動機（水中）、乗員十三名で、魚雷発射管を有す。

この五隻のホーランド艇は同年十二月から会社派遣の技師、工員十三名の指導のもとに、横須賀海軍工廠において組立工事が開始された。同工廠の技師や工員はいずれもえり抜きの人材であり、艤装員もまた小栗孝三郎中佐以下、海軍の精鋭を配し、是が非でも戦争に間に合わせようと工事を急いだのであるが、遅々としてはかどらなかった。その主任工程管理はアメリカ主任技師に握られていた。

技師がどういうわけか、一日でも長く引き延ばそうとしているとしか考えられぬほど、工事の進め方が緩慢であった。そのため、主任技師は露探（ロシアのスパイ）ではないかと疑われたほどである。真偽は別として、帰米後、主任技師は解雇されている。

そういうわけで、ついに戦争に間に合わず、完成したのは戦争が終わった年の九月である。そして十月一日、五隻そろって海軍籍に入り、ここに第一潜水艇隊ができ上がった。さきにアメリカ主任技師がわざと工程を遅らせたのではないかといったが、もしも、実戦に間に合っていたらどうなっていたであろうか？　最新鋭の武器として高く評価されていただけに、思いなかばにすぎるものがある。おそらく、充分な訓練もできないまま戦場にかりたてられたことであろう。そして戦果はおろか、外洋で行動することすらおぼつかなかったであろう。

その一端を知るよすがとして、重岡信治郎中将（当時少尉）の述懐を転記してみよう。

――一九〇五年十月、横浜沖で行なわれた戦勝観艦式に、潜水艦は初めて晴れの舞台に出た。そして、その時の潜航は三号潜水艇にとっては光栄、真剣、命がけの潜航であった。私の乗っていた三号艇は潜航準備を完了し、艇長（東条明次少佐）は「潜航深さ二十フィート」を令したが、艇はなかなか潜《もぐ》らない。艇長はいささか苛《いら》立《だ》ちながら「潜らんじゃないか、早く潜れ」といわれ、操舵手が急いで下げ舵をとると、艇は約十度の俯角でぐんぐん潜入し、ついに潜望鏡が水中に没してしまった。

艇長は「深いぞ深いぞ。潜望鏡が見えんじゃないか」と怒鳴る。操舵手は上げ舵を一杯とったため、艇はポカッと浮き上がる。艇内では艇長を見つめながら、心配で手に汗を握ったままどうすることもできない。浮き上がるとあわてて下げ舵をとる。また潜ってしまう。艇長は「深いぞ深いぞ」と怒鳴る。また水面に跳ね上がる。かくて、沈んだり浮いたりをくりかえしながら、やっと天覧潜航を終わったが、この潜航で艇長は二、三年寿命がちぢまったと思う。乗員もハラハラしどおしで、一、二ヵ月は寿命が短くなったことだろう。

ところが、その翌日の新聞記事がふるっている。「さすがは新鋭有力な潜水艇の運動はじつに勇壮なもので、あたかも大鯨が海中を遊泳するがごとく浮沈自由自在、そのみごとな潜航ぶりはただただ感歎のほかなし云々」の意味を、大活字で出しているのには苦笑を禁じ得なかった。——と。

さらに、一九一〇年（明治四十三）四月十五日。山口県岩国新湊沖で、佐久間艇長以下十四名が全員殉職する沈没事故が発生している。このようにとうとい犠牲と、創業時の苦心を秘めて、日本の潜水艦は揺籃《ようらん》時代をすぎてきたのである。

国産潜水艦の一人あるき

日本潜水艦史をふりかえるとき、米国のホーランド型から英国のC型を経て、一九一七年（大正六）ごろより日本独自の設計になる海中型（海軍中型潜水艦）、さらに海大型（海軍大型潜水艦）へと移行している。その間、フランス、イタリア、ドイツと、各国の技術を吸収してきたが、なかでもドイツの技術に負うところが大きい。

第一次世界大戦に敗れたドイツから、戦利潜水艦として七隻が日本に分配され、これを詳細に研究検討したことと、同大戦の結果、潜水艦の建造を禁止されたドイツのゲルマニア造船所の主任技師であったテッヘル博士が、日本にきて潜水艦設計の指導をしてくれたことである。

そして日本が、本当に独自の設計で、独自の潜水艦を造るようになって、外国製潜水艦と縁をきったのは、昭和にはいってからのことである。日本の技術がひとり歩きできるようになったことにもよるが、そのきっかけとなったのはワシントン軍縮会議である。

日露戦争を転機として、日本の国防は海軍に関するかぎり、対アメリカの一点ばりとなった。わが国の海軍政策が対米戦にそなえることを目標として策定され、三十年の間それを持続してきたことも事実である。

一九二〇年。戦艦八、巡洋戦艦八、軽巡洋艦二十四、駆逐艦七十二、潜水艦六十四、その他若干という、いわゆる八八艦隊なるものを計画し、成立させたのも、対米作戦を想定した場合、不敗の態勢を確立する具体策にほかならない。

ところが、翌々年の一九二二年（大正十一）アメリカはイギリスをさそって首都ワシントンで軍縮会議をひらき、日本は戦艦および大型空母の保有量を、米英の六〇パーセントに制限されたのである。すでに建造中の戦艦土佐を廃棄しなければならなかった。

当時の兵術思想として、海上戦力は戦艦を中心とする大艦巨砲主義が一世を風靡《ふうび》していただけに、優勝劣敗の原則からしても、六〇パーセントの戦力ではとうてい勝目はない。これでは日本の国策遂行はもとより、独立までがおびやかされることにもなる。国民の輿論は沸

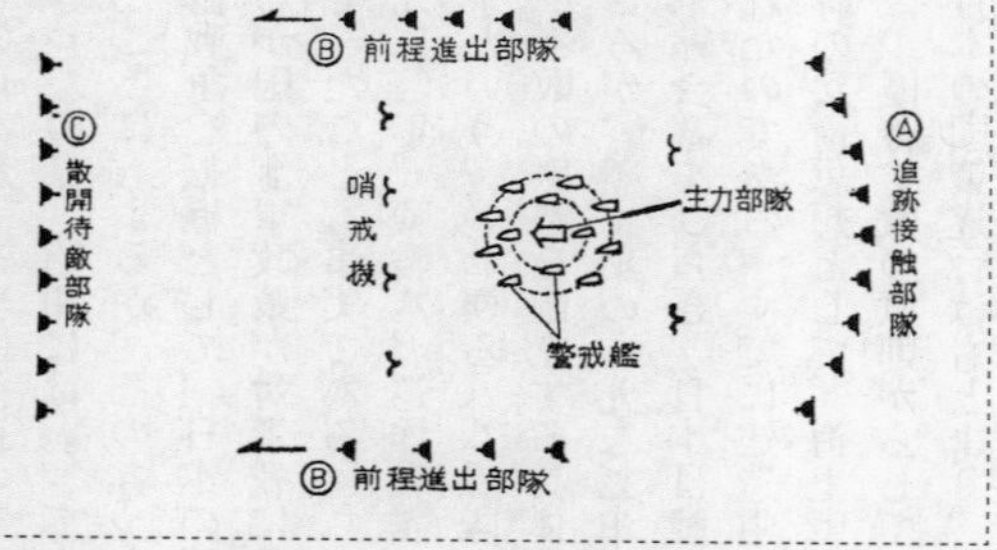

先遣部隊の配備図

騰した。とくに海軍の苦悩は深刻であった。あらゆる献策や進言が、軍令部長や海軍大臣に殺到している。第二次大戦で真珠湾攻撃に参加した特殊潜航艇の着想は、この時になされたものである。

海軍首脳部は対策に苦慮した。そして、苦しんだあげく着目したのが潜水艦による敵艦隊の漸減作戦である。軍令部も連合艦隊司令部もこの作戦を金科玉条として、兵力整備に取り組むと同時に、文字どおり月々火水木金々の訓練が開始されたのである。

では、潜水艦による漸減作戦の構想を簡単にのべてみよう。

漸減作戦部隊は先遣部隊とよばれ、三個潜水戦隊よりなっている。開戦が予想される場合すでに内地をはなれ、開戦時はすでに敵の作戦基地の周辺に配備され、敵艦隊の出撃時にまず第一撃を加える。事後、一部は敵艦隊の後方にあって追躡《ついじょう》触接しながら、敵艦隊の針路、速力などの動静を通報する。残りの部隊は敵の側面を迂回して前程進出をはかり、その前程に網を張るように散開待敵して敵の近接を待って襲撃する。この場合、各艦船の行動に関しては、先遣部隊戦策にくわしく規定されていた。襲撃後は追躡触接部隊となって敵情の通報に当たる。

このように、追躡触接、前程進出、散開待敵の動作をサークル的にくり返しつつ敵艦隊の減殺をはかり、艦隊決戦時は少なくとも互角か、あるいは優勢のもとに雌雄を決しようという作戦である。

しかし、この作戦が成り立つためには、高速かつ航続力の大きな潜水艦グループでなければならない。来攻する渡洋艦隊の平均速力は、給油船の随伴を考えると平均十五から十六ノットと推定される。したがって前程進出をはかるためには、少なくとも四、五ノットの優速が必要である。さらに追躡触接中、あるいは前程進出の途中において、敵機制圧を受けるものとすると、二、三ノットプラスしなければならない。つまり、渡洋艦隊の進攻速力より八ノットの優速が必要条件となる。

軍令部はただちに至上命令として、軽くて高性能のエンジンの製作を艦政本部に命じた。大正年間、外国の設計で日本が製作したディーゼルエンジンは、シュナイダー、ビッカース、フィアット、ズルツァー、ラッセンバッハなど多種のものがあるが、いずれも条件を満たすものではなかった。そこで艦政本部は独自の開発をはじめた。

由来、日本は材料の開発がおくれているため、エンジンの製作は不得意であった。それにもかかわらず、苦心のすえ艦本式一号八型複動・二サイクル・空気噴射四五〇〇馬力の高性能エンジンを完成したのである。いわゆるダブルアクテェング・エンジンとして高く評価されたものであるが、完成まで七年という年月がついやされたことでも、その苦心と努力のほどがしのばれる。

そして、一九三四年（昭和九）呉海軍工廠で建造した海大六型の伊号第六十八潜水艦（後に伊号第百六十八潜水艦と改称）に二基装備され、公試運転で二十四ノットという驚異的な速力を出している。第二次大戦まで、各国の潜水艦で水上二十ノット以上を出したのは日本をのぞいてその例を見ない。

かくて、二十四ノットの高速をほこる海大六型潜水艦が実現されたとき、名実ともにその性能は世界に冠たるものがあった。米海軍作戦部長プラッド提督をして、日本潜水艦の脅威をのぞくためには無数の爆雷が必要である、とまで言わしめたほどである。

日本海軍の潜水艦によせる期待は絶大なるものがあった。

戦時中の日本潜水艦

第二次大戦ほど兵術思想に大きな転換をきたしたものはない。それは戦前、一部の先覚者をのぞいては、だれも予測しなかったことである。真珠湾攻撃の戦果は——あらかじめ計画した日本軍すら予期しなかったほどである。そして航空戦力が、戦艦の巨砲にとってかわったことを知らされた。

この時点で、戦争方式も、作戦計画も、さらに兵力整備方針も変えるべきであった。さすがにアメリカの転換は早かった。同時に、航空機の量産態勢を強化するとともに、機動部隊を中心とする作戦方針にきり変えた。同時に、潜水部隊の増強をはかっている。

全力公試中の伊168潜。ミッドウェー海戦では空母ヨークタウン撃沈

日本海軍もとうぜん作戦計画を変更すべきであった。少なくとも、潜水部隊の用法は見なおすべきであった。それにもかかわらず、作戦首脳部は艦隊戦闘を重視して、最後まで労多くして功少なき用法に終始した。ここに、戦前の期待を裏ぎる要因が胚胎している。主力艦を中心とする大艦隊の渡洋作戦においてのみ効果が期待できたであろう漸減作戦を、機動部隊にふり向けたところで無意味である。それをあえて強行したところに取り返しのつかない誤謬があった。

開戦直後の十二月十日。真珠湾を脱出した航空母艦を追っかけて、九隻の潜水艦がとうとうロサンゼルスの沿岸に達したことがある。日本の潜水艦がいかに高速とはいえ、空母に追いつけるわけがない。まことに愚かなことをやったものである。

もちろん、インド洋や太平洋の一部で計画

的に通商破壊戦をやり、それなりに戦果をあげているが、あくまで二義的以下のものであり、行使された兵力も微々たるものであった。そして、戦局がひとたび不利となり、攻守ところを変えるや、大部分の潜水艦が輸送作戦に従事しなければならなかった。

大砲をはずし、魚雷をおろし、丸腰になって人員や物資を運ぶのである。しかも、厳重なる警戒線を突破してゆくのである。火中に飛びこむ夏の虫以上の危険にさらされねばならなかった。当然の結果として犠牲も少なくなかった。消息を絶った潜水艦は、おそらく太平洋作戦で喪失した潜水艦の二〇パーセント以上におよんだであろう。

第二の問題は、連合軍にレーダーがあり、われになかったことである。これには、航空部隊や水上部隊も同様にまいった。とくに潜水艦の場合は水中での機動力が小さいため、ひとたび敵に捕捉されると脱出はまず不可能であった。あまつさえ、連合軍は戦前から対潜作戦を重視してきただけに、わが潜水艦の被害は予想以上のものがあった。

私も大戦中、潜水艦長として転戦したことがあるが、霧のアリューシャンで、あるいは夜間充電中、薄氷を踏む思いで時を刻んだ経験は、今日なお忘れ得ないものがある。ドイツの潜水艦があれほど猛威をふるいながら、一九四三年(昭和十八)半ばより神通力を失ったのは、レーダーの出現である。極言すれば、第二次大戦はレーダーにより戦局が大きく左右されたといっても過言ではあるまい。

かくて、日本の潜水艦はその持てる力をじゅうぶん発揮することなく、自滅した感が深い。もとより華々しい戦果をあげた潜水艦も少なくなかったが、全般的にみて戦前の期待にそい

伊202潜。水中速力と航続力を増大すべく艦橋を流線型としている

得なかったことは事実である。

大戦後の潜水艦

戦前と戦後の潜水艦を要約すれば第一に、サブマーシブル（Submersible＝潜水可能の）からサブマリン（Submarine）への移行であるといえる。第二は、水中起動力と水中性能の向上である。第三は、潜航深度の増大があげられる。

第一の問題であるが、レーダーや対潜哨戒機の能力が飛躍的にのびたため、潜水艦はもはや水上航走したり、浮上して充電することができなくなった。そこで考案されたのが、シュノーケル（Snorkel）装置である。この原理は潜航状態で給気筒を水面上に出し、空気を取り入れながらディーゼルエンジンを運転しようというのである。

戦前の潜水艦は、どんなに電力を節約しても、潜航持続時間は六十時間あまりであるが、戦後の潜水艦は燃料があるかぎり何日でも潜航できるし、潜航したままで充電も可能である。これはまさに画期的な進歩であり、戦前の夢が実現されたわけである。しかし、給気筒を水面に出す必要上、潜航深度が浅いということは避けられない弱点である。この意味で完全なサブマリンとはいえない。またシュノーケル状態では、給気筒の強度の関係で出し得る最大速力は十五ノットぐらいである。

その点、原子力潜水艦は完全なサブマリンであり、潜水艦終局の姿である。

第二の特色は、水中機動力と水中性能の向上であるが、水上速力と水中速力が、戦前と戦後では入れかわっていることである。これがためにとられた対策はつぎのようなものである。

(1)改良された大容量の電池を搭載して推進力の増大をはかる。

(2)水中性能に適した船型にする。潜水艦がしだいにイルカに似てきたのはこのためである。

(3)水中における摩擦抵抗を少なくするため、艦橋を流線型の覆いでかこみ（これをセールという）潜望鏡、レーダーマスト、給気筒などをこの中におさめる。また大砲や機銃を撤去し、外板の表面を平滑にする。

最後に潜航深度であるが、潜航深度はしだいに深くなる傾向をたどっている。戦前の潜水艦は各国とも最大百メートルくらいまでであったが、戦後は三百メートル以上のものが少なくないと思われる。新しい潜水艦は高度の秘密が保たれているが、とりわけ潜航深度は、潜水艦の生命であるだけにうかがい知るすべもないが、使用鋼材その他から推定するにすぎない。

ひるがえってわが国の状況をながめるとき、戦後十年の空白は技術的に見て大きなハンデイキャップであった。そのハンディキャップを克服して、潜水艦を建造してきたわけであるが、その間の苦心は明治時代の揺籃期を彷彿《ほうふつ》させるものがある。それだけに今日まで苦心惨憺して築き上げてきた実績はとうといと思う。潜水艦は高度の科学と、卓越した技術が結合されて初めてより高い水準に進展してゆくものであって、一朝一夕になるものではない。ステップ・バイ・ステップ、たゆまない研究と地道な経験を積み重ねてこそ大成されるものである。

最後に一言つけくわえたいことは、戦後の日本潜水艦が百パーセント国産品であるところに大きな誇りと、将来への期待が持たれる。そして、潜水艦技術の向上は必ずや平和産業へ寄与するところ大なるものがあると確信する。

私がテストした日本潜水艦の揺籃時代

潜水艦の生き字引が技術者の眼で回想するドン亀発達史

元艦政本部造船造兵監督官・海軍技術大尉　香月常一

明治三十七年（一九〇四）五月十五日、旅順港口の封鎖にむかった第一艦隊の旗艦だった初瀬が、老鉄山の南東沖十浬《かいり》付近にさしかかったとき、突如として原因不明（のちロシア軍の敷設した機雷に触雷とわかった）の爆発で艦底を破られ、つづいて三番艦八島が二回にわたって同じく爆発、ついに八島はその日のうちに沈没するという事件が起こった。艦隊では、はじめ機雷に触れたものとは考えず、てっきりこれはロシア潜水艇の仕業だとばかり信じて、むやみやたらに海面の浮遊物を撃ちまくったという。

香月常一大尉

とにかく海上兵力の根幹である主力艦は、当時わが国ではその数わずかに六隻にすぎず、その三分の一の二隻を一時に失ったのであるから大事件であった。そこで、あくまで潜水艇の奇襲によるものと信じきっていた大本営では、とり急ぎ、補充の巡洋艦筑波《つくば》を起工するとともに、潜水艇五隻をアメリカのエレクトリックボートカンパニーに注文した。

こうして初瀬、八島を海底にほうむり去った〝亡霊潜水艇〟の災厄が、奇しくも日本海軍に潜水艇を採用させた、直接の動機となったのである。

だが、さまざまの困難をこえて船着したホーランド型潜水艇であったが、その組立工事は、なにしろ初めてのことで思うようにはかどらず、ロシア艦隊近接の報にいらだつ気持をおさえながら突貫工事をつづけた。

そして明治三十八年九月、ついに日本海海戦の檜舞台には間にあわなかったが、一号（二三五頁写真参照）から五号までの日本最初の潜水艇五隻が竣工し引き渡されたのである。

「予は日露戦争がなお二週間もつづいたら、日本潜水艇はウラジオストックのロシア軍艦を撃沈したことを疑わぬのである」

当時、外国注文の潜水艇引渡しにはいつも指導役として歩きまわっていた設計者ホーランド氏の片腕キャプテン・ケーブル氏の言葉がしめすように、戦果を待たずしての休戦は、縦横のはたらきをした小栗孝三郎大将（当時中佐）以下の関係者をガッカリさせたものである。

明治版〝海軍残酷物語〟

一号型潜水艇は単殻円形、堅牢、取扱い簡単の初期の作としては、じつによく出来ていた。ただ潜舵をもたないのが欠点であった。すべての魚類が前後に二対のヒレをもっているのに、同艇になぜ潜舵をもうけなかったのか、設計の手落ちか、技術不足によるのか疑問である。

較するため、川崎造船所がその経験にもとづいて建造した試作艇である

水上航走は仰角三度、潜入には俯角六・七度、潜航角度は俯角三度であって、潜航運転にはすこぶる安定性があった。

潜航のやり方には、停止潜航と航走潜航の二つの方法があって、本艇型では停止潜航を採用していた。この方法は艇を停止して主タンクに満水させたのち、調整タンクに注水、釣合タンクで前後の傾斜を修正して、うまく潜航ができる状態で艇に前進をかけて行き足をつけるのである。

潜航にはふつう十二、三分かかっていたが、練習をつむにつれて七、八分までに縮めることができた。

一号型の司令塔には潜望鏡、羅針儀、主機械室間をつなぐ通信装置、上方周囲に六個の覗《のぞ》き穴《あな》（ピープホール）、予備浮力計があって、侵洗航走のときにはよくここからのぞく習慣があり、のちに造られた中型

香月大尉が初めて艤装した川崎型13号艇。大正元年9月竣工で、英国のC型と比

潜水艦には、その覗き穴がなくなったため、自分は不安を感じてしかたがないと艦長らはボヤいていた。艇長は司令塔のなかにいて、潜航中は羅針儀を見ながら操舵し、ときどき潜望鏡をのぞくといったぐあいだった。しかしこれではめまぐるしいので、のちに縦舵輪を司令塔直下の艇内にうつし、羅針儀の羅盤を小型の鏡に映すように改造された。

ここに一つ珍談がある。

当時、潜水艇は軍需部よりハツカネズミを消耗品として支給されていた。いつもは母艦上で飼われているが、艇が潜航に出動するたびに二匹ずつ、小さな籠にいれて艇内の見えやすいところに持ちこまれた。そして潜航中はネズミの動作に注意をはらい、不審の挙動がないかと見守っていたものである。つまり、炭酸ガスの有無をハツカネ

明治38年10月23日、横浜での日露戦勝観艦式の晴れ舞台に臨む第三号潜水艇

ズミの敏感な肺にたよるという原始的な方法をとっていたのだ。これも一年ほどで廃止されてしまった。

またこんなこともあった。大正七年（一九一八）、第十五潜水艇を使用して、潜航中に艇内に発生する炭酸ガスの実測のため、十二時間潜航が行なわれたことがある。はじめは元気一杯だった乗員も、最後の一時間ごろになると不快と脈搏不整、呼吸困難、さらには睡気におそわれ、動作もにぶくなってくるという状態におちいった。

実験終了後、艇外に出て嘔吐《おうと》をするもの、頭痛、目まいを訴えるもの等が続出し、一週間ぐらいはなんとなく倦怠感がのこったという。これなどは人間をモルモット代用にした〝海軍残酷物語〟の一つであろうが、科学や衛生知識のひくかった当時としては、やむをえなかったことかもしれない。とにかくこの結果によって、はじめて長時間潜航には艇内空気浄化装置の必要がとなえられた。

むずかしかった乗組資格

かくて諸試験、公試を完了した第一号潜水艇からつぎつぎと領収を終え、明治三十八年十月一日をもって五隻とも就役をおわった。そしてこれら五隻からなる第一潜水艇隊が編成され、横須賀鎮守府警備艇とさだめられた。

そして日本の潜水艇生みの親ともいえる小栗中佐が司令兼艇長に、潜水艇隊機関長に平塚機関少監が、その他はそれぞれ艇長、艇付に補せられた。准士官以下の下士官兵は、第一、第二号艇には横須賀鎮守府所属のもの、第三号艇には佐世保鎮守府のもの、第四号艇に舞鶴鎮守府のもの、第五号艇は佐世保のものが、それぞれ配員された。

当時の潜水艦乗員の選抜標準は、つぎのようなものであった。

一、志願者たること

二、身体きわめて強健、品行善良のもの

三、酒、煙草をのまないもの

各艇の定員は艇長一、中少尉一、機関官一、機関部准士官一、兵曹、機関兵曹五の計九名であった。しかし当分のあいだ下士官兵は二倍の定員となっていて、下士官兵は、みな水雷学校または工機学校の教程をおえた有能の人物ばかりであった。

やがて初めて一同が顔を合わせたとき、名をあげた勇士の多かったのにおどろかされた。つまり旅順口の閉塞隊に参加して、軍神とうたわれた広瀬武夫中佐の下で機関長だった栗田大機関士、三河丸を指揮した匝瑳大尉、魚雷を抱いて敵艦攻撃をくわだてた横尾少尉、いずれも艦載水雷艇で機雷撃破に飛びだした連中といった猛者《もさ》ばかりであった。

当時、潜水艇は船体がきわめて小さく、また水上に浮かぶ部分が少ないため、なるべく目立って眼につきやすいように、水線以上の外舷はぜんぶ真っ白に塗られて、司令塔の両側に黒字で艇番号を書きいれてあった。そして潜航中は、潜望鏡の上にとりつけた旗竿に軍艦旗をかかげることになっていた。

青写真二枚で国産化

このころホーランド型潜水艇の発明者ホーランド氏が、海軍省の副官である井出謙治少佐に理想の小型潜水艇と信じて、かねて設計しておいた青写真二枚をおくり、この青写真の実現化をすすめてきた。

当時は一艦一艇といえども、咽喉《のど》から手のでるほど必要にせまられていた日本海軍ではあったが、この潜水艇はまだ実際には造られておらず、ただ理想的なものというだけの青写真を実現するのは、このうえもない冒険事業と思われた。そこには利害得失をのりこえた覚悟が必要であった。そこで井出少佐は、これはという造船所を物色してあるき、川崎造船所社長松方《まつかた》幸次郎氏に白羽の矢をたて、難色をみせる松方氏を説きふせ、ついに同造船所で建造するところまでこぎつけた。これが第六第七号潜水艇である。

明治三十八年二月、井出少佐は艤装員長として神戸に着任し、まずアメリカから来ている技師ならびに工員が、潜水艇の建造に経験のないのをみてこれを解雇し、ただの一般概略図にすぎない二枚の原図をもとにして、直接、造船所当局と建造計画をすすめ、続出する技術的な困難にも屈せず、苦心さんたん、ついに国産川崎型潜水艇ともいうべき新鋭艇を完成させた。

両艇ともに明治三十九年四月に海軍省に引き渡されて、同時に第二潜水艇隊が編成され、司令には井出少佐が任命された。

遺憾なく発揮したドン亀ぶり

名実ともに実用の域に達した日本潜水艇が初めて晴れの舞台に出たのは、戦場ではあらずして、明治三十八年十月二十三日、横浜で行なわれた日露戦勝観艦式であった。

そのときの潜航は三号潜水艇にとっては、光栄はいうまでもないが、それにもまして真剣、命がけの潜航であった。

当日の予定行動は四号、五号艇が指定泊地に、一号、二号、三号は順次に式場に停泊中の艦列のあいだを潜航通過して、天覧に供するというのであった。私の乗っていた三号艇もツリムを終わっていよいよ艦列にすすみはじめると、機械室から栗田機関長が、

「艇長、ちょっと止《と》めてください。電動機から火花が出ますから！」とさけんだ。艇長は「困ったなあ」と独白《ひとりごと》をいいながら、停止を命じた。大急ぎで修理をおわり、胸をなでおろして前進をつづけるうち、ころあいをみて艇長は「潜航深度二十フィート」と下命した。ところが艇はさっぱり潜航をしてくれない。

「潜《もぐ》らんじゃないか、早く潜れ！」と艇長がヤッキになって怒鳴るが、どうもうまくゆかな

い。操舵手があわてて大きく舵をきかすと、こんどは約十度の俯角で頭を突っこんで潜入をはじめてしまい、ついには潜望鏡も水中に没してしまった。あわてたのは艇長で「深いぞ深いぞ。潜望鏡が見えんじゃないか！」と怒号するしまつ。

このへんの水深は浅いのであまり深く潜入しないという申し合わせを思い出した横舵手が、いそいで大きく上げ舵をきかすと、艇はポカンと浮き上がってしまった。ところが浮き上がっても潜望鏡になにも映らない。

艇長は「潜望鏡が見えんぞ」とさかんに独白《ひとりごと》をいっている。艇内では艇長を見つめながら、みな深刻な顔をしている。艇長の声で横舵手がまたあわてて下げ舵を操《あやつ》ると、艇はまた深くもぐりこむ。艇長の「深いぞ深いぞ」という怒号と、水面にはね上がるのを繰りかえしているうちに、予定の天覧潜航は終わってしまった。

この晴れ（?）の天覧潜航の終了後に調べたところ、潜望鏡の横に棒をたて、それに小さいパンテント（幅のせまい長旗）をつけていたので、その旗が全没のために、潜望鏡の窓ガラスにくっつき、見えなくなったのだとわかった。

ところが驚いたことに、翌日の新聞記事がふるっていた。

「さすがは新鋭有力な潜水艇の運動はじつに勇壮なもので、あたかも大鯨が海中を遊泳するがごとく浮沈自由自在、そのみごとな潜航ぶりは、ただただ感嘆のほかなし云々」とあったのである。

英国から輸入し、横須賀工廠で組み立てられたC型潜水艇

続出する離乳期のケガ

一号型潜水艇につづいて海軍では、イギリスからC型（排水量約三〇〇トン）二隻を購入し、これを横須賀工廠で組み立てた。そして大正六年（一九一七）ごろから佐世保工廠と三菱造船所で、中型潜水艦の建造にとりかかるまで、潜水艦の主な建造所は、呉工廠と川崎造船所にまかせられた。

呉工廠では明治四十四年（一九一一）英国のC型三隻を造ったことに自信をたかめ、ついで大正五年六月にフランス・ローゴース型潜水艇一隻をカンガルー船に積みこんだまま、呉にもちこんだ。このときは主機械の運転作業に思いのほか苦労をして、引渡しまでに一ヵ年もかかってしまった。この型は、はじめフランス・シュナイダー社に二隻を注文したのであるが、第一次大戦がはじまったため、予定の十四号艇はフランスにゆずり、その代艦として同型艇二隻を呉工廠で建造した。

一方、川崎造船所では六、七号艇のつぎに、十三号艇（排水量約三〇〇トンで六、七号艇を改良した川崎型）を明治四十三年に起工、大正元年（一九一二）九月に完成している。

呉工廠でも、C3型潜水艇二隻で三〇〇トン型潜水艇の建造をうちきり、以後は中型潜水艇の建造にうつっていった。そして川崎造船所でもイタリアのFⅠ型潜水艇二隻を大正六年に起工し、同九年三月に竣工したが、この型は潜水性能がわるく、FⅡ型三隻をふくめて合計五隻でうちきり、続いて特中型を建造したがこれも四隻で終わった。

この間にまた多くの事故が続発した。大正十二年、七十号潜水艇が深々度潜航テストを終わって浮上し、低圧排水中に低圧ポンプが故障して、数分間で沈没、多数の殉職者を出した。その翌年三月にも佐世保港外で、演習中の第四十三潜水艇が軍艦龍田と衝突して沈没、四月には第二十六潜水艇が呉港内で沈没するという事故があった。

は第19潜)。大正6年に呉工廠で起工、8年7月竣工。写真は呉沖で公試中

これらの事故は、原因がはっきりとわかっていたので、不安の念をいだかせないように各造船所、潜水学校などで模型を造り、実際的に指導するという手段をとった。

純国産第一号〝艦本型〟

大正六年になって三菱神戸造船所は英国のビッカース社と契約して、その堅実さでは定評のあったL型潜水艇の建造に着手し、大正年代の末までに十八隻のL型を完成したが、十八隻のうち不良艇はついに一隻も出なかった。このL型潜水艇の約半数は、第二次大戦にも活躍するという息の長さをみせた。

おなじくこの年、潜水艇国産の声が高まり、ついにその翌年〝尚早論〟をおしきって、わが国はじめての国産潜水艇を

国産第一号の海中Ｉ型（海軍中型／艦本型）と呼ばれた呂11潜（大正13年10月まで

建造することになった。国産一号には、これまでの米英仏伊独型のもつ、長所をとりいれた理想の潜水艇ということで設計された。これがいわゆる艦本型（海軍中型）と名づけられるものであった。

やがて呉海軍工廠で起工されたが、いざ建造にかかってみると、さまざまの難点がでてきた。また使用する主機は、最新式のズルサー機関がとりつけられたが、それだけに調整がむずかしく、はじめの一、二隻の完成就役後、機関科員が真っ黒になって主機の調整修理に従事していたのがいまになっても思い出される。

当時この主機が、あまりにも問題となるので、艦政本部長であった岡田啓介大将が呉にこられて、面前で艦本型の全力運転を視察し、たまたま他に故障もなかったので、そのまま採用を決定するということがあった。

こうして日本海軍でも、潜水艇にかんする多くの貴重な体験をえて、世界の潜水艇保有国に仲間入りする資格を着実にそなえていった。そして大正八年四月一日、これまでの潜水艇という呼称はやめて〝潜水艦〟とあらためられた。

また同時に、潜水艦乗組員の定員が倍化してきたのに対処するため、大正八年、舞鶴に海軍潜水学校がもうけられ、廃艦処分となっていた旧軍艦厳島《いつくしま》と、陸上の石炭庫の一部を改造した校舎で発足した。その後、舞鶴鎮守府が縮小され要港部となったので、同地の海兵団兵舎を呉に移築して、ここに初めて海軍潜水学校が陸上に設立された。大正十三年の秋ごろだったと記憶している。

以上、わが国の潜水艦について、その揺籃《ようらん》時代を大ざっぱに振り返ってみたが、なにぶん紙面のつごうで詳細にわたることができなかったのは残念に思う。わが国の潜水艦の産ぶ声とともに海軍に入籍して、潜水艦乗員として一人前になったときに、潜水艦もまた実験の域を脱して、実用の段階にはいったとは、まことに奇縁でもあった。

ドン亀の成長に賭けた執念の六十年

潜水艦の泣き所「サビ」と取り組んだ技術者が語る建艦秘話

元艦政本部部員・海軍技師　丸石山三郎

第六、第七の両潜水艇を海軍が受けとったのは明治三十九年、すなわち一九〇六年の四月五日のことだが、そのときには潜望鏡も司令塔もなかった。ただし潜望鏡がわりの覗《のぞ》き窓となる高さ四十センチくらいの昇降口が、艇の上部につきだしていたので、操縦をうまくすれば潜水艇の役目を果たしうるものであった。

じつは潜望鏡を注文してはあったが、艇の完成までに入手できないので、ひとまず潜望鏡なしの艇をつくり、完成の翌々年、潜望鏡の入手をまち、その操作にあう司令塔を新しくもうけることにしたのである。私はこの大改装にたずさわってから、その後、潜水艦系の造修にひきつづきあたり、今日にいたった。

第一から第五までの潜水艇には、はじめから細長い潜望鏡がついていた。そのため潜航すると、水流によって大きくたわむので、三方にワイヤで張りをとってあったことが思い出される。第六潜水艇は、おなじ攻撃力をもつ一号艇（二三五頁写真参照）よりもはるかに小さ

第六潜水艇。明治43年４月、潜航中に沈没し佐久間艇長以下が遭難

い。常備排水量は一号艇の五五パーセントの五十八トンしかないので、一号艇のような潜望鏡がもてない。潜望鏡は右舷を見るときは、頭は右舷になければならないが、六号艇は小さいために潜望鏡の舷側や、前方に頭を入れることができない。そこで艇首をむけたままで、舷側も、後方も見られる特殊な機構をもつものでなければならない。この特殊なものをつくるのに手間どったので、入手がおくれたのであろう。この型の潜望鏡は第六、第七の両艇のみで、その後は採用されなかった。

一号から七号まで、七隻建造の動機として伝えられているのは、日露戦争のはじめは連戦連勝であったが、開戦三ヵ月に軍艦宮古《みやこ》が機雷にかかり、吉野《よしの》は衝突のため沈没し、さらに主力艦初瀬、八島が機雷のため沈んだ。そのため、禍《わざわ》いを転じて福となす方法の一つとして、装甲巡洋艦筑波《つくば》、生駒《いこま》の二隻を、二つには潜水艦七隻を急造することになったのである。

かくて七隻の艇は、明治三十七年十一月と十二月中に起工されたが、六号艇は一号艇よりも六日早く、十一月二十四日に着手した。完成は番号順であったが、起工は六号が日本最初の艇である。

一号艇から五号艇は、潜水艦の考案者である米国のホーランド氏がおもに設計にあたった。この人は当時、意地の強いのがわざわいして、ホーランド型の建造会社から追いだされ、失意の人となっていた。たまたま日露開戦となったので、ホーランド氏はこれまでの設計よりもずっと小さく、しかも攻撃力が同じという、自分の理想的設計を二枚の青写真にして、米国に出張したことのある海軍省の副官である井出謙治少佐のところへ送ってきた。それがもとになり、六および七号艇をつくることになった。はじめ製造主任として米国人技師が来日したが、その技師は技術が十分でなかったため、途中で解雇し、井出少佐はじめ川崎造船所の努力によって、ついに完成をみたのである。

さきに記した通り、六号艇の常備排水量は一号艇の五五パーセントだが、攻撃力は同じであるのみならず、魚雷を積みこむのに一号艇は取入口が短いから、頭部と気室と機械室以後の三つに分けなければならないのに、六号艇は分けずに取り入れられる利点があった。

起工当時は、とにかく一隻でも多く早くほしいというので、潜望鏡は間にあわなくても、覗き窓でうまく操縦しうるであろう。そしてあまり深く潜《もぐ》らないでも、艇の目的は果たしうるであろう。船体は楕円のところが多いため、一号艇より劣っているが、これらはやむをえないとして起工されたものと思う。さいわい潜水艇はつかわずに、日露戦争は大勝利に帰したのであるが、勝つためには打つべき手は打たれていたことに、多くを学ぶものがあったのである。

潜水艦につきもののサビに苦心

第十一、十二の三艇は明治四十四年八月に完成したのであるが、規定にしたがって四年後、大がかりな修理（特定修理と名づく）がおこなわれた。そのとき上部構造物にかくれた耐圧部で、狭くて手がはいらず、四年間も塗りかえができなかったところは驚くほど錆《さ》びていた。鋼材は錆びると、厚さは六倍にもなるといわれるが、厚さは二ミリは十分にあった。完成時には当時常用の錆止《さびど》めである赤鉛が十分にぬってあっても、潜航のつど海水におかされ、水面に浮かんではかわき、また寒暑や波のしぶきにさらされたりして、だんだん効果がうすれ、ついには錆び放題になったらしい。

その設計当時にも塗りかえやすいようにする考えはあったが、建造工事を簡単にしようとする考えもあり、これくらいのところは塗りかえられるということになり、結局あとで困難な目にあうことになった。それ以来、狭いところは取りはずしがしやすいように、また手入れ不能のところは錆止め塗料の上にビスマチックセメントや、エナメルなどを塗るようになった。

だが、潜水艦は狭いところが多く、気蓄器や諸管などを長い期間にわたって解放しないかぎり、塗りかえができないところができるのも致し方がない。修理期間も費用も思うようにえられないのが普通で、船体鋼材は、あるていど錆びて薄くなるのはやむをえないことである。

伊3潜(巡潜Ⅰ型)。2本の高い起倒式無線檣は原型ドイツ艦の特徴

外板外面のように、年に二度も塗りかえるところは、その外面は薄くならないとみてよいが、内面は塗料の優劣にも関係し、手入れの難易にも関係するが、一般には錆びて薄くなるとみなければなるまい。海軍では鋼板が錆びて薄くなるのは、総平均として年に〇・一ミリと見込み、耐圧力もこれにしたがって下がるとし、完成後八年たてば一〇パーセント減の九〇パーセント、十二年たてば完成時の八〇パーセントとみなすことにした。

伊号第三潜水艦(伊三潜)はドイツの設計で、全般に優秀な艦であったが、その六番バラストタンクトップの上面に、手入れのむずかしいところがあり、完成後、十一年六ヵ月のあいだ塗りかえができなかったとみられる部分があった。そこを昭和十三年五月、特定修理のさい、塗りかえに邪魔となるものをいちおう広く取りはらって、錆打ち(錆がはなはだしいとき、はじめから錆おとしの道具はつかえないので、まず錆打ちをする)してから、錆おとしをしたところ、直径七ないし八ミリの穴が二つあいた。もとの厚さは六ミリのところである。

伊三潜など伊一潜型の燃料用重油タンクの鋼板は、一般に六ミリで鋲構造ではあったが、重油が洩れないのでよい手本とおもわれていた。ところが艦齢が十一年になったころ、重油の洩《も》れが目立つようになり、特定修理を早めにおこなったところ、漏洩の主因は鋲先のコーキング部（油がとまる部）が錆におかされ、洩れることがわかった。

伊一潜型は艦が大きく、バラストタンク（予備重油タンクをふくむ）の内部上方はわりあいに広く、塗りかえは容易であると思われたのに、吃水線以上のフレームなどは意外に薄くなっていた。もとの厚さ六ミリの鋲着山形のフレームは、薄いところ（山形の端のところがいちばん薄くなる）は二ミリぐらいしか残っていないのがあった。

それでもタンクトップは六メートルの水圧試験に耐えたのである。それはバラストタンク上部の内側は、かわいたり海水にふれたり、気温と湿度の変化がはげしいので、錆止めが早く力を失うものとおもわれた。塗りかえも、あるいは完全でなかったのかもしれない。

主機械排出管が内殻《ないこく》をつらぬく部分は、排気熱のために錆止《さびど》め塗料が焦《こ》げる。急速潜航をすると、焦げているのが急に冷却される。また水上荒天のときの高速中は焦げがちのところに波がたびたび上構内に入りこんでひやすため、例外なく錆びて薄くなる。

塗料が焦げるのは、排出管貫通部の補強リングおよび、そのまわり八センチか九センチ以内の内殻板の部分である。その範囲以外でも排出管に近いところは、よく薄くなったため取りかえたものである。海軍では特定修理のさい、要所各部の厚さをはかり、設計時の八〇パーセント未満になったら新しく取りかえることになっていた。

主機械排出の消音器下部の内殻上面は塗装がむずかしいため、錆止めの上にビスマチックセメント系のものを、厚さ十ミリくらいに塗ってあったのを見たことがある。

メッキをすれば早く腐る

海水にひたされた部分の鋼材は、厚さ三ミリ以下であれば亜鉛メッキをほどこすことになっていたが、ここで知っておきたいことは、八年も海底に沈んでいれば、亜鉛メッキをした方が早く腐ることである。ただし亜鉛メッキをしない鋼材が、近くにあるふつうの場合のことである。

これは次のことからわかった。

すなわち八年五ヵ月間、佐世保沖の海底に沈められていた波二〇一潜（波号第二百一潜水艦）型が、昭和二十九年九月に引きあげられた。そのとき亜鉛メッキをしてあったはずの上構外面が、いちじるしく富士壺やセルプラでよごれており、それを落としてみると、もとの厚さが三・五ミリのところでも、直径四ミリないし五ミリていどの穴が一センチか、遠くても二センチ以下の間隔に無数にあき、一般に薄くなっていたので、その上を歩くのに危険なほどであった。

そのときは、戦時急造のために亜鉛メッキをやめたのかと不審に思っていたが、昭和三十二年七月七日、沈船を引きあげた会社の又場常夫社長によって解決された。

引きあげられた船は、例外なく亜鉛メッキをした鋼板の方がひどく腐っていた。それはそ

佐世保港に繋留される本土決戦用の小型水中高速潜（潜高小）波201潜型

のはずである。亜鉛メッキするときは、表面を稀塩酸で洗うから、亜鉛がくさると酸で洗った面が出るので、腐り方が早められ、また亜鉛はメッキしない広い面積の鋼材があるから早く腐るのである。

その好適例は、伊三三（三一七頁写真参照）および伊一七九両潜水艦のキングストン弁の外面には、航海中の水の流れがなめらかになるように亜鉛メッキをしたうすい鋼板が、弁の外面にとりつけてあったのにそれが腐り、まったくなくなっていたのがあるほどだった。われわれはこの説明を聞いて、初めてなるほどと合点した。

又場氏はさらに、艦内のものは亜鉛メッキが良態であり、とくにタンクブロワーの、羽根のように囲《かこ》われた中にあるものは、ほとんど新品のように良態であったと話してくれた。

前記の通り、吃水線以下の外板外面は約六ヵ月ごとに塗りかえられるから、亜鉛メッキの有無にかかわらず良態であり、もし予備艦となって、長期間ドック入りすることなく繋留《けいりゅう》しておくときは、亜鉛メッキをした方がかえって早く腐るので、五ミリ以下の鋼板でも亜鉛メッキをしない方がよい。（よほど小さい船でないと、こんな外板はもちいられないから応用のきくことは少ない）

外板内面で、つねに海水にひたされないところの薄板は、亜鉛メッキをすれば長もちがするであろう。一枚の鋼板の一部に亜鉛メッキをほどこし、一部をメッキしないところは、亜鉛の溶槽にひたす前に石灰をぬっておけば、亜鉛がつかないので簡単である。

なお注意しておきたいことは、亜鉛メッキのことではないが、鋼材を鋲接するとき、その

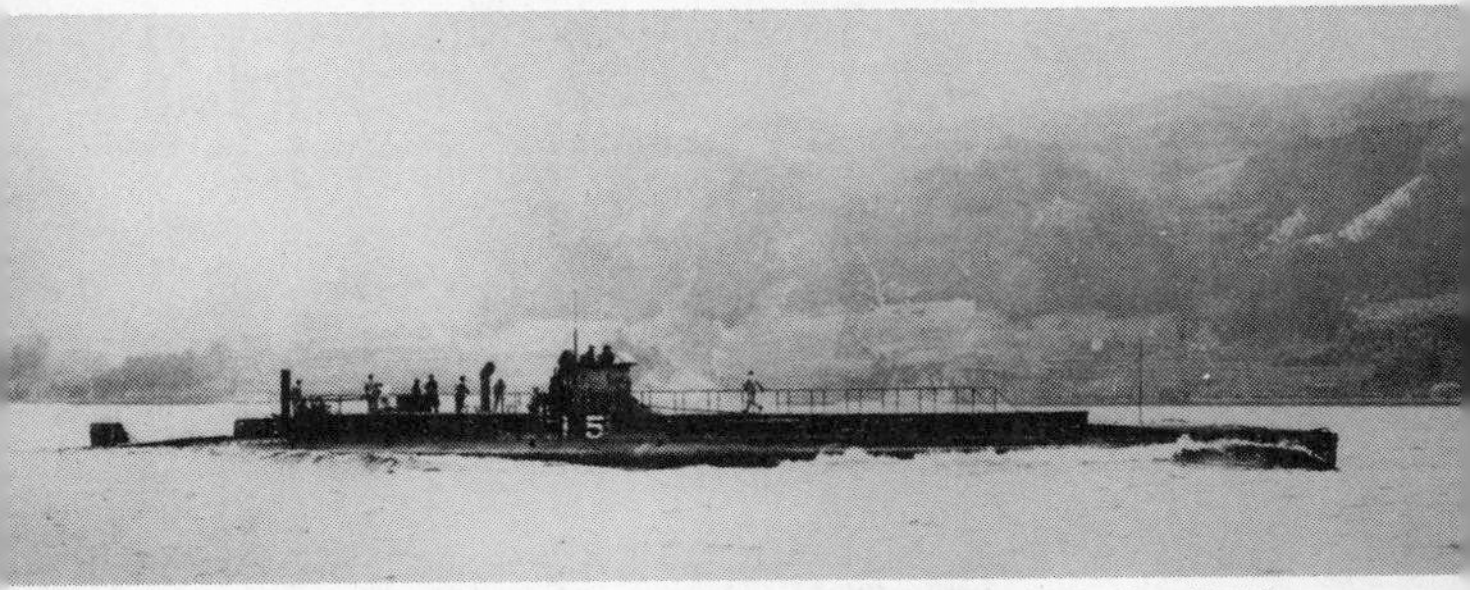
公試中の波10潜。大正６年の竣工時は第15潜水艇で大正12年６月改称

接触面は腐蝕しないとみてもよいことである。

大正の中ごろまでは、接触面をあらかじめ錆《さび》おとしして、防錆塗料（とうじ常用の光明丹といって赤鉛をアマニ油でねったもの）をぬり、かわくのを待って鋲着したので手間がかかった。そのころ、接触面には新しい水分や空気が入りにくいためか、問題にするほど錆びないことがわかった。

ここでついでに記しておきたいことは、仏国の本社へ注文し大正三年四月七日に進水した波号第十潜水艦（波一〇潜）の外殻板とフレームの間に、リングライナーがもちいられ、そこには外板の厚さだけの狭い隙間《すきま》ができる。その隙間のところは、塗りかえができない。潜航中は海水にふれ、水上に浮かぶとともに空気にふれるところであるが、悪い結果であったとは聞かない。

さっぱりだった妙案のジュラルミン

つぎに記しておきたいことは、推進軸をささえるところに青銅製の嵌輪が、船体の部材に接しており、一、二のすきがある部分もある。運転中はブッシュ内を海水が船尾の方へ流れて、発生する熱をさますのがふつうだが、その青銅ブッシュの端のあたりに、保護亜鉛がつけてあっても、船尾管の前端のブッシュの端には、保護亜鉛はつけられない。つけるとしても、そうとう離れたところになる。それなのにブッシュと接しているところには、問題になるほどの腐蝕は生じないことだ。

なお思いだすのは、昭和の初めころ、軽くて強いジュラルミンを、水上艦が主ではあるが、潜水艦にも艦橋の一部に試用されたことである。これは鋲着部の合わせ目、つまり鋼材との接触面でもジュラルミンが腐蝕する。表面から腐蝕するほか、内部からも腐蝕するので、高価な材料なのにサッパリだった。

ステンレス（SUS三一六）が、最近よくもちいられるが、これと鋼材を接触させて締めつけ、海水にひたすと、短期間に鋼材の方の接触面がはなはだしく腐蝕するということである。青銅との接触にくらべ、非常なちがいである。

つぎに電池液や排気ガスが、鋼材を腐蝕することは、電池液である稀硫酸が鋼材にかかると腐蝕が早いのは、わかりきったことである。むかしの主蓄電池は、艦がすこし大きく傾くと液がこぼれるので、ときどき電池をとりだして修理した。傾けなくとも、かわいて少なくなった液を、定量までに注入する時などにこぼれると、蓄電池台などは耐酸塗料がもちいてあっても、そうとう腐蝕するのである。

陸軍潜水艦の誕生と活躍の全貌

陸軍輸送潜水艦㋴艇はどのようにして生まれたのか

元大浦突撃隊付特潜艇長・海軍中尉　西村鷗盟

昭和十六年十二月八日未明、日本海軍機動部隊がハワイの真珠湾を奇襲、五隻の特殊潜航艇が湾内深く突入して赫々《かくかく》の戦果を挙げたことは、二十年の歳月をへた今日なお、われわれの記憶に残っているところである。

また昭和十八年末期の戦局悪化にともない、陸軍が窮余の策としてみずから㋴と称する輸送潜水艦をひそかに建造運航していたことは、当時、一部の担当者以外には知るよしもなかったが、戦後、関係者によって明らかにされてきたので、すでに一般にとって周知の事実であろう。

豆潜発明者・西村一松

しかしながら前述の陸海軍の特殊な潜水艦がその着想にあたり、また建造ならびに運航において、西村一松という市井《しせい》の一漁業家が考案した「西村式豆潜水艇」が母体となったことを知る人は少ないであろう。華々しい戦闘や、戦果のかげにかくれた協力者西村一松があったことを忘れないでいただきたい。

なにごとによらず、すべて華々しい表面のかげには、かならず、縁の下の力持ちともいうべき協力者や、下積みがあるものである。とかく都合のよいときだけ利用されて、あとは弊《へい》履《り》のごとく捨てられて顧《かえり》みられないのも、この世の常といえよう。

平和的利用を目的として考案された本艇も、軍への協力を余儀なくされ、いちど敗戦となるや、まったく弊履同様に捨てられ顧みられなくなった。本艇発明者の西村一松は戦後、その再現をはかったが、努力のかいなく不運のうちに先年他界した。

さて「西村式豆潜水艇」とはどんな艦であったか、またどんな活躍をしたか、またこれが母体となった陸軍の潜水艦は、いかにして建造されたか、その大要について述べてみたい。

西村一松という人

本州の最西端水産都市として知られる下関に〝西宗商店〟という水産業を営む一老舗《しにせ》があった。これは呉服屋の番頭から身を起こし、漁業によって一代にして巨万の富を築いたといわれる立志伝中の一人〝西村宗四郎〟という人が創《はじ》めたもので、その宗四郎の二女の養子に西村一松という人がいた。

彼は山口県大津郡の三隅という一漁村に生まれ、べつに学歴といってあるわけではなかったが、生来緻密《ちみつ》な科学的頭脳の持ち主でもあり、また事業家でもあり、その性沈思黙考《ちんしもっこう》、家族の者にすらあまり口をきかないといった、ちょっと風変わりな人であった。

第一次世界大戦の好況の波に乗った西村家では、南方に鯨《くじら》の漁場を探すべく養子一松を南洋に派遣した。南洋におもむく船中において、彼は南洋群島が砂糖の栽培に適していることを聞くや、捕鯨を製糖にきりかえるべく計画して急遽、下関にたち帰り、その有望性を力説した。

「船頭山に登る」を憂慮した宗四郎も一族と協議の結果、ついに同族のみをもって〝西村南洋拓殖株式会社〟(資本金三〇〇万円半額払込)を設立して製糖事業に乗り出すこととなった。

現地派遣はもっぱら一松が担当し、サイパンを本拠としてパラオ、テニアンへと開拓の手をひろげていった。しかし、製糖技術の未熟にくわえて、戦後不況のあおりを食らって採算合わず、この事業も永続きしなかった。創業わずか十年足らずして松江春次(南洋興発)にバトンをわたして、同社に吸収されるという事態にいたった。かつて三井や三菱から買収の申し出があったおり、

「この事業を成功させて一千万円献金し、男爵の爵位をとるのだから譲るわけにはゆかない」と豪語して拒絶したほど大きい抱負と期待をいだいていた宗四郎も、齢古稀《よわいこき》になんなんとして失敗し、老涙《ろうるい》をしぼってその悲運をのろったのである。

しかし、製糖事業は不成功に終わったが、南洋群島開発の先駆者としての功績は〝日本民族海外発展史〟にその一頁を飾るものといって過言ではない。(柴田賢治著「日本民族海外発展史」参照)

豆潜のはじまり

このように西村一松は内地と南洋間を絶えず往復していたのであるが、群島周辺に散在する珊瑚《さんご》の環礁は、水産を本業とする彼にとってはまたまた魅力のまとでもあった。前記製糖が失敗に終わるや、機を見るに敏な彼はこの珊瑚の採取に着目した。

当時、潜水作業としては、専門のダイバー（潜水夫）にたよる以外になかった。彼の着想はひとえに珊瑚の採集にとどまらず、あらゆる面にわたる広汎《こうはん》な海底海中作業へと飛躍して、海軍で使用していた単殻《たんこく》潜水艦にヒントをえて、大正の末ごろから私財をその研究に投じた。

当時、南洋への足がかりとしていた台湾の基隆《キールン》において、昭和五年に第一号艇の建造に着手した。なにしろ百メートル以内の耐圧深度の潜水艦の建造しか経験のないその頃としては、その十倍にも近い深海に耐える潜水艇の建造は、造船所としても容易のことではなかった。彼はみずから造船所におもむいて建造を指図《さしず》し、ようやく昭和六年に一号艇を完成した。

明くる昭和七年、同艇を内地に回航して、下田沖で試運転をおこない、これに自信をえた彼は、さらに改造をくわえた第二号艇を昭和十年八月、横浜ドックにおいて建造した。ここに世界ではじめての深海作業艇が誕生し〝豆潜水艇〟なる名称もこの時からはじまった。また特許局に申請して十七件におよぶ特許をとった。（現在一松の長男が継承）

二号艇の進水を終わるや、ひろく学界業界の知名士を試乗にまねき、その真価を問い、同時に四ツ谷の三階堂ビルの一角に「西村深海研究所」を創設した。この間、研究から建造にいたるまですべて自費をもってまかない、しかもその考案者は市井の一水産人にすぎなかったことは他に類例を見ない特色であり、偉大なる点であろう。

豆潜の全貌

前述のとおり本艇は、珊瑚や真珠の採集を目的としたものであるが、その他全般的な海中作業を自由におこなえるよう設計してあり、しかも本艇自身単独に自由に行動しうる点に特徴があり、この点、在来の潜水器や潜水球とは異なっていた。(もっとも近年にいたって潜水球〝くろしお号〟や〝東海号〟も自力運転できるよう改造された)

構造や性能については専門的になるので、ここではその特色とする点だけを述べて参考としたい。まずは一般装置についてである。

(1)、船体は深海に潜航するための所要の水圧に耐え得るように(使用限度水圧三五トン、水圧試験七〇トン、硝子水圧試験一二〇トン、具属水圧試験七〇トン)特殊船舶規格に準じて堅牢に建造されていることはもちろんである。

外鈑は圧延《あつえん》鋼材を使用し、適当の間隔に肋骨を配置した独特の単殻《たんこく》式小型潜水艇である。船体中央部にマンホールがあり、船首部に作業室、中央部に操縦ならびに電池室、後部に機械室を配置する。

(2)、首部作業室の前壁に硝子窓があり、外部を透視できる。操縦室に船体外前端に突出した作業棒(二本)を自由に操縦する装置がある。

この作業棒は本艇独特の創案によるもので、外部の水圧をたくみに利用した特殊装置で、一個のバルブの操作開閉によって人間の手足のごとく巧妙に、上下、左右、前後の任意の方向に動かすことができる。この作業棒の先端に、作業目的によって鋏《はさみ》または錐《きり》、のみなどを取りつけて物体の把持、穿孔あるいは破壊など種々の作業を自由におこなうことができる。

(3)、船首部に海底における特殊装置の浚渫《しゅんせつ》用大型ポンプを備えつけ、沈没船内外の土砂を吸出または吹除け、橋脚、港湾の浚渫および砂金や砂錫の採取などに応用できる。

(4)、船首部に潜水室をもうけて潜水夫が海底へ進出するための出入口があって、作業中必要に応じて潜水夫を船外に出入せしめる。その呼吸用空気は特殊の装置で船内から送気、還元浄化することができる。

そのほか運転や潜航浮上などは普通の潜水艦と大差ないのでここでは省略して、二、三異なる特長だけを述べよう。

㈠、〝コントローラー〟によって速力を自由に加減し円滑な運転ができるので、潜航中、所要の位置（中間海底、断崖などの別なく）に随時停止することができる。かつ、たくみに断崖をのぼり、岩礁を越え、谷を渡るなど運航自由であるから、魚類の静かな遊泳状態に似て、停止状態とまったく同じである。ことに断崖や、岩角上に定着できるよう繋留装置があるので、潮流の早い箇所でも作業可能である。

㈡、たとえ機関が停止してその機能を失った場合でも、飛行機のように墜落する危険はなく、船体はその位置に停止するので、かかる危機に遭遇したときには船外に懸垂《けんすい》してある重量物すなわち〝ドロップキール〟を船内から把取《はしゅ》にて切り放すことにより、船体は急速に浮力を増し、加速度をもって水面に浮揚することが可能である。したがって制限水圧以内の潜水では危険は絶無といってよい。

以上のような特色をもつ本艇はいかなる利用価値があり、また利用されたか略記してみよう。

▽学術研究方面

学者みずから自由に潜水できるので研究物を採取、温度および深海流の測定、海中諸現象の写真撮影をおこない深海を現実に研究できる。

▽写真撮影方面

海中における諸現象を固定および映画に撮影紹介することができるので、学術的産業的はもちろん娯楽的にも多大の興味と刺戟をあたえるとともに、大いに利用できる。本艇では昭和十三年、当時、鉄道省嘱託であった塚本閤治氏によって理研文化映画〝海底の神秘を探る〟が撮影公開された。

▽水産方面

(イ)漁業の研究改良、魚礁の築造、漁場の暗礁破壊、魚族の遊泳状態の研究、漁具の海中における状況など実地に、学者や漁業家みずから調査できる。

(ロ)珊瑚や真珠の採取は裸潜りやダイバー潜水夫にたよる以外にないのであるが、本艇の作業棒を使用すれば深度に関係なく、一日数十マイルの海底を航走操作して採取することができる。したがって本艇と潜水夫とを併用することによって、画期的に能率をあげることができる。

▽サルベージ方面

従来のサルベージ作業は、潜水夫のみによって行なわれていたが、本艇によるときは技術者みずから潜水して実地に調査できる。沈没船に対してはその位置を容易に探知することができるとともに、綱具の取付けなどの諸作業が可能である。

沈没船の年数をへたものは大半が埋没し、船艙内には土砂が充満し、海底上に現われている部分には貝類や海草が密生しているので、普通の潜水夫ではその積荷の引揚げや船体の破壊は不可能である。本艇の特殊装置によって船体の破壊、土砂の排出などを容易におこないうる。

▽水中土木事業

科学の進歩と造船技術の発達によって、風波などの天災による遭難はほとんど絶無とすることはできるが、座礁による危難はこれを除去しなければまぬがれることはできない。本艇の特殊性能を有する電気ドリルで鑿穿《さくこう》爆破が容易であるとともに、港湾の浚渫、築港の建設、橋架架設などにも応用できる。

▽砂金、砂錫の採取

本艇を海底に定着し、特殊の浚渫機ポンプを応用使用すれば、不用の土砂は艇尾に排出され、優良な含有土砂だけを陸揚げすることができる。海の中は陸上と異なり、水圧、潮流、透明度など数々の制約を受けるので幾多の困難と危険がともなうことは当然で、いかなる万能の機械といえども完全無欠とはいえず、したがって陸上で人間が自由に行動するというわけにはゆかない。

本艇も前に記したような性能を有しているが、決して完全なものではなく、潜水の権威〝三浦定之輔〟氏がその著「潜水の科学」で述べているように、幾多の不備不充分なところがあった。しかし本艇の出現は画期的なものであり、わが潜水史の一頁を飾るべきものといっても、過言ではあるまい。

つぎに、戦前に活躍した状況を二、三紹介しよう。

私の知るかぎりで主なものは、なんといっても関門トンネル（鉄道、国道）の海底調査であろう。関門海峡にトンネルを掘る計画はずいぶん以前からあったが、いよいよこれが具体的に着手したのは昭和十二年であった。

関門海峡の地質調査依頼をうけた〝西村深海研究所〟は同年一月、真鶴から第二号艇を母船松丸（手操船改造）に曳航させて下関に回航させた。二月からいよいよ本格的に関門海峡――大里・弟子待間と和布刈《めかり》・壇之浦間の二ヵ所――の海底調査に着手した。

約二ヵ月にわたって、調査を続行、予期以上の成果を挙げ、今日の関門両トンネルの実現をみたことは一般に周知の通りである。右の期間中に徳山湾に埋没せる旧戦艦〝河内〟の調査を行なったこともある。私もこのとき同乗した。

ついで昭和十四年、わが連合艦隊が演習中、豊後水道（佐伯沖）にて伊号潜水艦と駆逐艦が衝突して潜水艦が沈没するという一大椿事《ちんじ》が起きた。

時の海軍はさっそくその調査と引揚げを依頼してきた。同所では第一号艇と第二号艇を派遣して、一松の義弟西村新氏が佐伯（大分県）を根拠地として調査引揚げにあたった。沈没場所は豊後水道の潮流速く水深も百メートルに近いところで、一大難事業であった。幾回かの失敗ののち、ようやく潜水艦にワイヤを取りつけることに成功して引き揚げた。

海底映画といえば、すでにわが国でも公開された〝青い大陸〟や〝沈黙の世界〟などの天然色映画で、今日ではさほど珍らしいものではないが、本艇によってはすでに相模湾の海底で文化映画〝海底の神秘を探る〟の撮影に成功（塚本閤治氏撮影）して一般に公開されたことは既述のとおりで、塚本氏の優秀な技術と、相模湾の澄みきった海底に遊泳する魚族の群れに、初めて見る海底の神秘に感激、われわれを夢の竜宮へ案内したもので、海底映画の先駆として特筆すべきものである。

現在テレビの発達によって、海底の実況もいながらにして手にとるようにわかるが、当時、本艇内にマイクを運んで海底の有様を実況放送したこともあり、海事知識の啓蒙に一役買ったものである。また米国から招かれたこともあるが、チャーター料が折りあわず実現しなかった。

同艇の乗員は四～五名で、見学用に多人数が乗り込むことは不可能である。したがって見学用に五十人乗りの大型艇の建造を計画、〝海底科学船〟として遊覧用にする予定で、着々準備と研究を進めていたのであるが、時あたかも戦時に直面、陸海軍への協力を余儀なくされたため、この計画も自然消滅して実現しなかった。

もしこれが実現しておれば、世界に類のない竜宮船ができているわけである。戦後〝東京急行〟が右のような遊覧船の計画を進めていることを新聞に報じているのを見たことがあるが、その後どうなっているのか不明である。

以上で西村式豆潜水艇の記述を終わるが、最後に第二号艇進水後、葉山の御別邸沖で幾度にもわたる天覧の光栄に浴したことを付記しておこう。

陸軍潜水艦㋹の誕生

陸軍に潜水艦があったなどとは、常識ではちょっと考えられないことで、世界のいずれの国の軍隊を見ても、陸軍が潜水艦を建造したという例は絶無である。しかし、わが陸軍がつくった輸送用の潜水艦㋹は、設計、建造、試運転、作戦にいたるまで、すべて陸軍のみの手で行なわれたもので、けっきょく窮余の一策から生まれた奇型児《きけいじ》的なものであった。すなわち敗戦の前兆を背負って生まれいでた宿命的なものであった。

当時この計画は極秘裡にすすめられ、国民はむろん軍部でも一部の担当者を除いてはほとんど知られていなかった。敗戦のおとし児として生まれ、戦後、幾多の教訓と示唆《しさ》を残して消え去ったこの輸送用潜水艦が、いかにして誕生して活躍したか、以下、当時の戦況から順を追って振りかえってみよう。

真珠湾攻撃をもって華々しく火ぶたを切った大東亜戦争も、開戦以来の進攻作戦がミッド

ふくらみを持つ巨大なメインタンク、司令塔前に37ミリ戦車砲が見える

ウェーの大惨敗を契機として守勢の態勢にかわると、制空制海の両権はしだいに連合軍の手中に握られていった。ことに昭和十八年二月、ガダルカナルから陸軍が撤退して以来、海上船舶はいたずらに敵機や、潜水艦の好餌《こうじ》となって南方への補給路はほとんど断絶のかたちとなった。

当時ガ島の奪回を企図とした陸軍部隊も途中で全滅して失敗に帰し、同島の制空権は完全に敵側に握られ、海上輸送による補給は絶望に立ちいたった。補給路を断たれて南方海面に散在する友軍を救出するため、必死の打開策がつぎつぎと講ぜられたが、そのなかで駆逐艦による鼠輸送（夜間にコッソリ運ぶ）のみがわずかに効を奏した。

だが、これとて続行できず、駆逐艦を本来の目的以外の輸送用に使用することは許されず、また駆逐艦も米軍のレーダーには

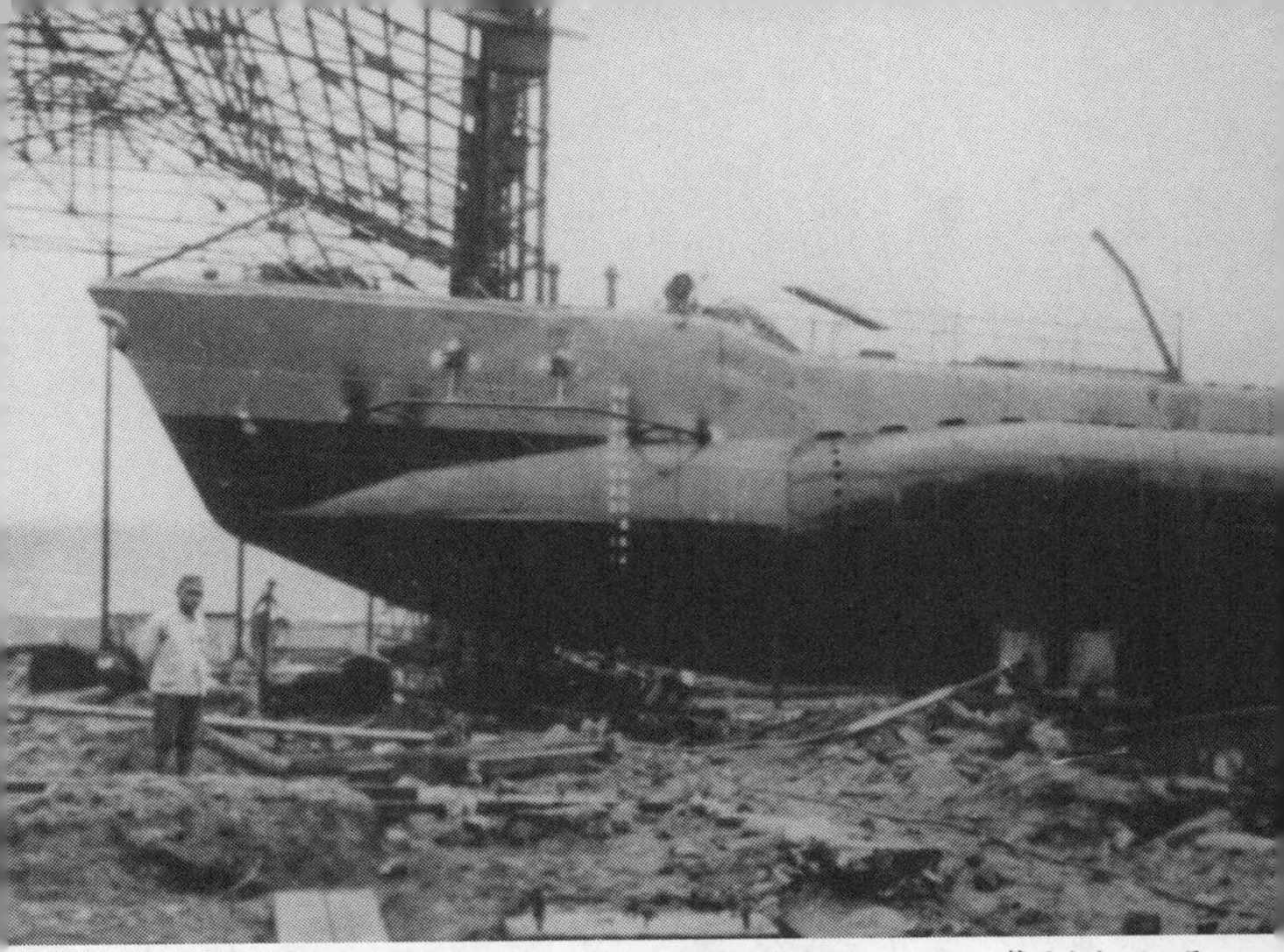

建造中の陸軍潜航輸送艇㋴試作一号艇。特殊な進水用シーソーに載せられている。

太刀打ちできなかった。戦局自体がすでに海上艦艇による輸送を不可能にし、潜水艦による隠密《おんみつ》輸送のみが残された唯一の方法となった。

海軍の潜水艦によって、昭和十七年十一月末から翌十八年一月まで、ガダルカナル島への輸送が行なわれ、食料弾薬が運ばれたが、陸軍としても、海軍の潜水艦を陸軍の補給輸送のみに使用するわけにゆかず、潜水艦による輸送が残された唯一の補給手段となった。

当時、陸軍としてもまったく進退きわまる窮地におちいった。しかも海軍自体、連合艦隊は惨敗して頼みとするに足らず、これ以上、陸軍としても海軍に依存することは事実上、不可能となってきた。

以上のように日本が守勢に転じて以来、戦局は日に日にわが軍に不利となり、昭和十七年十二月ごろからついに陸軍はみずから打開の途を講ずるべく、むしろ苦肉の策として、補給用の潜水艦を本格的にとり上げるにいたった。

当時、陸軍の船舶輸送の作戦部門を担当していた参謀本部第十課が、この試作を本格的に取り上げ、これに㋴という名をつけ、極秘のうちに陸軍第七技術研究所（戸山ケ原にあった）に対して研究を命じた。同研究所所長（長沢重五中将）はそのころ水中音響の研究に従事した塩見文作少佐（兵技）に、この輸送用潜水艦の計画を担当させた。

塩見少佐に中村久次少佐（兵技）が協力して㋴の設計建造に着手した。両氏とも船舶や海に関する知識はぜんぜんなかったので、まず潜水艦に関する資料を蒐集するとともに、造艦の権威者や海軍艦政本部に協力を求めた。

㋴の設計を進めるにあたっては、〝西村深海研究所〟に協力を要請、「西村式豆潜水艇」の設計に範をとり、西村一松、西村新の両氏の協力と応援を仰いだ。当時、四ツ谷の三階堂ビルにあった〝西村深海研究所〟は、軍関係者以外の出入りを禁止された。

また材料強度や重量計算などについては東大工学部造船工学科に、船型試験については運輸省の船舶試験所の援助を乞うた。設計が進むにつれて問題となったのは建造場所である。

海軍関係の施設では、手いっぱいで陸軍の船をつくるどころではなく、また一般の造船所も海軍の管理下にあって、昼夜をわかたず船舶の建造に従事して、陸軍の方まではとうてい手が廻らない状況にあった。このような状態にあったため、陸軍としては造船所以外の施設を利用する以外に途がなかった。

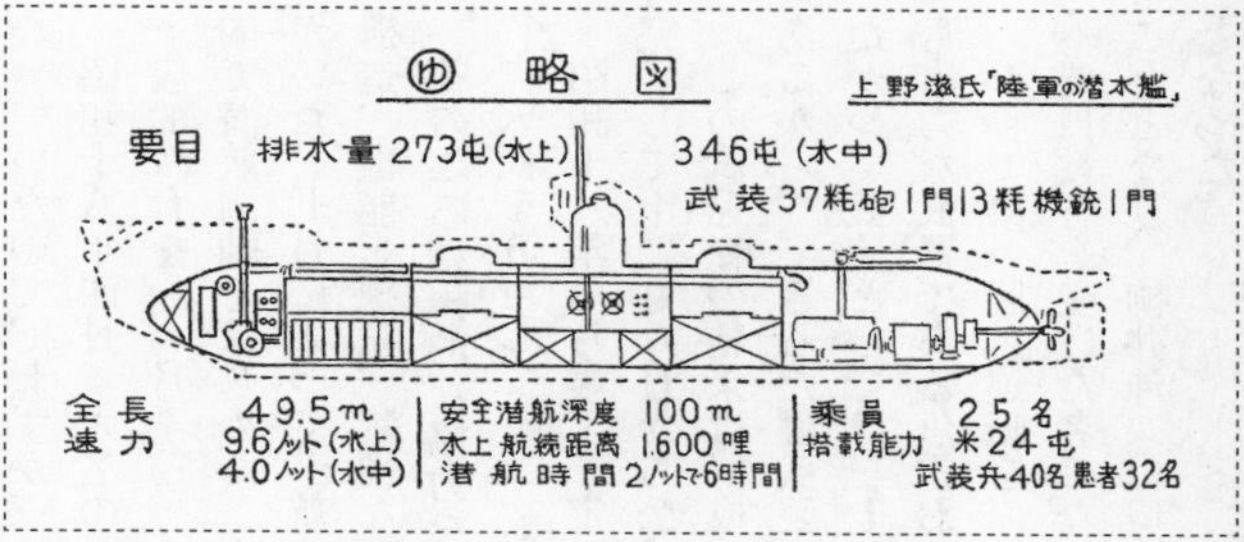

いろいろと検討された結果、下松市（山口県）の日立製作所笠戸工場をその候補に選んだ。同工場は機関車製作工場として日本第一位を誇っていたところであるが、当時は機関車の製造はほとんど行なわれず、わずかに大発がつくられていた。造船設備があるわけでもなく、またその方面の技術者がいたわけでもなかったが、結局、この笠戸工場を主要工場として建造に着手された。協力を要請された〝西村深海研究所〟では西村新（一松の義弟）を笠戸工場に派遣して陸軍への協力につとめた。

各方面の協力を得て、ようやく設計図が昭和十八年一月に完成した。建造を担当した工場側も、陸軍側も、潜水艦はもちろん船舶の建造はずぶの素人ばかりであった。船体を三つの部分にわけて別々につくり、これをレール上に運んで電気熔接するという方法で、総計八十隻を目標に建造を開始した。当時の陸軍のこれに対する期待は非常に大きく、また海軍の協力もしだいに積極的となって、潜水艦に関する資料も提供してくれた。

㋻の建造が進むにともない、参謀本部では潜水艦による海上輸送部隊の編成と、その訓練を開始すべく船舶司令部に命じた。

㋻の建造計画は、昭和十八年四月に発注され、同年七月完成となっていたので、わずか三ヵ月ぐらいの短期日に乗員を訓練する必要があった。

昭和十八年四月、六名の幹部を選抜していよいよ潜水艦の航法操縦などの訓練を開始した。一般的教育を一ヵ月学び、六月に入って塩見少佐は「西村式豆潜水艇」を使用して、宇品港内で潜航訓練をはじめた。六名の幹部要員も極秘のうちに猛訓練に参加して、黙々と腕をみがいた。七月に入って潜航原理の座学を終えた六名の要員は、笠戸工場に泊まりこんで艦の構造、機能、操縦、装備などの研究をかさねた。

そのころ積極的な協力を示してきた海軍では、幹部要員にたいして潜水学校（広島県大竹）入校を許可して、三ヵ月にわたり潜水艦乗員としての専門的な教育と指導をおこなった。

昭和十八年七月竣工予定の第一号は、三ヵ月遅れて同年十月に笠戸工場で進水し、艤装を完了して十二月八日から公式運転に入った。

この試運転の結果は好成績で、ぶじ終了した。もともとこの㋴は補給を目的としたものであるから、できるだけ武装を少なくして船艙を広くし、艦内の居住性に重点が置かれた。したがって武装としては三七ミリ砲一門、一三ミリ機銃一門を備えるのみで、潜水艦のもっとも有力な武器である魚雷およびその発射管は装備されなかった。

かくて第一回試運転をぶじ終了した㋴第一号は、十二月下旬に船舶司令部にひきわたされ、㋴要員教育を受けた者のなかから、選抜された二十名の新作戦部隊の手によって運航されることとなり、柳井沖（山口県）で試運転をおこない、ここに類を見ない陸軍の潜水艦の登場となった。

これに前後して、㋴の建造にともなってぞくぞくと陸上部隊から選抜された二千名余の要員が、船舶司令部に配属され、伊予の三島に潜水輸送教育隊が編成され、潜水艦乗員としての訓練がはじめられた。

昭和十八年十月からは、㋴の研究は東京の第七技研から姫路の第十一技研（新設）に移された。そして㋴の建造をさらに拡大することとなり、笠戸工場の外に安藤鉄工所（東京）、日本製鋼海田市工場（広島県）および朝鮮機械（仁川）の諸工場がくわえられ、㋴の建造に拍車をかけた。

㋴第一号より大分おくれて安藤鉄工所で完成した艇（安藤艇とよばれた）の試運転が、東京でおこなわれた。陸軍糧秣廠の協力のもとに糧秣搭載試験をおこない、ついで伊東沖で七十五メートルの深々度潜航試験をおこない、いずれも好成績をおさめた。

以上の諸工場を総動員しての昼夜兼行の建造により、また一方、乗員の猛訓練と相まってようやく戦闘に参加する運びとなり、陸軍のこれにかける期待も大きく、これを唯一の頼みとしたことも、もっともであった。

艇は元来、隠密輸送による補給をおこなうことを目的としたから、隠密潜航が唯一の武器とするものであった。しかし㋴の潜航時間はきわめて短時間であるため、海上で輸送しうる船舶をできるだけ目的地に接近せしめ、この点を限界点として㋴の基地とせねばならなかった。比島方面ではマニラ、北サンフェルナンド、父島、八丈島方面では下田、沖縄方面に対しては口ノ津などが㋴の基地とされた。

ⓨは目的地において浮上し、迅速過敏なる揚陸作業をおこなうものであるが、発見される危険性が大きいので万全の策をとる必要があった。そのため基地の大発を使用したが、ドラム缶入りのまま海中に投げ出す方法もとられた。

陸軍潜水艦の最後

昭和十九年十月に入ってから、米軍の進攻はますます激しくなり、制空制海権を手中におさめながら同月二十日、比島の東岸レイテ湾に上陸を開始した。ここに〝捷一号作戦〟が発令され、いよいよⓨの出動が命令されることとなった。当時、伊予の三島で編成された潜水艦輸送部隊は艇三隻に分乗して、レイテ作戦に参加すべく南航したが、途中の難航のため使いものになるのは第二号艦一隻のみという状況であった。

第二号艦はレイテ島の補給作戦を敢行すべく命ぜられ、物資を満載し、艦長以下三十一名と揚陸要員十四名を乗せて、レイテのオルモック港に向かって突入した。しかし同艦は港外で米駆逐艦に発見され、全員、艦と運命を共にした。

マニラに残った第一号、第三号の二隻のⓨは応急修理を終わってマニラを出港、リンガエンに向かった。しかしいずれも米軍機の急襲をうけ、停泊中に海底に葬り去られ、戦列に参加しなかった。陸軍の絶大な期待と希望をになって勇躍進出した三隻のⓨも、戦勢の挽回にはなんら効を奏さず海の藻屑《もくず》と化した。

しかし、ⓨが活躍しえたとしても、挽回できるほど戦局は安易なものではなかった。ⓨの建造そのものが、すでに常道を逸したもので、敗戦の断末魔の姿そのものであったといえよう。またサイパン、硫黄島が敵の手中に帰するや、本土上陸を企図して進攻してくる連合軍を迎撃すべく、本土周辺の島々が第一線として固められたが、その本土とこの島々の間の補給に㋴が使われることになった。

㋴の建造と整備をまって、おいおい各方面にたいする配置も強化され、潜水輸送隊の隠密作戦はようやく軌道に乗ってきた。昭和二十年に入って連合軍の本土進攻はますます激烈となり、七月には朝鮮海峡の海上輸送は、まったく困難となった。そのため㋴をこの方面に配置することとなって、山口県の萩と仙崎に集結すべく十六隻の㋴が伊予の三島から出発したが、八月十五日の終戦を迎えたのである。

陸軍が最後の頼みとしてみずから育てあげた㋴も、期待ほどの成果も上げえず終戦となり、その短い生涯を閉じたのであり、しかも終戦間もなく一さいを連合軍に接収され、爆沈されてしまった。当時、三島の教育隊にあって訓練指導に協力した「西村式豆潜水艇」も陸軍の手によって三島沖で沈められてしまった。

私は昭和十八年十二月、海軍予備学生として海軍に入隊、十九年十二月少尉任官前の休暇で帰省の折り、下松の笠戸工場で㋴の指導にあたっていた西村新氏と面談する機会を得たのであるが、そのころ極秘にされていた㋴についてはその内容を知るよしもなく、想像の範囲にすぎなかったが、戦後、同氏からたびたび艇の状況を聴取したものである。

私はまた任官後、光海軍工廠内（山口県）の第一特別攻撃隊（回天隊）付として回天搭乗

完成と共に愛媛県三島町に潜水輸送第一教育隊が開隊、本格的訓練が始められた

昭和20年秋、愛媛県新居浜港で米軍への引渡しを待つ㋹艇。18年12月、一号艇の

員をへて、広島県情島の大浦突撃隊付として特潜艇長を奉職し、日夜、海底を相手に猛訓練に従事しつつ終戦を迎えた。いかに潜水艦乗りが忍耐と体力技術を要するか身をもって体験したしだいであるが、この㋴の建造運航作戦に従事した陸軍将兵がいかに苦労したか、想像にあまりあるところである。

海軍の潜水艦乗りは一人前になるまで少なくとも五年の訓練を必要とするのに、わずかに数ヵ月の訓練のみで潜水艦乗員として作戦に従事させたことに、非常な無理があったとともに、敗戦の前兆を如実に物語るものであろう。

ここに㋴に従事して戦歿した将兵諸士に心から哀悼《あいとう》の意を表すとともに、かかる矛盾と無駄とをふたたび繰り返すことなく新日本の建設に邁進してこそ、海底に眠る英霊へのわれらのせめてもの誠意ではなかろうか。

潜水艦戦と深海調査

〝沈黙の世界〟や〝青い大陸〟などの海底記録映画が公開され、また〝アクアラング〟が普及するにつれて、「海底」や「潜水」にたいする関心は極度に高まってきた。ことに昭和三十三年七月、フランスより「バチスカーフ」が来日、日本海溝の調査に従事していらい、深海――ことに海溝が大きくクローズアップされるにいたった。

ウィリアム・ビーブ博士のバチスフィヤー〝潜水球〟以来さほどの進展を見なかった潜水界も、アクアラングの出現やバチスカーフの建造におよんで、まったく面目を一新し、深海探査も画期的発展をとげ、現在では一万メートルに達する潜水も可能となった一方、コアー（採泥器）、水中テレビその他の水中機器の発明進歩にともない、深海底もおもむろにその神秘の扉が開かれつつある。

数年前より、ソ連はわが国周辺の海洋をしきりに観測しているが、これはただ単に学術的産業的面のみにとどまらず、軍事的意義が多分にふくまれることは想像に難くない。なんとなれば、海底地形と温度層の問題が将来の海底戦に大きい影響をおよぼすからである。いいかえれば潜水艦戦の様相が戦後全面的に変貌し、潜水艦そのものが従来の可潜艇から、名実ともに潜水艇となったことを意味するものである。

また、大陸棚の問題が起こって各国とも領海の拡張を主張してゆずらないが、大陸棚は無限の宝庫といわれるほど資源が豊富である。これの調査開発には海底や、海中の事象研究が不可欠であることはもちろんである。

このように軍事的側面のみならず、学術産業的面においても、海洋海底の調査は重要必須の事柄である。わが国においても潜水艦が建造されたが、作戦や訓練はもとより、かかる研究をゆるがせにしてはならない。潜水球〝くろしお号〟や〝東海号〟（東海サルベージ）も改造されて、自力機動性をもつようになったので、その活躍も期待されよう。

日本も怠慢をむさぼっていては周辺の海は、外国によって荒らされてしまうおそれがある。一日も早く深海研究所が設立されて一貫した調査と研究がおこなわれ、資源の開発に、学術上に、また国防上に大いに活躍してもらいたいものである。これがためには国民一般の、認識と理解とが不可欠である。

ここに私はあらためて拙筆をとり、わが国において深海潜水艇〝西村式豆潜〟が市井の一水産人によって考案されて数々の功績を残し、戦後その再現に努力したがそのかいなく、不遇のうちに死去せる西村一松の偉業をつたえ、もって若い人々の斯界において活躍される参考と、動機ともなれば無上の光栄とするところである。

日本潜水艦部隊の戦果

元第六艦隊参謀・海軍中佐　鳥巣建之助

鳥巣建之助中佐

太平洋の風雲が急を告げてきた昭和十六年秋、昨年来ハワイ海域に太平洋艦隊の全力を集結していたルーズベルト大統領に呼応するかのように、チャーチル首相は英国海軍最新鋭の巨艦プリンス・オブ・ウェールズを戦艦レパルスとともに、シンガポールに派遣した。

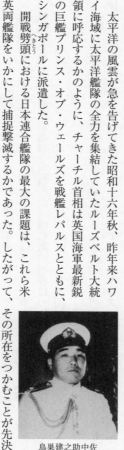

開戦劈頭《へきとう》における日本連合艦隊の最大の課題は、これら米英両艦隊をいかにして捕捉撃滅するかであった。したがって、その所在をつかむことが先決条件となった。米太平洋艦隊が全部、真珠湾に入泊しているか、その一部が常時、訓練泊地であるラハイナ泊地に停泊しているかを、奇襲の前にぜひ知りたかった。

このため先遣部隊の潜水艦二隻、すなわち伊七一潜と伊七三潜が、十二月七日午後、ラハイナ泊地の偵察を行なった。そして、敵艦隊の不在を確認報告した。これはとりもなおさず、米艦隊の真珠湾在泊を立証するものであって、八日未明の奇襲作戦をパールハーバーに集中させる資料を提供したわけである。

一方、シンガポールでは、前日までたしかに在泊していた英東洋艦隊が、八日朝、行方をくらましてしまった。もしこの強力な敵が揚陸中の日本輸送船団に殺到したならば、ひとたまりもない。どこへ行ったのか、日本陸海軍の不安はまったく言語に絶するものがあった。九日、午後三時十五分、索敵哨戒中の伊六五潜はシンガポールの北方約三百浬《かいり》を北進する両戦艦を発見し、作戦緊急電報を発信した。敵艦隊の所在はわかった。航空索敵のよりどころがつかめた。こうしてついに、海軍陸上航空部隊による英国艦隊撃滅が実現したわけである。

この真珠湾、マレー沖の両海戦から三年八ヵ月を経過した昭和二十年七月二十九日の夜半、伊五八潜は西太平洋の真っ只中で、米重巡インディアナポリスに遭遇し、あっという間にこれを撃沈した。この軍艦は広島、長崎に投下される原爆一号、二号を米本土からテニアンに輸送した艦であったが、さらにその艦内にはなお、札幌に投下する予定の三号原爆を秘めていたとも伝えられている。

以上は無形と有形の潜水艦成果の一例であるが、このほか輸送、補給、砲撃、奇襲交通線破壊など各種の作戦による、多種多様の有形無形の戦果が、怒濤の進撃からはじまり、悲哀の敗退に終わった戦争の全期間にわたって、細々ではあったが積み重ねられていったのである。

航空母艦を攻撃せよ

艦隊決戦主義に徹していた日本海軍が、その主攻撃目標を敵の艦隊、とくに航空母艦や戦艦においていたのはもちろんであった。日本潜水艦に与えられた主任務も当然、その例外ではなかった。いな、むしろ潜水艦の本質を考える暇がなく、ひたすらに艦艇攻撃に執着しすぎたきらいさえあった。

しかし千変万化する戦闘場面で、機動性の大きな、警戒厳重な敵艦隊を、機動力にとぼしい潜水艦で攻撃すること自体がきわめて困難であった。これを補う唯一の手段は、数の集中であった。が、この点でも悲しいかな不充分であった。したがって、モリソン博士が言明しているように、「艦艇の攻撃のみに執着したことは、大きな誤りであったと言わねばならぬ」とは、まさに至言であった。

しかも、日本潜水艦にとって最大の負担は、レーダーとソーナーを徹底的に利用した米英の強力な対潜兵力であった。したがって、艦艇にたいする戦果が期待にそい得なかったのは、むしろ当然だったと言えるのである。

さて、理屈はこのくらいにして、実際どのような戦果をあげたかを調べてみよう。撃沈隻数二十五隻、約十一万トン。撃破隻数二十一隻、約二十一万トンがその概数であるが、この中に七隻の空母、六隻の戦艦、巡洋艦等がふくまれている。

日本海軍最大の念願であり、また戦略戦術上の最重要単位である空母の撃沈破は、真珠湾では残念ながら一隻も達することができなかった。

開戦当時、太平洋上にあった米空母はサラトガ、レキシントン、エンタープライズの三隻にすぎなかった。十二月八日当日、エンタープライズとレキシントンはそれぞれウェーク島とミッドウェー島への飛行機輸送中であったし、もう一隻の空母サラトガは米本土西岸の海軍工廠で修理中であった。これはアメリカにとってまさに天佑だったし、日本にとっては千載の痛恨事だったわけである。

したがって日本海軍としては、この討ちもらした空母を捕捉しようと考え、真珠湾奇襲後も潜水部隊をハワイ付近の海域に踏みとどまらせたのであった。開戦数日後、伊七四潜はオアフ島の北西海面で敵空母を発見し、艦首発射管六門の斉射を行なった。ところがついていないときは仕方のないもので、魚雷の斜進改調を誤った。

これは、魚雷が発射管を出たら自分で舵をとり、計画どおりの針路で進むように、魚雷の縦舵機にあらかじめ角度を調定しておく操作を誤ったためで、射法上の重大錯誤である。このため魚雷は予定どおりのコースを走らず、全射線が艦尾の後方を通過してしまった。まさに長蛇を逸したとはこのことで、この航空母艦こそ、猛将ハルゼー提督が座乗していたエンタープライズだったのである。運も実力のうちというが、入墨《いれずみ》提督の悪運の強さに日本の魚雷まで敬遠したわけである。

ついで第二の空母レキシントンを、十二月十日、カウアイ水道付近で伊六潜が発見報告した。そこで第一潜水戦隊の九隻の潜水艦がこれを追って米西岸まで行ったが、ついに攻撃できなかった。

ところが、それから一月後の一月十一日、ハワイ海域に頑張りつづけていた伊六潜が、ハワイ西南方ジョンストン島の六〇度二七〇浬の地点で、はじめて敵空母に一矢を報いることができた。それは日本潜水部隊が行なった、大捕物のモデルケースともいえるものである。

昭和十七年一月七日、伊七一潜艦長が第六艦隊宛てに、「敵レキシントン型空母発見、地点ムヨネケ、針路南東、速力十二ノット、われ触接中」の作戦緊急電を発信したとき、この捕物劇は開始された。当時、同海域にはほかに伊一潜、伊二潜、伊三潜、伊四潜、伊五潜、伊六潜、伊一八潜の七隻の潜水艦が、行動中であった。

やがて第二潜水戦隊司令官から、「各艦は哨区を撤し、捜索列を作れ、針路西、速力十四ノット」の命令が発せられた。こうして中央太平洋の海上で、日本潜水艦とアメリカ機動部隊との戦いが始められた。

それから二日、今度は伊一八潜が敵を発見した。「敵レキシントン型空母発見、地点ムヨハセ、針路北西、速力十四ノット、十日〇二〇〇」

こうして日本の潜水部隊は、アメリカ太平洋艦隊の実際の主力である三隻の航空母艦の全部に見参したわけで、前二回は残念ながら討ちもらしたが、今度こそ三度目の正直になってもらわねばならぬところであった。

一月十二日の夕刻、日没をすぎること十一分、伊六潜の天蓋上で見張っていた哨戒員が、この待望の空母を発見した。それからちょうど一時間、接敵、襲撃運動がつづけられ、つい

太平洋戦争における米英艦艇撃沈破戦果一覧

（注、後年分明となった記録データと違うものもある）

年月日	名称（種別）	排水量	場所	攻撃艦と艦長名	記事
一六・一二・二四	K—一六（SS）	七五九	クチン沖	イ一六六　吉留中佐	沈
一七・一・一一	サラトガ（CV）	三三、〇〇〇	ハワイ南西五〇〇浬	イ六　稲葉中佐	破
一・二三	ネッケス（AO）	七、三八三	ハワイ海域	イ一七二　戸上少佐	沈
五・三〇	ラミリーズ（BB）	二九、一五〇	ディエゴスワレス	イ二〇　山田隆中佐	特潜破
〃	ブリテッシュ・ロイヤリティ（MT）	六、九九三	〃	イ一六　山田薫中佐	特潜沈
五・三一	クタバル（IX）		シドニー港		特潜擱坐
六・七	ヨークタウン（CV）	一九、〇〇〇	ミッドウエー海域	イ一六八　田辺少佐	沈
〃	ハンマン（DD）	一、五七〇	〃	〃	沈
八・三〇	カスコ（AVP）	一、六九五	アトカナザン湾	ロ六一　徳富大尉	破
八・三一	サラトガ（CV）	三三、〇〇〇	ソロモン海域	イ二六　横田中佐	破
九・一五	ワスプ（CV）	一四、七〇〇	〃	イ一九　木梨中佐	沈
〃	ノースカロライナ（BB）	三五、〇〇〇	〃	〃	破
〃	オブライエン（DD）	一、五七〇	〃	〃	沈
九・二九	アルヘナ（AK）		〃		破
一〇・二〇	チェスター（CA）	九、二〇〇	〃	イ一七六　田辺中佐	破
一〇・二六	ポーター（DD）	一、八五〇	〃	イ二一　松村中佐	沈
一一・一三	ジュノー（CL）	六、〇〇〇	〃	イ二六　横田中佐	沈
一一・二九	アルベナ（AK）	六、一九八	〃	イ一六　山田中佐	特潜破
一八・五・二三	PT一七三		ニューカレドニア沖	イ一七　原田中佐	沈
〃	PT一六五		〃	〃	沈
六・二三	アルードラ（AK）	七、四四〇	ソロモン海域	ロ一〇三　市村少佐	沈
〃	デイモンス（AK）	七、四四〇	〃	〃	沈
七・一八	三四二号（LST）	一、四九〇	〃	ロ一〇六　中村少佐	沈

一一・二四	リスカム・ベイ(CVT)	六、七三〇	ギルバート沖	イ一七五	田畑少佐	沈
一一・二五	フレジャー(DD)		〃	イ三五	山本中佐	破
一九・一・一四	一五九号(YO)		南太平洋	ロ四二	和田少佐	沈
一・二三	コーチ(AO)	一二、〇〇〇	〃	ロ三七	佐藤少佐	破
一〇・三	セルトン(DE)	一、二七五	モロタイ付近	ロ四一	推塚少佐	沈
一〇・二四	六九五号(LST)	一、六五三	ミンダナオ東方海面	イ五六	森永少佐	破
一〇・二五	サンティ(CVE)	一二、〇〇〇	レイテ沖	〃		破
一〇・二八	エバーソール(DE)	一、二七五	〃	イ四五	河島少佐	沈
一一・三	レノー(CL)	六、〇〇〇	〃	イ四一	近藤少佐	破
一一・二〇	ミシシネワ(AO)	一一、三一六	ウルシー	イ四七	折田少佐	回沈
一二・三	クーパー(DD)		オルモック湾	特	潜	沈
二〇・一・二	六〇〇号(LCT)	二四六	ウルシー	イ三六	寺本少佐	回沈
一・九	カバリヤー(APA)	七、八〇〇	比島海域	ロ一一五	竹間少佐	破
一・二九	カバリヤー(APA)	七、八〇〇	〃			破
二・一一	五七七(LST)	一、六三五	比島東方海域	ロ五〇	木村少佐	沈
二・二一	レンジョウ(DD)	二、〇五〇	比島海域	ロ四三	月形少佐	破
三・二三	ハガード(DD)	二、〇五〇	〃	イ三七一	上捨石少佐	破
五・二八	ギリガン(DE)	一、二七五	沖縄海域	イ三六七	武富少佐	回破
七・二一	マラソン(APA)	七、六〇七	〃	イ五三	大場少佐	回破
七・二四	アンダーヒル(DE)	一、四〇〇	比島海域	〃		回沈
七・二六	ローリイ(DD)	一、四〇〇	比島沖	イ五八	橋本少佐	回破
七・三〇	インディアナポリス(CA)	九、九五〇	パオラ北方海面	〃		沈

に三本の魚雷が発射された（四門のうち一門は故障のため発射できなかった）。そして二本が命中した。

しかし、敵の警戒艦艇の制圧にあい、深々度に潜入したため、撃沈したか、撃破にとどまったかを確認することができなかった。このことはあとで、大本営や連合艦隊司令部で今後の作戦指導上、大きな問題になった。

しかし、警戒厳重な機動部隊にたいする襲撃の場合、戦果を確かめること、すなわち潜望鏡を露現することは、ほとんど自殺行為にひとしく、これを強要することは無理であろう。あとでわかったことだが、このときの空母サラトガは、損傷をこうむりつつも真珠湾に自力で帰港したのであった。

それから五ヵ月、破竹の勢いで席捲してゆく日本軍の前には、米艦隊の姿は現われなかった。したがって、潜水艦はほとんど別の作戦に使用され、敵空母にお目みえできたのは昭和十七年六月のミッドウェー海戦であった。この海戦は日本の運命を逆転させた悲運の戦いであったが、この戦いでの唯一とも言える戦果が、米空母ヨークタウンの撃沈である。日本機動部隊の主力、加賀、赤城、蒼龍、飛龍の全部を撃沈されたのに対し、日本側が敵にあたえた打撃は、唯一つ、ヨークタウンに対する爆撃であった。しかもそれは撃沈までにいたらず、敵の警戒艦艇に曳航されながら真珠湾へ帰投しつつあった。

この空母撃沈の命を受けたのが、田辺彌八少佐の指揮する伊一六八潜であった。ほとんど動けなくなった空母ではあるが、その周囲二千メートル付近を五隻の駆逐艦が、ぐるぐる回りながら厳重な警戒をしている。下手をすれば逆にやられるのである。冷静沈着な田辺艦長はよくその間隙をぬい、六月七日午前十時、四本の魚雷を発射した。

二本がヨークタウンに、一本が横付け中の駆逐艦ハンマンに命中し、ハンマンは一瞬にしてへし折れ沈没、ヨークタウンも翌日ついに姿を海底に没した。

サラトガの撃破

その次は、さきに伊六潜が撃破したサラトガに対して、伊二六潜（艦長横田稔中佐）が行なった攻撃である。この戦闘については、モリソン博士の言をかりるのがもっとも便利である。

――八月の最後の日は、米海軍にとって、憂うつな日であった。それはガダルカナル島の南東方二六〇浬の地点で、日本潜水艦から発射された魚雷によってかもしだされた。当日、サラトガのそばには戦艦一隻と三隻の巡洋艦がつき、さらに外周三五〇〇ヤードに七隻の駆逐艦が輪形陣をしき、厳重な対潜警戒をやっていた。速力は十三ノット。午前六時五十五分、コースを北面から南東にかえ、之字運動を開始した直後、六本の魚雷が伊二六潜から発射された。駆逐艦マクドノーは、艦首三十フィートのところに潜望鏡を発見して、対潜警報を出すとともに、爆雷攻撃を行なった。しかし、魚雷はその艦尾すれすれのところをかすめて、サラトガに直進していった。

サラトガ艦長は、ただちに面舵一杯を命じ回避をはかったが、間に合わず、魚雷命中、右舷に小山のような水柱が奔騰し、重油が流出した。機動部隊の全員が、地団駄ふんでくやしがったが、あとの祭りであった。直衛駆逐艦は狂気のように爆雷攻撃をつづけたが、成功しなかった。日没まで現場にふみとどまって、潜水艦狩りをつづけたが、伊二六潜は巧みにこれをすりぬけて、その後、その年のうちに、また巡洋艦ジュノーを撃沈した。

サラトガの損傷は致命傷とまではいかなかったので、懸命の復旧作業で、三日後には自力航行ができるようになった。しかし復旧工事に三ヵ月を要することになり、南太平洋方面の米国海上陣営は一段と寂しさを加えることになった。

五月の珊瑚海海戦でレキシントンを失い、さらに二次ソロモン海戦でエンタープライズが大被害をうけた直後であってみれば、伊二六潜によるサラトガ撃破の打撃は非常に大きかったようである。

快挙ワスプの撃沈

つぎに「九月の危機」と題したモリソン博士の著書の一部をみよう。

――レイノー提督の旗艦であるワスプは、巡洋艦四隻と駆逐艦六隻に護衛されていた。このグループから五、六浬を隔てて、航空母艦ホーネットが行動していた。同空母は、その群の旗艦である戦艦ノースカロライナおよび巡洋艦三隻、駆逐艦七隻にとりまかれ、いわゆる輪形陣で、十六ノットの速力で航進中であった。午後二時二十分ごろ、ワスプは飛行機の発艦収容作業を行なっていたが、なんぞ知らん、付近の海中で、伊一九潜（注、艦長木梨鷹一中佐）が鋭くこの大物を狙っていたのである。

六隻の駆逐艦は、このとき敵らしい音源を感知していなかったが、突如、ワスプの見張員が「右舷魚雷」と大声で叫んだ。伊一九潜がワスプの南西方から、四本の魚雷を発射したのだ。ワスプのシャーマン艦長は、面舵一杯の転舵を命じたが、間に合わず、三本の魚雷が右舷側に命中爆発した。他の一本は艦首スレスレをかすめて、駆逐艦ランスダウンの艦底を通過していったが、爆発しなかった。時に午後二時十九分、サンクリストバルとエスピリッツサントとの中間での出来事であった。

ワスプは魚雷の命中で誘爆をおこし、それに甲板上の飛行機の爆弾や燃料がつぎつぎと爆発延焼し、乗員懸命の応急作業も甲斐なく、被害は刻々に増大し、ついに午後三時二十分、総員退去を命じなければならなくなった。ワスプの救助はもはや断念のほかなく、ランスダウンに処分を命じ、魚雷五本を発射して沈没させた。時に九月十五日午後九時であった。

一方、ホーネットのグループに対しては、石川信雄中佐の指揮する伊一五潜が機をうかがっていた。伊一五潜の雷撃にたいして、直衛駆逐艦ムスケンが「魚雷発見」の警報を発したが、そのすぐ側にいた戦艦ノースカロライナはこれをかわすことが出来ず、午後二時五十二分、魚雷一本の命中をうけ、相当の損害をこうむった。しかし新造の巨艦は、なお二十五ノットの速力を出すことができた。

他の一本の魚雷は、午後二時五十四分、駆逐艦オブライエンの艦首に命中した。火災を誘発しなかったので、沈没をまぬがれ、応急修理をおこなって、米本土に回航することになった。しかし、魚雷命中による船体のひずみのため、途中、サモア諸島近海で船体をまっ二つに切断して、沈没してしまった。

オブライエンは対航空機射撃装置を完備した貴重な艦であった（事実は伊一五潜は発射しておらず、伊一九潜の魚雷が命中したもののようである。したがって伊一九潜が発射した六本の魚雷でワスプ、ノースカロライナ、オブライエンの三隻を撃沈破したわけである）。

このように、米海軍の太平洋方面航空母艦兵力は、四隻から一隻に減じ、ノースカロライナの損傷は、太平洋方面に新式戦艦一隻のみを残すという状態になった。これに反して、日本海軍はミッドウェーで航空母艦を失ったとはいえ、なお二隻の大型空母と数隻の軽快な空母をもっていた。

モリソンをしてこう嘆ぜしめた九月の危機は、日本潜水部隊によって作られたものであった。

いま開戦から一年間に出現したアメリカ正規空母六隻、すなわちレキシントン（CV2）、サラトガ（CV3）、ヨークタウン（CV5）、エンタープライズ（CV6）、ワスプ（CV7）、ホーネット（CV8）の六隻の状況を概観してみると、つぎの通りである。

レキシントンは、昭和十七年五月八日の珊瑚海海戦で、日本海軍空母航空部隊のため撃沈されている。サラトガは前記のとおり二回潜水艦に攻撃され、大損害をこうむったが、その後、昭和二十年二月二十一日、硫黄島で神風特攻機のため、三度目の損傷をうけている。

ヨークタウンは、まず昭和十七年五月八日の珊瑚海海戦中、航空爆撃で傷つき、ついで六月五日のミッドウェー海戦で母艦航空機でふたたび損傷をうけ、七日、伊一六八潜に最後の止めをさされた。

　エンタープライズは昭和十七年二月一日にギルバート沖で、八月二十四日の第二次ソロモン海戦で、ついで十月二十六日のサンタクルーズ沖の海戦で、また昭和二十年四月十一日に沖縄海域で、さらに十三日の日本近海において、合計五回にわたり日本海軍航空部隊の攻撃をうけて損傷しているが、最後まで生きのびている。

　ワスプは前述のとおり、一撃のもとに伊一九潜に仕止められている。ホーネットは昭和十七年十月二十六日、南太平洋海戦において、海軍航空部隊の攻撃で損傷し、つぎの日に沈没した。

　以上の記録から見て、日本潜水艦の対空母戦果は、充分に満足すべきものではなかったかもしれないが、航空部隊の戦果と比較し、決して見劣りするものではなかったようである。

　このほか、昭和十八年十一月二十四日、伊一七五潜（田畑直艦長）はギルバート海戦で護衛空母リスカムベイ（CV56）を撃沈した。また伊五六潜（森永正彦艦長）は、それまで大西洋に配備されて独潜を二隻撃沈した護衛空母サンティ（CVE29）を、昭和十九年十月二十五日に撃破している。

特潜と回天の戦果

　特殊潜航艇（特潜）によるもっとも目覚ましい戦果は、昭和十七年五月三十一日、マダガスカル島のディエゴスアレス湾であげられた。山田薫艦長の指揮する伊一六潜から発進した

伊56潜。サンティ撃破後、回天搭載。金剛隊、多々良隊として出撃、未帰還

特潜には岩瀬勝輔少尉と高田高三二等兵曹が搭乗し、山田隆艦長指揮の伊二〇潜からの艇には、秋枝三郎大尉と竹本正巳二等兵曹が乗っていた。

この二艇は、前日の航空偵察で湾内に戦艦やタンカーが在泊していることを知って、勇躍湾内に侵入していった。

一方、ディエゴスアレス湾に在泊していた戦艦ラミリーズとタンカーのブリティッシュロイヤリティは、前日の国籍不明の飛行機に不安を抱き、不意の攻撃にそなえて抜錨し、湾内を動きまわっていた。しかし、決死の特潜攻撃はついに避けることが出来なかった。油槽艦は沈没し、ラミリーズは甚大な損害を受けた。

伊一六潜はその年の十一月二十九日、ふたたび特潜を使い、ソロモン海域で輸送艦アルベナ（AK26）を撃破している。またレイテ島オルモック湾内で、米駆逐艦クーパー（DD695）を撃沈したのは、特殊潜航艇の改良型蛟龍だったらしい。

回天特別攻撃隊による最初の成果は、折田善次少佐指揮の伊四七潜がウルシー港口まで運んでいった四基の回天で挙げられた。油槽艦ミシシネワ（ＡＯ59）撃沈がこれである。その後、昭和二十年春、回天の局地奇襲戦法が洋上戦法に改められてから、護衛駆逐艦ギリガン（ＤＥ508）、戦闘輸送艦マラソン（ＡＰＡ200）、護衛駆逐艦アンダーヒル（ＤＥ682）、駆逐艦ローリイ（ＤＤ770）等が回天のために次々に撃沈破されている。

そして七月末、回天特別攻撃隊最後の隊、多聞隊に属する伊五八潜が、原爆搭載艦インディアナポリス（ＣＡ35）を撃沈し、日本潜水部隊のために万丈の気を吐いてくれた。以上のほか、十数隻の巡洋艦、駆逐艦等を撃沈破している。

多くの無形の戦果

監視、哨戒、偵察、砲撃、輸送、日独連絡、人員の収容、政治工作員の運搬等々、多種多様の任務遂行は、敵艦艇の撃沈や交通線破壊に優るとも劣らぬ困難な仕事であった。そして、それらの仕事にあまりにも多く使役されたため、艦船撃沈という有形戦果が必然的に挙がらなかったわけである。

それは前記のような任務に使用された潜水艦の隻数の方が、ある時機にはかえって多かったことを考えれば、理解されることであろう。したがって、輸送作戦や撤退作戦に寄与した潜水艦の目に見えぬ戦果は、充分これを強調しなければならぬ。

しかし、本論ではこれを省略させてもらい、代表的な潜水艦長数名の活躍を中心にしながら、潜水艦戦の本命である交通破壊戦の戦果についてのべてゆきたいと思う。

木梨艦長の奮戦と最期

伊一九潜の艦長時代、空母ワスプを撃沈し、戦艦ノースカロライナと駆逐艦オブライエンを撃破した木梨鷹一艦長は、開戦当時、旧式潜水艦伊一六二潜艦長として、マレー半島の上陸作戦に協力していた。しかし、作戦の進展にともない、いちはやくインド洋に進出し交通破壊戦に従事した。

当時、この方面で作戦した潜水艦は伊一二一潜、伊一二四潜、伊一五三潜、伊一五四潜、伊一五五潜、伊一五六潜、伊一五七潜、伊一五八潜、伊一五九潜、伊一六二潜、伊一六四潜、伊一六五潜、伊一六六潜の十三隻の旧式潜水艦であった。これらは、うってつけの仕事である交通線破壊の仕事に腕をきそった。

木梨艦長は、昭和十七年一月三十一日、コロンボ沖で、九四六三トンの大型タンカー・ロングウード（英）を撃破し、ついで二月四日、輸送船スポンジラスを撃破した。

二月十日、新たに占領して潜水艦基地を設営したペナンに入港し、約半月間、整備と休養を行なった。二月末、精気にあふれた伊一六二潜はインド洋を西へ進み、インドの南西方を縦横にかけまわった。そして約二十日の間に、ラクシムコリンダ、サンシリロ、ほか一隻、計三隻撃沈、一隻撃破の戦果をあげた。

他の潜水艦も大いに働いた。伊一六四潜（小川綱嘉艦長）の七隻、伊一六五潜（原田毫衛艦長）、伊一五六潜（大橋勝夫艦長）の各六隻をはじめ、計四十二隻を昭和十七年三月中旬までに撃沈破した。これは使用潜水艦数、行動期間などから考えて、まことに目覚ましいものであった。

ところが残念ながら、この作戦は長く続かなかった。伊一六二潜は三月下旬、インド洋作戦を打ち切り佐世保へ、ついで太平洋方面の作戦に参加するため、五月中旬に佐世保発、マーシャル諸島のクェゼリンへ進出した。そして、老軀をムチ打ちながらミッドウェー作戦に参加した。他の旧式潜水艦もおおむねこれと同様であって、適材適所主義には程遠いものであった。

インド洋にはそのあと、伊一潜ないし伊七潜の七隻が交代してきたが、これも長くつづかず、四月、五月は手がゆるんでしまった。その後、インド洋の交通破壊戦は消長をたどっていったが、勝ちやすきに勝つという戦いの原則からいうならば、もうすこし潜水艦をこの方面に集中すべきではなかったかと思われる。

木梨艦長は昭和十七年六月末、苦楽を共にした乗員に別れ、伊一九潜艦長として横須賀に赴任した。彼は今度は新鋭大型潜水艦の艦長として、ソロモンや南太平洋方面で活躍することになった。

楢原省吾艦長から伊一九潜艦長を継承した木梨少佐は、昭和十七年八月十五日、横須賀発、激戦中の南方作戦地に向かった。八月二十六日にはソロモンの南方に到着し、伊二六潜とともに、ヌデニ、バニコロ及びその南方の索敵、飛行偵察などに連日従事した。

マレー西北岸の小島ペナン基地に在泊する伊29潜(乙型)の艦橋後部

その後、艦隊戦闘参加をはじめ、監視哨戒、輸送、偵察、南太平洋交通破壊戦と、まことに目まぐるしい諸任務を約一ヵ年にわたって遂行したのであるが、その間、前述のワスプ、ノースカロライナ、オブライエンの撃沈破のほか、ホーカ・A・ハースト、ウィリアム・ウィリアムス、ウィリアム・K・バンダーベルト、ベデ・ヤングら五隻の輸送船を撃沈破する偉勲をたてている。

もし彼にヌーメア、フィジー、エスピリッサント等の飛行偵察任務を課さず、自由に交通破壊をやらせていたならば、さらに大きな戦果を上げ得たであろうことは想像にかたくない。

昭和十八年夏、二ヵ月ぶりにトラックに帰投した木梨少佐に転勤命令が来た。今度は伊二九潜艦長である。彼は小林茂男少佐に伊一九潜を渡すと、呉へ飛んだ。そしてインド洋で七隻の輸送船を撃沈して、意気揚々と帰投してきた伊豆寿一艦長にかわって、伊二九潜を指揮することになった。

やがて彼にドイツに使いする特別命令が与えられた。航空母艦ワスプ撃沈のヒーローが、盟邦ドイツの潜水艦乗りと相見えるわけである。

昭和十八年十一月五日、呉軍港を出港して四ヵ月余、文字どおり万里の波濤と、米英の厳重な対潜警戒網を乗り越えて、昭和十九年三月十一日、ロリアンに入港した。

帰りは四月十六日、同港出港からはじまり、七月十四日、シンガポール到着、七月二十二日、同所出港と予定どおりに進み、長途の航海も間もなく終わろうとしていた。ところが、呉への最後の航海の途中、フィリピン・ルソン水道で米潜水艦ソードフィッシュの襲撃にあい、撃沈されてしまった。まことに不運というほかなく、快男児木梨艦長の最期は惜しみてもあまりあるものがある。

勇猛伊二七潜の福村艦長

潜水艦では一人のノロマも許されない。全員が有能でなければならぬ。なかんずく潜水艦長の才能がその戦力を左右する割合はじつに大きい。とくに艦長の闘志の強度ほど、絶大な影響をあたえるものはない。潜水艦が単独で行動し、潜水艦長の片眼だけが敵を見ることを考えれば、この点は充分うなずけるであろう。

福村利明艦長は開戦前、参謀勤務が多く、決して経験豊富な潜水艦乗りとは言えなかった。

しかし、闘志満々のサムライであった。昭和十八年二月、伊二七潜艦長に着任したのであるが、それまで伊二七潜はどちらかといえば士気が上がらなかった。いろいろ故障が起こったため士気が衰えたのか、士気が振るわぬため事故が起こるのか、とにかくあまりパッとしなかった。

ところが、福村少佐が着任すると、情況は一変した。見敵必戦の意気が若い乗員をふるい立たせた。三月八日、コロンボ南西方海面で一万トン級輸送船を発見攻撃した。しかし魚雷は命中しなかった。これは彼に大きなショックとなったろうが、怒髪を逆立てるに役立った。三月二十一日の夜、八度水道の付近で、英貨物船フートマンホード（七一三二トン）を見事撃沈した。ついで二十四日、チャゴスの北西海面でタンカーを攻撃したが、これはまた失敗に終わった。彼の歯嚙みする風貌が偲ばれる。

第一回目の出撃は、これで終わったが、第二回目は五月一日から七月半ばまでの行動であった。そして今度はモンダナン、ブリティッシュベンチュア、ダァプウ、ベラキットの四隻を撃沈し、アルコアプレスペクターを撃破した。

第三回、第四回ではラークバンク、サンボ、サンブリッジ、アテネリバナス、ニッサ、ホートカムモサンの六隻撃沈、一隻撃破という大戦果を上げた。第五回は昭和十九年の二月初頭のペナン出撃に始まったのであるが、出撃後、ついに連絡なく、消息を絶ってしまった。

戦後に判明したところでは、二月十二日、インド南西方洋上マルダイブ（モルジブ）諸島南西の赤道直下で、クアダイブイスメルという商船を撃沈したあと、英国駆逐艦に撃沈されている。福村少佐は十三隻撃沈、一隻撃破という日本海軍最高の記録を打ち立てつつ死んでいったが、重厚な風格と勇猛果敢な闘魂は、まことに敬服に値するものがあった。

二段進級の松村伊二一潜艦長

木梨艦長はインド洋、太平洋、大西洋をまたにかけて活躍した勇者であり、福村艦長をインド洋の代表選手とするならば、太平洋のチャンピオンは松村寛治艦長であろう。

松村中佐は開戦時、伊二一潜艦長として、真珠湾奇襲の機動部隊に配属され、機動部隊の触角として行動した。その後、開戦当日の空襲成功とともに機動部隊と分離し、北米西岸に進出した。そして昭和十六年十二月二十日、いち早くエストロ湾内のタンカー二隻を襲撃し、撃破擱坐させた。モンテベラ、アイダホの二隻がこれである。

ついで二十三日、アーゲンポイント北西海面で大型タンカー二隻に攻撃を加えているが、これは戦果不明のままである。その後、昭和十七年の春以降、南太平洋に進出し、ヌーメア監視、フィジー諸島スバ、オークランド、シドニー、エスピリッサント等の飛行偵察、ニューカッスル砲撃、カミンボ、ブナへの輸送を行なった。

それとともに昭和十七年五月五日から十八年二月十日までの間に、シドニー沖やソロモン海域等でジョンアダムス、クロー、グアテマラ、エドガーアランポー、カリンゴ、モビールビイ、ピーターバーネット、アイアンKナイト、スターキング等十隻の輸送船、駆逐艦ポーター等を撃沈する大戦果をあげている。

太平洋における交通破壊戦の戦果表に筋金を入れているのは、たしかに松村中佐であった。

松村艦長はその後、潜水学校教官からふたたび三十四潜水隊司令として伊一七七潜に搭乗し、昭和十九年十一月十八日、パラオ方面で戦死した。とくに二段進級し、海軍中将に任ぜられたことは、その功績の抜群であったのに鑑み、まことに当を得たものと考えられる。

ハンディはレーダーの不備

潜水艦による戦果の最終的なものは、後日に待つほかはない。いま、これをアメリカ潜水艦の日本船舶撃沈隻数一一五〇隻、四八五万九六三四トンと比較すると、約五分の一にすぎない。

しかし、これは日本潜水艦個々の戦闘術力が米潜水艦に劣っていたわけでなく、実働潜水艦の隻数がほとんど五分の一以下であったことと、両海軍の対潜術力は雲泥の差があったことに、注目しなければならない。ただ私が今もなお残念に思うことは、もし、交通破壊戦に専念せしめていたならば、福村艦長や松村艦長のような戦果を相当数の潜水艦に期待することは、昭和十八年半ばまでは決して困難ではなかったということである。

日本海軍の首脳者の中には、日本潜水艦の働きは期待はずれであったと考えた人々が多かったが、冷静に数字にあたり、個々の潜水艦の行動を検討してみると、モリソンが「日本潜水艦乗員は素質において、またその技術において、米海軍と同様よく教育されていた。潜水艦の構造とか、その乗員の技量についてはお互いに優劣はなかった。ただ日本潜水艦の大きなハンディキャップはレーダーのないことであった」と言ったのが間違いでなかったことがわかる。

そして、むしろ潜水艦の本質を理解せず、適材適所の原則を活用しなかったところに、問題があったのではないかと考えられるのである。

呪われた伊三三潜その奇怪な航跡

元「伊四一潜」艦長・海軍少佐　板倉光馬

潜水艦乗りの間で〝3〟という数字は、Curse Number（呪われた数字）とされていた。とくに、伊号第三十三潜水艦が、前進基地であるトラック島泊地で沈没していらい、動かしがたいものとされたようである。それまでにも撃沈された潜水艦の過半数が〝3〟がつくか〝3〟の倍数であった。

この事実は誰もが知っていながら、あからさまに口にしないだけに、かえって隠し言葉めいた言いまわしでささやかれた。転勤する潜水艦が〝3〟とは無関係を知ったとき、ひそかに胸をなでおろした者も少なくなかったであろう。

では、呪われた数字がかさなる伊号第三十三潜水艦（伊三三潜）とはどんな艦か――。そして奇しき運命をたどったその一生を史実にもとづいて述べてみよう。

伊三三潜は昭和十七年六月十日、三菱神戸造船所で竣工した巡洋潜水艦乙型である。このタイプは有事にそなえて戦前から計画された日本海軍の虎の子ともいうべき新鋭艦である。

常備状態で二五八四トン。満載すると三二〇〇トンを超える。水上速力二十三・五ノット、航続距離一万四千浬。前部に発射管六門、後甲板の一四センチ砲一門のほか、水上偵察機一機を搭載している。安全潜航深度一一〇メートル。あらゆる性能からみて、当時としては世界レベルを超えるものであった。

本艦は完成後、第六艦隊・第一潜水戦隊に編入され、約二ヵ月にわたる慣熟訓練ののち、第十五潜水隊の司令潜水艦として戦列にくわわり、八月十五日に呉軍港を出撃、ソロモン方面の作戦に従事している。作戦行動中、潜水艦にとって生命ともいうべき発射管の維持装置が故障したため、予定を変更し前進基地で修理補給することとなった。トラック島泊地に入港したのが九月二十五日。入港と同時に工作艦浦上丸に横着けした。呉出港いらい一ヵ月ぶりである。小手しらべていどの作戦行動ではあったが、苛烈な戦闘が想定される第一線である。場なれしない乗員にとっては、緊張の連続であったであろう。それだけに入港したときの気分はまた格別である。

当時、トラック泊地は、有力なる航空部隊の傘下にあって、厳重な警戒体制は布かれていたが、内地となんら変わるところはなかった。むしろ、強烈な太陽とスコールにあらわれた熱帯樹の緑が、エキゾチックな旅情をそそったことであろう。これより先、伊三三潜は燃料を補給するため、入港前に満載燃料タンクに注水している。このため、予備浮力は最小の状態にあった。このことが、後刻、多数の生命を奪う惨事につながるのである。

トラック泊地で最初の悲運

明くる九月二十六日の午前八時四十五分ごろ発射管の故障調査・修理のため浦上丸の係員が乗艦し、一番メインバラストタンク内に入ろうとしたところ、ふだんより吃水が深く、おまけにわずかながらうねりがあったために、同タンクのマンホール付近は海水にあらわれていた。

そこで、掌水雷長竹本少尉は、艦首を約三十センチ浮揚させるため、先任将校木村大尉の許可をえて、前部釣合タンクから後部釣合タンクへ約八トンの海水を移動した。しかし、ほとんど効果がなかった。そのはずである。舷の高い浦上丸に舫《もや》っているワイヤロープが、艦尾の沈下を持ちこたえていたのである。この状況を、艦内ではだれも気づいていなかった。

老練な司令——貴島盛次大佐は母艦に、艦長の小川綱嘉中佐は機関長とともに浦上丸にいって不在であった。移水では効果がなかったので、最後の手段として、最後部にある一四番メインバラストタンクの注水を指示して、先任将校は修理打ち合わせのため浦上丸にでかけた。

このとき、本艦は停泊状態のままで、艦内に通ずる上甲板のハッチは全部開放されていた。しかも先に述べたとおり予備浮力最小で、きわめて危険な状態におかれていたのである。ついでながら、日本の潜水艦は攻撃力・機動力に重点がおかれていたため、居住性や安全性が犠牲になり、予備浮力が小さく、満載状態では一三パーセントたらずであった。戦後の潜水艦にくらべ格段の相違である。

ともあれ、その後の状況はつまびらかでないが、おそらく掌水雷長指揮のもとに、伊三三潜では一切の作業が遂行されたものと思われる。午前九時二十一分ごろ、後部ベント弁から逃気する空気音が聞こえた。その直後約五十トンの海水が一四番メインバラストタンクを満たし、みるみるうちに艦尾が沈みはじめた。艦は仰角約三十度のまま沈降し、まもなく艦影を水中に没した。

その間、約二分。悪夢のようなひとときである。艦内に残された航海長以下三十三名の乗員を救うすべも、いとまもなかった。係留索はクモの糸よりはかなく、つぎつぎとちぎれていった。しいて不幸中のさいわいといえば、その日は半舷上陸が許され、在艦者が少なかったことである。

昭和18年２月、トラック泊地の伊33潜艦内を視察すべく上甲板からハッチへ向かう山本長官(右)

沈没の原因は、一四番メインバラストタンクに注水したため、予想以上に後部が沈下し、後甲板のハッチから艦内に浸水したことにある。常備状態ならば浮力に余裕があるので、ハッチから浸水することはなかったであろう。

満載状態であったことが、取り返しのつかない不覚をまねいたといえる。それにしても、注水前、なぜ上甲板のハッチを閉鎖しなかったのか？　さらに、たとえ艦内に浸水しても、いくつかの隔壁で仕切られているので、ただちに隔壁の防水扉を閉めれば大事にいたらなかったはずである……等々、結果論ではあるが、悔やまれてならない。本艦がたどらねばならなかった宿命とはいえ、あまりにも痛ましいかぎりである。

伊三三潜で三十三名の乗員が殉職した。偶然の一致にしては不気味なほど符合しすぎる。潜水艦に関するかぎり、もはや〝3〟の数字は迷信として一笑に付されない呪いとなって、乗員の奥深く巣食っていったのである。当時沈没した水深までが三十三メートルだったと、まことしやかに伝えられたが、海図上の水深は三十六メートルであった。しかし、これとて3の倍数であることに変わりない。

伊予灘でおきた再度の沈没

伊号第三十三潜水艦はその後、引き揚げられて呉に曳航、呉海軍工廠で復元されることになった。主蓄電池の換装、エンジンのオーバーホールをはじめとして修理は大変だったと思われる。おそらく新艦を建造するくらいの費用がかかったのであろう。しかし、戦局は日ましに悪化し、潜水艦の消耗は補充を上まわる状況にあった。

「伊号第三十三潜水艦を一日もすみやかに戦力化せよ」

呉海軍工廠長にあたえられた至上命令をうけて、日に夜をつぐ突貫工事がつづけられた。完工したのは昭和十九年五月末、沈没いらい一年八ヵ月たっていた。そして六月一日、第十一潜水戦隊に編入された同艦は、内海西部の伊予灘で訓練することになった。

艦長は和田睦雄少佐。私と海兵の同期生で、卒業の年はおなじ分隊で起居をともにした仲である。当時、私は伊号第四十一潜水艦長として、出撃前——五月十五日呉出港——の業務に忙殺されていたが、一日彼を訪ねたことがある。艦内はごたごたしていたが、思いのほか工事は捗《はか》どっていた。

「おい、いわくつきの艦だ、気をつけてやれよ。それにしても艦名は変えないのか?」「ウン、そのままだ。当局の方針でなあ……俺は別に気にしとらんよ」

和田艦長はもともと底抜けの楽天家で、ユーモアを交えた話術はたくみであった。彼が存在するところ、爆笑をまきおこしたものである。まして、縁起なんか担いだためしがなかった。それでいて、意外に繊細な神経の持ち主でもあった。虫の知らせというものであろうか、別れるときは後ろ髪をひかれる思いがした。

さて、部隊編入のその日から、第一線進出をめざして訓練を開始した。修理後の確認試験が、即練度向上の訓練である。第一期訓練査閲を前にした六月十三日午前七時、愛媛県郡中沖錨地をたち、試験潜航のため与居島西方海域にむかった。その日の訓練計画によると、三直配置による急速潜航訓練を実施し、夕刻までに帰着することになっていた。ところが、入港予定時刻に先だち第十一潜水戦隊の旗艦長鯨《ちょうげい》に、松山航空隊から意外な電報がはいった。

「本日〇九〇〇ごろ伊三三潜与居島沖にて沈没。脱出生存者小西少尉、岡田一曹の二名を収容手当中」

再度沈没！　の悲報である。どうして沈んだのか？　その原因は？　黒い疑惑と謎につつまれて取沙汰されたが、昭和二十八年十月号の『文藝春秋』に奇跡的に脱出に成功した岡田一曹（当時発令所横舵手）は、沈没の状況を回顧してつぎのように述べている。

『――伊三三潜は、だれを責めることもできない宿命の艦であった。トラックの沈没事故いらい、ご幣かつぎとは知りながら、乗員は3の数字にとりつかれていたようである。沈没前日の六月十二日、郡中沖で全員、鯛の尾頭つきで厄払いをしたときも、33を気にするな、とカンパイで気勢をあげたものの、翌十三日の出動訓練は、口にこそ出さなかったが、なんだか気が重かった。

八時三十分、第一回訓練が開始された。「潜航急げ」の号令で艦内に緊迫した応答のやりとりが渦巻く。横舵を下舵にとって五十秒、忘れもしない「荒天通風筒より浸水」「浸水、浸水、浸水……」の悲壮な報告が機械室からとんできた。

まもなく、ゴツンゴツンと艦が海底にあたると、左右にぐらぐらと動く。非常措置を命ずる艦長や先任将校の声も、浸水！　浸水！　の声に妨げられて、艦内に伝わらない状況であった。

すぐ気圧が高くなり、眼球が飛び出しそうで呼吸は吐くだけとなり、みんな悲しい沈黙のうちに六十一メートルを示している深度計を見守っていた。時間の感覚はなくなり、そのう

沈没から10年をへて浮揚した伊33潜。左３段にくぼんだ部分は魚雷発射管

ち電灯も消えた。このとき、真っ暗な発令所内で、艦長和田少佐の最後の声が聞こえた。

「ここにいてもみな死ぬんだ。助かるとは思わないが、だれでもよい、脱出してみよ。もし奇跡的にだれか助かったら、この状況を司令部に報告せよ」と。

横井一曹（潜舵手？）が上部ハッチを開けた。あとにつづいた私は、真っ暗な司令塔から手さぐりで海中にでたが、あたりは依然として真っ暗で、自分の体がどうなっているのかさえ見当がつかなかった。目の前が少し明るくなったと気づいたとき、身体が風車のようにぐるぐるまわり、ぽっかりと水面に顔がでた。海面にでたとき、黒い頭が十個以上あったようにおぼえている。浮かび上がってからどのくらい時間がたったたか、昼か夜かもおぼえていないが、通りかかった漁船に救いあげられた』

沈没原因はスパイの仕業？

この談話記事によると、沈没の原因は荒天通風筒から機械室への浸水にあったことは明白となったが、なぜ浸水したのか詳《つまび》らかにされていない。この点については後で述べることにする。なお荒天通風筒とは、シュノーケル給気筒のようなもので、水上航走中に艦橋ハッチからの給気量を補うために設けられたものである。頭部弁は艦内から手動で開閉できるようになっていた。

つぎに、どうして艦橋ハッチが開いたか？　また、十名あまり脱出したのに二名しか助からなかったのはなぜか？　これらの疑問はいまだに解明されていない。あえて私見——あくまで私の想像にすぎないが——をのべれば、次のようなことではあるまいか。

水深六十メートルあまりの海底において、艦橋ハッチにかかる水圧は二十トン近いものがある。いかに死物ぐるいになっても、人間の力で開くことは不可能である。では、どうして開いたのか？

浸水！　と判断したとき、艦長としてまっさきに口をついてでる号令は、「メインタンクブロー」である。この遅速が艦の運命を決する。

しかし、メインタンクをブローしても、艦は急に浮揚するものではない。まして浸水により艦の浮力が急速に減少しつつあるときは、なおさらである。しかし、ある時点で浮力が浸水量を上まわる場合がありうる。そして、ゆっくり水面に近づいたものと思われる。それも長くはつづかない。やがてマイナス浮量となり、ふたたび沈降していったであろう。

いまひとつ、岡田氏の談話にあったように、浸水のため艦内の気圧は急速に上昇していった。目玉が飛び出し、呼吸ができないくらいである。どれだけ上昇したか不明だが、おそらく生存できる限界まで達したであろう。

この二つの物理的作用により、ある瞬間、艦内の気圧と艦外の水圧がバランスを保ったのではあるまいか？　否、わずかながら、艦内の気圧がまさった一瞬が想像される。その時点で、ハッチが開き司令塔から乗員は脱出したであろう、自分の意志でというより艦外に吸引されたといった方が正しいかもしれない。

ところが、ハッチの上には艦橋の天蓋がある。最初に放りだされた大部分の者は、天蓋に頭をぶつけるか、致命的な外傷をうけたであろう。小西少尉と岡田一曹は、おそらく最後に脱出したのではあるまいか？　その時点では、すでに艦内外の圧力がバランスしていたため事なきをえたと思われる。

さらに、本艦の乗組員でありながら、難をまぬかれた人がいる。機関長である。機関長は病気のため出動前、呉海軍病院に入院していた。奇しくも三名の者が生き残り、和田艦長以下九十二名の者が艦と運命を共にしたのである。

悲報と同時に、付近海面の掃海捜索によって、明くる十四日、海底の同艦を拘束した。戦時建造の潜水艦には救難装置はなく、もちろんメッセンジャーブイもない。潜水夫をいれて、艦外から連続叩音させたが応答なく、全員絶望と断定されるにいたった。

再度の沈没、しかも、原因がはっきりしなかっただけに、本艦にまつわる奇しき運命を浮き彫りにするとともに、もっともらしい流言蜚語《ひご》が流された。その最たるものは、スパイの仕業である。なかには、つまらぬことであらぬ疑いをかけられた者も少なくなかった。そんなさなかに、早急に引き揚げ原因を究明すべしという意見もあったが、作業がきわめて困難であると判断されたことと、急変する戦局に応接するいとまもなかったままに、陽の日をみることなく終戦となり、その後もむなしく放置されたままであった。

やはり伊三三潜は呪われていた

敗戦の虚脱からようやく立ちなおりかけた昭和二十八年六月のはじめ、北星船舶が、伊三三潜の引揚作業を開始した。六月二十二日、不安定ながら水面まで浮揚させることに成功し、七月二十三日、艦は完全に浮揚した。

前部ハッチを開いてみると、発射管室には浸水していない。おそらく、とっさの間に防水扉を閉めたからであろう。約三時間にわたる換気がおわると、それまで現場につめきっていた岡田兵正氏は、みなの制止をふりきってひとり発射管室に降りた。あのときいらい九年目。一日として忘れることのなかった戦友のかたわらに立った。

目のあたりみる戦友は痛ましい遺体と化し、語るすべはなかったが、ありし日の思い出が鮮明によみがえってきた。それから毎日、悪ガスのこもる艦内を命がけで遺体収容にあたり、七月二十八日には電動機室から、厳重に防水処置をほどこした遺書の束を持ち出した。本艦沈没後の艦内状況を知るなによりの資料であるが、紙数の関係で、その一部をひもといてみよう。

遺書　　　　　　　　　　　　　　　　　　　　上機曹　浅野光一

電動機室ハッチを閉鎖するも、伝声管よりの漏水多し、あらゆる努力をするも、こっこく浸水す。応急電線にて三十トン補助排水ポンプを起動するも、浸水量多く、こっこく電動機室浸水す。

総員電動機室および補機室に集まる。訓練にて死するは誠に残念なり。帝国海軍の発展を祈る。最後の努力をするも気圧は高くなる。気が遠くなる。十三時二十分、艤装不良箇所多きため、これより浸水、いかに努力せしもその甲斐なし。

十六時、総員元気なり。今はただ時機のいたるを待つのみ。だれひとりとして淋しき顔をするものなく、おたがいに最後を語りつづける。十七時三十分、大久保中尉以下三十一名元気旺盛。大久保分隊士号令のもとに、皇居遙拝、君ヶ代、万歳三唱。十八時。

——このほか、どの遺書にも、最後まで持ち場を守り、従容として死についたさまが綴られ、万斛の涙をさそうものばかりであった。

さて、荒天通風筒からの浸水であるが、その後の調査により、意外にも、通風筒部弁が、直径約二十センチ、長さ約二メートルの丸太をかんでいるのが発見された。修理期間中に、足場材料として使用されたものが、なにかのはずみではさまったものと思われる。しかし、不思議といえば、これくらい不思議なことはない。

潜水艦の場合、修理後はタンクの中はもちろん、あらゆるところをしらみつぶしに点検し、

伊33潜の艦尾。上部斜めになっているのは潜航中の舵。
右下スクリューの手前に水平を保つ舵と水上航走時の舵

異状の有無を確認するものである。それなのに、二メートルにおよぶ丸太に気づかなかったとは……とうてい考えられないことである。それともスパイのなせる業か？一艦の運命を決した原因であるだけに、その謎は永久に解くすべはない。

さらに、後日談が、このCurse Numberを裏書にするような結末を告げている。

八月十二日。浦賀ドック技術調査室の生野勝郎元技術大佐、西原虎夫元技術少佐、吉武明元技術少佐の三名が、調査のため本艦に乗り込んできた。

まず生野氏が、前部ハッチから発射管室に降りていった。つづいて吉武氏が入ろうとしてハッチに身をかがめたとき、二メートル下の発射管室の床に生野氏が倒れているのを見た。

とっさのことであったが、ガス中毒と判断した吉武、西原の両氏は、生野氏を救出するためにロープを腰に巻き、タオルで口をおおって発射管室に入ったが……。吉武氏は生野氏を抱きかかえ、西原氏は生野氏に手をかけたまま、三人はおりかさなるように斃れていた。

発射管室に悪ガスが滞留していることはわかっていた。しかし、今までにも遺体収容や新聞記者の取材などで、数十人の者が出入りしており、ガス中毒といっても、めまいや吐気をもよおすていどで、三十分も休憩すれば回復していた。

現に、事故の一時間前——正確には午前九時ごろ、現場監督ほか一名の者が中にはいって何事もなかった。わずか一時間後に、とつぜん猛毒ガスが湧出して、電撃的な惨事が惹起されようとは……信じられないことである。

最後の最後までつきまとって離れようとしない、3の数字。それが、伊号第三十三潜水艦だけに限定されるとしても、われわれは、それをどう受けとめてよいのか。科学的根拠のない迷信として片づけるには、あまりにもミステリーに満ちている。

呂五〇一潜先任将校 大西洋より帰投せず

ヒトラーの贈り物U1224号の最期

潜水艦史研究家　山岡一行

太平洋戦争の末期、昭和十九年八月二十六日付戦死公報で、「久保田芳光少佐（戦死により一階級進級）インド洋上ニテ戦死」の発表があり、「英霊」と記入された紙片の入った白木の箱が遺族の手にわたされた。遺族は突然のことで悲嘆の渕《ふち》につきおとされたが、「名誉の戦死」という戦争の厳粛な事実とうけとめ、墓石に「インド洋上にて戦死した久保田芳光海軍少佐の墓」と刻して、はかなく散華した久保田芳光の冥福を祈ってきた。

久保田芳光大尉

江田島の旧海軍兵学校の資料館には、海軍兵学校出身の全戦死者が掲示されている。ここには公表どおり、「久保田芳光少佐、インド洋ニテ戦死」と添書《てんしょ》してあり、さらに靖国神社にも同様に記載されて祭祀してある。しかし「インド洋戦死」は誤りであり、「大西洋で戦死」が正しいのである。

昭和19年３月、キール軍港を出発する呂501潜。軍艦旗の右が久保田芳光大尉

潜水艦の沈没は、宿命的に不明なことが多いが、とくにこの場合は、日本潜水艦が大西洋で作戦を展開していることは極秘であったので、「インド洋戦死」としたのであろう。戦後『米国海戦史』が公表され、そこには米国駆逐艦ロビンソン（艦長ヨハンセン大尉）が、アフリカ西岸「ベルテ岬沖」の大西洋で「ドイツUボート」を撃沈したと記載されている。

当時、Uボートで大西洋で作戦中のものは、日本海軍の回航艦「U1224潜水艦」のみであって、同潜水艦には久保田芳光大尉が、先任将校として乗り組んでいたのである。ゆえに彼の戦死場所は、大西洋の深海であることは疑う余地がない。

太平洋戦争中、ドイツUボートを日本海軍自身があやつり、大西洋を航海したのは空前絶後の画期的な冒険で、U1224潜水艦（日本名は呂号第五百一潜水艦）による、ただ一回のみである。戦史の表面にあらわれることのない極秘作戦であり、回航員五十余名は深海魚のように海底を行動し、生と死の極限まで苦しんで任務を果たそうとしたが、米護衛空母ボーグを旗艦とするタスク22・2部隊に捕捉され、回航艦はインド洋には到達できず、結局は大西洋の深海に沈んだのである。

この事実は、日本にはなんら正式記録がなく、一般には知られていないが、『米国海戦史』には同艦の悲惨な撃沈のもようが公開されている。昭和四十八年四月、作家吉村昭氏は文藝春秋より『深海の使者』を出版し、日本遣独潜水艦およびUボート回航員の実情を検証している。

回航員は、日本遣独潜水艦伊号第八潜水艦でドイツにおもむき、ヒトラー総統が日本に譲渡したU1224潜水艦を受けとり、約七ヵ月間バルト海で操艦訓練をつづけた。同艦の操作に習熟したところで、そのUボートをそのまま日本に持ち帰るのが回航員の任務であった。これにより太平洋戦争における日本海軍の退勢の挽回をはかるという、日本海軍にとってきわめて重要な作戦で、最新式レーダーと、ロケット砲弾の設計図を同時に入手することも海軍の企図するところだったのである。

それで日本海軍の期待をになって回航員は、いずれも選りすぐった者ばかりで編成された。

回航員のバルト海での訓練をみたドイツ海軍は、彼らのすぐれた素質に感嘆し、厳正な軍規に目をみはったものであった。そこでドイツ海軍も全幅の信頼をもって、U1224潜水艦の日本回航を見送ったのであった。

ところが大西洋の真ん中で、「ワレ二日間ニワタリ猛烈ナル制圧ヲ受ケタルモ無事」と暗号電報を発して以後、同艦は消息を断った。ここにいたって日本の海軍省は同艦が撃沈されたものと断定し、「インド洋上ニテ戦死」と発表した。そのうらには、この時期、大西洋で作戦中の伊号第二十九潜水艦と、伊号第五十二潜水艦の存在を秘匿したかったのである。しかしながら両艦ともに、日本帰港は成功しなかった。

なぜ潜水艦回航員になったのか

第二次大戦で同盟関係にあったとはいえ、日独両国は同盟国とは名ばかりで、距離的関係もあってまったく杜絶状態にあった。そこで日本海軍は、両国間の機密技術の交流と、日独協同作戦を推進するための重要人物を送り込むため、危険ではあるが遣独潜水艦作戦を採用する以外にないと考えていた。

とくにミッドウェー海戦の敗北は、彼我の索敵精度の差によるという反省から、最新のレーダーをドイツよりゆずり受け、電波兵器でも対等の場に立ち、日米決戦をはかるのが急務と目されるようになった。そのため昭和十七年以降、五回にわたり伊号潜水艦をドイツに向け発進させた。

敵の制海、制空権の真っただ中に突入するという無謀な作戦だが、わが国の劣勢挽回には、これ以外にないという海軍の方針により、遣独艦の乗組員は決死行を敢行した。インド洋を横断し、アフリカ最南端の喜望峰を迂回し、敵のてぐすねひいている大西洋を縦断する三万五千キロ余の大航海を敢行し、筆舌につくしがたい苦難にたえ、悪戦苦闘をした。その超人的な行動は『深海の使者』で吉村昭氏が詳述している。戦時であれば、一死報国は男子の本懐とされていたが、これほどまで苛酷の極限に追い込まれた乗組員には、ただただ驚嘆するばかりである。

Uボート回航員の先任将校は、久保田芳光大尉であると再三にわたり、この書に記述してあるが、その久保田大尉こそ、私の実弟なのである。彼は幼時より秀才のほまれ高く、また小学校時代には、呉市小学校連合競技会の短距離競走に優勝して金メダルを獲得するなど、知能体育ともに抜群であった。

呉一中を四年修了で、医科の入学を辞退し、とび級して海軍兵学校に入学した。海兵生徒時代は優等生をしめす金モールの桜を、錨の階級章にならんで襟《えり》につけ、栄光ある成績を誇示していた。

昭和十三年十月二十七日、彼は支那事変の緊張下に六十六期として海兵を卒業した。卒業にさいしては「栄光の曲」が演奏されるなかで、恩賜の短剣を拝受する栄誉に浴した。

久保田芳光は大正七年、米騒動という暴動のさなかに生まれたが、暴徒が略奪をほしいままにし呉市内が騒然となったさい、海軍陸戦隊が瞬時に鎮圧し、分娩はぶじに終了することができた。このことにより芳光は、物心つくころから海軍に憧れるようになった。兵学校を卒業して念願の海軍士官になって、彼は希望に燃えていた。

遠洋航海を終えた久保田少尉は、連合艦隊所属の那智、鳥海、扶桑などの各軍艦に航海科将校として勤務し、日本統治下にある南洋諸島の基地強化に専念し、中尉、大尉と進級した。昭和十六年春には連合艦隊旗艦長門《ながと》の航海科将校となっていた。

このように彼は、艦船の航海畑を歴任していったのであるが、潜水艦乗組の実績はまるでなかった。そして昭和十六年十二月八日、日本海軍は真珠湾を奇襲攻撃し、敵戦艦アリゾナほか艦船十九隻、航空機数百機を撃破して大勝利をおさめ、ここに太平洋戦争が開始されたのだった。日本海軍の損害は特殊潜航艇五隻のほか、きわめて軽微であった。しかし米空母が一隻も真珠湾には居合わさなかったのは誤算であった。

また、特殊潜航艇（甲標的＝二人乗りの小型潜水艦）五隻のうち酒巻和男少尉の乗った一隻が擱坐し、少尉は捕虜第一号になったが、酒巻少尉を責めても意味なく、このとき海軍の暗号表が米軍に押収されたことの方が重要だと、ただちに全海軍の暗号を変更せねばならないことを、久保田大尉は上官に強調した。そして、みずから乱数表使用の暗号作成に没頭するようになった。と同時に特殊潜航艇、ひいては潜水艦全般に大いに関心をもつようになった。

特殊潜航艇は〝人間魚雷〟とはちがい、れっきとした海軍艦艇で、暗号表など機密文書が備えられているのであるから、作戦終了後は万難を排して母艦に帰還するように、乗組員に徹底することが肝要であった。最悪のさいは機密書類を処分してからのち、自決することも海軍軍人の責務である——これらの事項を久保田大尉は機会あるごとに上申しつづけた。

特殊潜航艇の悲劇は続発するであろうと予想した彼は、事あるごとに暗号改正を行なう必要があるが、その一方で暗号が混乱することをおそれた。さらにアメリカ潜水艦が駆逐艦に攻撃された場合、沈没をよそおって燃料を放射する行動をとることに気づいた彼は、この欺《ぎ》瞞《まん》作戦の採用を海軍省に進言した。

潜水艦乗りでなかった彼が、回航員にえらばれた理由の一つは、これらの進言によるものであったろう。

レーダーなくして勝利なし

昭和十七年四月、遣独潜水艦第一便となった伊号第三十潜水艦（伊三〇潜、艦長遠藤忍中佐）は、未知なる海をドイツへの航海に出発した。

五月三十一日、伊号第十六潜水艦搭載の特殊潜航艇が、マダガスカル島ディエゴスアレス軍港に突入、英戦艦ラミリーズを撃破、ほか一隻を撃沈したが、その後、潜航艇は自爆し重要書類とともにあとかたなく散ったが、乗組員二名は陸上で射殺された。この事件は当時、日本国民の紅涙をさそったものである。

そのマダガスカル島東方で伊三〇潜は、僚艦とわかれ単独で、成功の可能性のほとんどない大西洋をめざしての航海を開始した。そして昭和十七年八月五日、多難な潜航にたえて僥倖にも、ドイツ占領下のフランス・ロリアン軍港に到着した。

伊三〇潜のブンカー（潜水艦防空壕）に入る姿は大本営発表、ニュース映画や新聞に公表され、日独両国民は歓喜したものであった。

しかし伊三〇潜は日本への帰国の途中、シンガポール軍港に立ち寄ったさい、イギリス海軍の敷設した機雷にふれて瞬時に沈没した。このことは厳重に秘匿されて、日本国民には知らされなかった。それ以後、日本海軍では「このような無謀な作戦は中止すべし」という意見が大勢をしめるにいたった。

このころ、わが連合艦隊は真珠湾で撃ちもらした敵空母を撃滅する作戦に、全力をあげていた。しかし昭和十七年六月初め、ミッドウェー海戦に惨敗し、成功を信じていた日本海軍を慄然とさせた。このとき久保田大尉は旗艦大和の艦橋で、親友の多くが戦死して行くのに救助することもかなわず、茫然自失して悔し涙にくれていた。

それにしても、これほどの惨敗を喫した理由がわからなかった。敵基地はもちろん、敵艦船のすべてが〝X装置〟つまりレーダーを備えて、それが自動的に回転し電波を送りつづけているのを久保田大尉は航海科将校として注目し、これこそ日米科学力の差をしめす重要な偵察兵器であることを理解した。そこで久保田大尉はいそぎレーダーの入手を海軍省に要請したのであったが、日本の光学兵器の後進性により、ドイツからのレーダー技術の譲渡をはかるほかなかったのである。

このころドイツ側はさらに、日本に潜水艦の派遣を要求してきた。

しかし、日本の機動部隊を制圧した米軍は、昭和十七年八月ガダルカナル島に奇襲上陸し、総反攻を開始するにおよんでガ島の日本軍は総くずれになった。味方輸送船が敵に制圧され、ガ島への物資兵員の輸送が不可能となったので、日本潜水艦は輸送船の任務を肩がわりするようになった。とくにガダルカナル戦の末期には、味方陸兵をひそかに撤退させる任務につくようになり、ドイツの要求にたいして一隻の潜水艦もさくことができない状況であった。

再度におよぶ潜水艦の派遣要求に応じない日本海軍に、昭和十八年春、突然、Uボートを日本に無償で譲渡するから、潜水艦を派遣してくるようにというドイツ海軍の要請があった。遣独潜水艦第一便である伊三〇潜の触雷沈没により、潜水艦の遣独に絶望していた日本海軍も、この好意的なドイツの申し出にふたたび潜水艦の巡遣を決意し、四度にわたる渡独をこころみることになる。

第二便＝伊号第八潜水艦（伊八潜、艦長内野信二中佐）は、Uボート回航員をドイツに送る任務を負うことになり、八月三十一日ブレストに到達し、作戦はみごとに成功した。

第三便＝伊号第三十四潜水艦（伊三四潜、艦長入江達中佐）は、訪欧の途についたものの日本占領下のペナン軍港入口で、米国潜水艦タウルスにより撃沈された。

第四便＝伊号第二十九潜水艦（伊二九潜、艦長木梨鷹一中佐）は帰路、台湾海峡入口で米潜水艦ソードフィッシュに撃沈された。

第五便＝伊号第五十二潜水艦（伊五二潜、艦長宇野亀雄中佐）は目的地ロリアン港外に到着したのち、ドイツ海軍の指令により行動していたが、スペイン北方ビスケー湾で消息不明となった。

かくして伊八潜でぶじ大西洋を乗り切った回航員による、譲渡されたU１２２４の回航は、日本名を呂号第五百一潜水艦と命名されて艦長乗田貞敏少佐、先任将校久保田芳光大尉ら日本海軍の手によって操艦されつつ、帰国の途についたのであったが、アフリカ大陸ベルテ岬沖で最後の無電を発信後、ついに消息を絶ったのであった。

しかし日本海軍は当時、同艦はインド洋に到達してのち沈没したと判断し、そのように認定した。が、大西洋上で米海軍により撃沈されていたことは、すでに述べたとおりである。

このように日独連絡潜水艦は、惨憺たる結末に終わったのであったが、そのときのUボート回航員である先任将校久保田芳光大尉は、さきにも記したように血をわかち合った私の実弟であり、また、公表された記録にも事実の誤認があるので、ここにあらためて鎮魂の意をこめて、彼の航跡を検証してみようと思う。

海軍折り紙つきの将兵たち

昭和十八年二月、ドイツ総統アドルフ・ヒトラーは、Uボートの無償提供を申し入れ、日本海軍はこの提案を受諾した。そしてUボートを日本に回航する要員をドイツに送る潜水艦として、伊八潜を決定した。

回航員の人選は慎重にすすめられ、艦長に乗田貞敏少佐、先任将校に久保田芳光大尉、ほかに須永孝、前田直行の両大尉、藤田金平、藤枝義行両中尉、清水安五郎、渡辺茂、大沢幹

形状がわかる。艦橋後部の斜めに見えるのがアゾレス諸島沖で装備した逆探

ドイツ占領下のブレスト港に入港中の伊８潜。14cm 連装砲や後部カタパルトの

太郎、黒沢清定、高橋富雄らの各兵曹長、ほか五十余名、いずれも日本海軍折り紙つきの将兵が決定された。

日本海軍はミッドウェー海戦以降、うちつづく日本の退勢を挽回するには、どうしてもドイツの最新鋭レーダーをはじめ、ロケット砲弾を入手する以外にはないと判断し、このドイツの提供するUボートの回航作戦に大きな期待をいだいていた。回航員にはきびしい箝口令《かんこうれい》が申しわたされ、彼らはひそかに呉軍港に集結した。

伊八潜は途中、伊号第十潜水艦によりマダガスカル島東方で海上給油を受ける予定になっていた。そのため、両艦は海上給油演習を伊予灘でおこなったが、そのさい、通常おこなう給油潜水艦の後甲板より、受油潜水艦の前甲板に送油管を送り込む方法は、潜水艦の後甲板が低くて、波の荒いところでは不可能であることがわかった。

そこで伊八潜および回航員の全士官が協議し、たがいに両艦の前甲板を向かい合わせて給油をおこなうことに決定した。

昭和十八年六月一日の暗夜、伊八潜は見送る者もなく、ひそかに呉軍港を出航した。もともと潜水艦の居住性は窮屈なものであるが、五十名余の回航員をよぶんに収容したのであるから、同艦は極端な過密状態になった。

これより二ヵ月ほど前、山本五十六連合艦隊司令長官が戦死し、また一方、東部戦線においてドイツ軍がソ連軍に敗退して、戦局は東西ともにきびしく、回航員はいちように死を覚悟していた。

同艦は潜航訓練をかさねながら東シナ海、南シナ海をマレー半島西岸の小島ペナン基地に向かって航行していったが、訓練中にメインタンクが破損した。そこでやむなく、シンガポール軍港に寄港し、修理を受けることになった。

シンガポールには占領側である日本人のほか白人、中国人、インドネシア人、マレー人、インド人など雑多な人種が居住しており、イギリス諜報活動の拠点ともなっていた。このようなところに、多くの潜水艦乗組員が集中していることは早晩、英国に知れて英軍哨戒網を強化させる結果になると懸念して、この間に回航員は列車でペナンに先行した。

修理を終わった伊八潜はペナンに到着したが、そこでキニーネ、錫《すず》、生ゴムなどドイツが熱望する物資を積み込んだ。そして昭和十八年六月二十七日、回航員を収容して、いよいよドイツに向けてペナンを出発したのであった。乗組員はこのとき初めて、ドイツへ回航員を送る任務をおびていることを聞かされたのだった。それほどの極秘作戦だったのである。

伊八潜はマダガスカル島の東方海上で予定どおり給油をうけ、喜望峰に進航した。

このころ、インド洋上で体調をくずしていた回航員の田島二三夫上等水兵が高熱、悪感戦慄をうったえるようになり、ほかにも数名が黄疸《おうだん》と体調不良をつげるようになった。はじめは腸チフスと診断され、急性伝染病が過密状況の全艦にひろがるおそれがあり、一時は作戦中止も真剣に考えられた。

久保田大尉は、おなじカマの飯を食ってきた回航員数名の同時発病でもあったので、大いに責任を感じたもののようである。さっそく原因の究明にかかったところ、回航員がシンガポールからペナンへ列車で先行したが、その期間のみが自由行動であり、各停車駅に不衛生な焼イカの立売人がいたのを思い出し、これが感染源であろうと推測した。

ところが、血液検査の結果、熱帯性マラリアであると判明した。回航員一同のけんめいな看病もおよばず、田島上水はついに戦病死した。翌日、遺体は軍艦旗でおおわれ、重錘《おもし》をつけて甲板上に祭祀し、回航員全員が甲板に整列して、「命を捨てて」の葬送ラッパ吹奏のうちに弔銃を発射し、礼式どおりに喜望峰南方の海上に葬った。

回航員一同は、生死を共にとちかい合い、呉軍港出発いらい二ヵ月間にわたる苦楽を共にした戦友をいたみ、みな男泣きに泣いたという。

燐光を発する灰色の大海へ

回航員をのせた伊八潜は、喜望峰の英国基地の哨戒圏をさけ、喜望峰沖三百浬《かいり》を迂回したが、ここは世界屈指の難所で、ローリングフォーティ（四十回回転）とよばれる海域であった。

伊八潜も故障が続出し、艦内のすべてのロープ、ワイヤ、モップなどを総動員して応急処置を行なったが、なおも故障が続出するので、やむなく同艦はイギリス哨戒機に発見される危険を覚悟のうえで、喜望峰ちかくの波静かな海域に入った。さいわい哨戒機の来襲もなく、ようやく大西洋に入ることができたのである。

七月二十七日、南アフリカ西岸沖のセントヘレナ島西方で、到着港をロリアンからブレスト軍港に変更され、さらに北大西洋上ポルトガル領アゾレス諸島（リスボン西方一五〇〇キロ）西方で、ドイツ潜水艦よりレーダーを受けとるよう指令をうけた。これまで同艦は隠密作戦のため、いっさい無電の発信は行なわなかったが、ドイツ潜水艦と会合点の打ち合わせをしなければならなくなった。

大西洋のせまい海域では、無電発信は自殺行為にひとしいことを熟知していたが、致し方なく、ごく短い電文を発信した。案の定、しばらくして英軍機が接近してきたが、同艦は急速潜航により敵偵察機の発見をのがれた。

やがて伊八潜は赤道直下に入り、アフリカ南端をまわったころには酷寒であったが、いまや酷暑となり、乗組員は人間の耐久力の極限まで苦しみあえいだ。

八月十一日、ドイツ海軍の通信所よりふたたび、ドイツ潜水艦の会合点と会合日時の変更を連絡してきた。この指令は、伊八潜にはまことに無情なことと思えたが、致し方なく指令どおりに行動するほかなかった。

八月二十日の夜明け、アゾレス諸島西方の指定海域についた伊八潜は、ペナン出港約二ヵ月で苦難の末、ついに出迎えのドイツ潜水艦との会合に成功した。ドイツ潜水艦から連絡将校ヤーン少尉が、伊八潜に移乗してきて、水先案内にあたった。

ドイツ軍の最新式レーダーと、その取扱いに習熟したドイツ海軍の水兵も移乗してきて、ただちにレーダーの装備にかかった。このレーダーは比較的簡単なものではあったが、有効範囲内の艦艇も航空機も、陸地までも鮮明な実像をスクリーンに映し出し、児戯にひとしい

ものは昇降式飛行機格納筒(降下位置)で、小型水偵を分解して収納した

タグボートに曳航されてブンカーに入る伊８潜。整列した乗員の前後の円筒形の

日本製レーダーにくらべて機能が格段にすぐれていた。

　最新レーダーの入手を熱望して、回航員に選ばれる運命になった久保田大尉は、海軍省の指令により搭載した日本製レーダーが、いかにも貧弱なのでひそかに処分して、ドイツ側の目にふれないようにした。

　最新レーダーを装備してみると、なんとおびただしい敵機、敵艦が感知され、この海域がすさまじいばかりの英国の制海域であることをあらためて知らされた。スペイン北岸ビスケー湾に入ると、レーダーがひっきりなしに敵機、敵艦を捕捉するので、そのたびに潜航をくり返さねばならなかった。

　重苦しい潜航をつづけていると、突如としてドカーンドカーンと爆雷の炸裂音がして、艦はいまにも沈没するような衝撃をうけた。連絡将校ヤーン少尉は、イギリス軍の仕掛けた時限爆雷がたまたま炸裂したもので、大西洋では太平洋とことなり、せまい海域に英独海軍が激突しているので、このようなことはめずらしいものではないと説明した。

　また大西洋では、黒潮といわれる太平洋とはことなり、海面一杯に夜光虫が群集し、青白い燐光を発する明るい灰色の海面であり、艦もまた青白くかがやく航跡の尾をひいていて、水上航行のたびに乗組員はひやりとさせられ、やむなく潜航したものである。

　潜航に潜航をかさねて伊八潜は、スペイン北西端オルテガ岬沖にさしかかったが、この海域にイギリス駆逐艦隊が、大がかりな哨戒作戦を展開しているのが望見された。そのため同艦はただちに潜航し、夜間浮上の機会をうかがっていた。

潜航は二十時間におよび、乗組員はしだいに呼吸困難、頭痛、嘔吐をうったえ窒息状態におちいったので、意を決し危険をおかして浮上した。このとき、ドイツ空軍の編隊が伊八潜の航行を援助するように大きょ飛来して、敵駆逐艦群を排除してくれた。

その後も伊八潜は、ドイツ海軍の航空機および駆逐艦の援護下に、ドイツ軍占領下のフランス領ブレスト軍港にたどりついた。ペナン出港いらい六十五日目の、八月三十一日のことであった。同艦がブンカー（厚さ七メートルの鉄筋コンクリート製潜水艦用防空壕）に到着すると、ドイツ海軍司令長官、駐独日本海軍代表らが乗り込んできて、日本潜水艦乗組士官と握手し、その労をねぎらった。

ドイツ側は自国民の戦意高揚のため、『日本巡洋潜水艦、大西洋に出撃』と新聞やニュース映画などでハデに報道した。そして劇的な成功をとげた乗組員たちは、日独両国の高官による歓迎会に出席したものの、体は衰弱し、汗とアブラにまみれて不動の姿勢をとるのが精一杯であった。

回航員は、ゆっくり休養をとる間もなく、ドイツUボートの日本回航という一大事業に向かって、あわただしく行動を開始した。

キール軍港のU1224号

回航員は到着したフランス北西端のブレスト軍港からパリ行き寝台列車で、ドイツ占領下のパリに着いた。パリではドイツ海軍の好意で、シャンゼリゼー大通りやセーヌ河畔のルーブル博物館を観光したが、回航員たちはこんどの任務に緊張して、とても観光気分にはなれなかった。

ドイツ語に堪能《たんのう》な者を条件にしてえらばれた回航員ではあるが、いささかフランス語に不安を感じていたところ、さすがに占領下、ドイツ語が通じることを知り回航員の将校は一安心だった。

回航員はさらに、国際列車でベルリンに到着し、デーニッツ潜水艦隊司令官の招待をうけたのち、ベルリンの中心街ウンターデムリンデンバウム大通りを案内されたが、敵機による空爆の跡が随所にあり、ドイツの戦況悪化ぶりが感じとられた。さらにブランデンブルク門から、ポツダム丘陵（ポツダム宣言の地）にいたる郊外までも爆撃の跡が生なましく、ドイツの苦戦の様相が身にしみた。

ちょうどこのころ、昭和十八年九月八日、イタリアが連合国軍に無条件降伏をしたことが発表された。回航員の接待にあたっていたドイツ将校は、

「イタリア軍が味方なら、二個師団のドイツ軍が援助せねばならんが、敵ならドイツ軍一個師団で全滅できるくらいだ。その足手まといのイタリアが降伏したのだから、ドイツにはかえって有難いくらいだ。日独だけで英米を撃滅しよう」と、意気軒昂であった。

回航員はドイツ接待将校の案内で、ベルリンのアンハルター駅より急行列車に乗り、ドイツ最大の軍港キールに向かった。その車中で回航員は、ものめずらしそうに近づくドイツ国民の、日本にたいする親近感を肌に感じ、可能なかぎりドイツ語で会話を交した。

一行はキール駅に到着し、出迎えのドイツ将校とともにキール軍港長官の歓迎会にのぞみ、ドイツ潜水学校教官に紹介された。教官は、キール軍港内の宿舎に一同を案内し、ここでさっそくUボートについての説明をした。

①譲渡されるのはU1224号潜水艦である。

②錨《いかり》、鎖《くさり》、食卓は撤去して、魚雷の積載量をふやしてある。

③Uボートは明るい灰白色で、大西洋の色調に合わせてある。

④艦の床はゴム板で、乗組員の話し声、足音を消音する構造である。

⑤レーダーは最新式であるが、米英のものには劣る。

⑥速度は日本潜水艦におよばない。

これらのUボートの特長を説明し、大西洋での潜水艦行動のこまかい注意事項を教官は熱心に説いた。回航員は初めて見るUボートではあるが、日本の波号潜水艦（日本最小の潜水艦）に似ていて、とくに驚くことはなかった。

回航員たちはバルト海に面したキール軍港を拠点にして、月々火水木金々の日本海軍伝統の日課で、U1224号潜水艦の習熟訓練につとめ、日夜バルト海で急速潜航の猛演習を行なった。もとより彼らは日本海軍により選びぬかれた者ばかりで、訓練の成果はいちじるしかった。ドイツ海軍は、わが回航員のすぐれた資質に感心し、厳正な軍紀に目をみはった。

そしてドイツ海軍は、これ以上教えることはないと判断し、いよいよ日本への回航を具体化していった。そこへ海軍省から同艦に、駐独日本海軍の逸材を便乗させて帰航することを指令してきた。潜水艦の権威江見哲四郎、山田精一、根木雄一郎の各大佐、およびジェット機の権威吉川春雄中佐の四名であった。

昭和十九年二月十五日、U1224号の日本海軍への譲渡式が、キール軍港で行なわれた。U1224号潜水艦は日本海軍により呂号第五百一潜水艦（呂五〇一潜）と命名され、へさきに「呂501」、艦橋に日の丸をしるして出港をまった。

呂五〇一潜が出港準備に多忙をきわめていた昭和十九年三月、遣独潜水艦の第四便である伊二九潜がロリアン軍港に到着した。伊二九潜には艦長木梨鷹一中佐、先任将校岡田文雄大尉、航海長大谷英夫大尉など八名の士官が乗り組んでいた。

彼らは回航の任にあたる艦長乗田貞敏少佐、先任将校久保田芳光大尉ほか士官六名と連絡をとり合って、両艦の将校十五名はベルリンのアンハルター駅に会合した。同一任務で、大西洋を一週間の差で航海するので、情報交換と協力方法について熱心に討議し、少なくとも両艦のうち一艦は最新兵器をもって日本に帰港し、日々退勢にかたむく日本海軍に、起死回生の望みをたくそうと話し合った。

回航員は昭和十八年八月、ブレスト軍港到着いらい満七ヵ月間のドイツ・キール軍港の滞在を終えて、昭和十九年三月三十日、呂五〇一潜（元U1224）は見送る者なく、日没を待ってひそかに出港した。

深海に沈む潜水艦乗員への鎮魂

出港にさきだち、呂五〇一潜は当然ドイツ海軍の情報をもとにして、めんみつに英海軍の密度を検討し、あらかじめ航路を決定していた。無電の発信は狭い大西洋では必ず敵側にも受信されて、潜水艦は撃沈されることを覚悟せねばならないから、緊急時以外にはいっさい禁止された。

呂五〇一潜はまずスカゲラック海峡を通り、ノルウェー西岸を北上した。この辺までは、ドイツ空軍哨戒機が常時飛行し、同艦を護衛した。北極圏の北海は、夜もうす明るい白夜であって、夜間浮上航行中、自由に艦上にでた乗組員も、寒さにふるえて数分で艦内にもぐり込んだ。アイスランドがかすかに見える地点からは、呂五〇一潜は完全に単独になり、南進してカナダ東方海上をアゾレス諸島西方海域をめざした。

このカナダ沖海域は、ドイツとイギリス海軍の激戦海域ではないので、平穏に南進できた。漁船はあかあかと電灯をつけ、潜水艦を警戒する様子はなかったが、所在を知られないため、船を発見するたびに回航艦は潜航せねばならなかった。

アゾレス諸島に近づくにつれ、イギリス海軍哨戒機の接近がはげしくなり、爆雷投下、時限爆雷の炸裂がにわかに多くなった。これはドイツ軍が予告した通りで、呂五〇一潜はいまにも沈没するのではないか、と感じられたにちがいない。

同艦はキール軍港出発いらい四十日をついやし、アゾレス諸島南西六百浬にたどりついた。この海域はドイツ海軍の意見によれば、そろそろイギリス空軍の哨戒域を離脱できたはずであった。ところが駐独日本海軍には、この方面で米海軍が哨戒を開始したとの情報がしきり

キールを出港、回航の途につく呂501潜

に入り、回航艦の安否が気づかわれた。

五月初旬、呂五〇一潜からキール軍港出発後はじめて、暗号電報がドイツ海軍通信所に入った。『ワレ二日間ニワタリ猛烈ナル制圧ヲウケタルモ無事』という内容だった。

駐独日本海軍はこの電文をもとに、行間の真意を推察した。『無事』という表現は、避退に成功したことをしめしているが、緊急時以外は厳禁されている無電発信は、回航艦に甚大《じんだい》な損傷を生じたとも考えられるし、再発見につとめる敵に撃沈されるやもしれない、といった状況を物語っていた。

『二日間ニワタリ猛烈ナル制圧』とは、航空機の制圧はその航続距離により短時間で終わり、二日間の制圧は不可能で、これは駆逐艦などの海上艦船による制圧をしめし、一週間後におなじ航路をとる伊二九潜に、この航路を迂回することを、みずからを犠牲にして連絡したものとも解釈された。

そこで日本海軍司令部は、アゾレス諸島南方に到達していた伊二九潜に、この回航艦の電文を打電し大きく西方に航路を変更するよう指令した。

アゾレス諸島南方でこの連絡をうけた伊二九潜はいっそう警戒を厳にし、回航艦の決死的打電に感謝し、回航艦がぶじであることを祈った。しかし、大西洋をぶじ航行した伊二九潜もまた結局は、台湾海峡の南でアメリカ潜水艦に撃沈される運命が待っていたのだが。

回航艦呂五〇一潜は、最後の無電発信後、まったく消息を絶った。日独両海軍は全力をあげて、同艦の情報蒐集につとめたが、状況はまったく絶望的であった。海軍省では、同艦が連合国軍の攻撃によって撃沈された、と断定した。

それで八月二十六日付で乗田艦長、久保田先任将校、須永、前田両大尉、藤田、藤枝両中尉以下の回航員全員と、清水軍医少佐ならびに便乗していた江見、山田、根木の三大佐および吉川中佐の戦死公報を発表した。それには「インド洋上ニテ戦死」という文字が記されていた。

回航艦呂五〇一潜の沈没により、日本海軍の退勢挽回の夢は消えた。このドイツUボート回航作戦は極秘に行なわれたため、日本には公式記録はなく、忘却される運命にあった。

戦後公開されたアメリカ海軍戦闘記録には、呂五〇一潜の撃沈状況が記してあることはすでに述べたが、すこし詳述する。

――回航艦を撃沈した戦闘部隊は、新鋭護衛空母ボーグを旗艦とするハンターキラー・グループであった。大西洋西海岸方面に敵潜水艦行動中の情報により、ボーグは駆逐艦五隻をしたがえて昭和十九年五月五日、アメリカのハンプトンローズ軍港を出港、大西洋の対潜作戦に出撃した。そして作戦海域に急行し、最新式ソーナーを駆使して潜水艦の発見につとめた。

空母からは対潜哨戒機が発進し、駆逐艦五隻も四方に散って、敵潜水艦を追及した。

五月十三日、駆逐艦ロビンソン（艦長ヨハンセン大尉）は日没ちかい午後七時にソーナーにより、八二五ヤード前方に敵潜水艦を発見した。そして全速で敵潜水艦の真上に急行した。

駆逐艦ロビンソンには「ヘッジホッグ」（山あらし）という対潜新兵器が搭載されていた。これは英海軍の発明した秘密兵器で、二十四個の爆雷がつめられていて、駆逐艦の前方二百メートルに投射される。目標海面に円形に散開し、あたかも投網《とあみ》のように海底に沈下し、目標にちょっとでも触れると、二十四個の爆雷が一挙に炸裂して、潜水艦を圧潰するしくみである。

ロビンソンはヘッジホッグの海面弾着とともに、両舷の投射機で二度にわたり磁気爆雷を一斉投射した。ヘッジホッグ発射後七秒で、二回にわたり炸裂音が聞こえたが、ねんのため敵潜にとどめをさすため、三回の爆雷投射を追加した。

この海域の海面ははげしく盛りあがり、ロビンソンのソーナーは潜水艦のつぶれる異様な音響をとらえた。ここは水深四十メートルの深海で、敵潜は致命傷をうけて海底に沈み、ついに水圧にたえられず、つぶれた音であると判断した。

潜水艦の耐えられる水圧は、水深二五〇メートルとされている。ロビンソンの乗組員は「やったやった」と歓声をあげた。沈没位置――北緯一八度〇八分、西経三三度一三分であった。

「インド洋上ニテ戦死」とされている私の弟久保田芳光大尉は、大西洋で戦死していたのだ。

太平洋戦争中、大西洋で戦死したものは、呂号第五百一潜水艦乗組の約六十名と、ビスケー湾で消息の絶えた遣独第五便の伊号第五十二潜水艦の乗員約百名である。彼らは日本海軍の輿望《よぼう》をにない、戦史の表面にあらわれることのない隠密作戦に出撃し、深海魚のように海底を行動し、人間の極限まで辛酸をなめつくし、はかなく大西洋で散華したのである。

あらためて大西洋の深海に悠久に沈む悲劇の英霊に、鎮魂の誠をささげたい。

※本書は雑誌「丸」に掲載された記事を再録したものです。
執筆者の方で一部ご連絡がとれない方があります。お気づきの方は御面倒で恐縮ですが御一報くだされば幸いです。

単行本　平成二十六年四月「潜水艦隊」改題　潮書房光人社刊

NF文庫

潜水艦隊物語

二〇二〇年四月二十四日 第一刷発行

著 者 橋本以行他

発行者 皆川豪志
発行所 株式会社 潮書房光人新社
〒100-8077 東京都千代田区大手町一-七-二
電話/〇三-六二八一-九八九一㈹
印刷・製本 凸版印刷株式会社

ISBN978-4-7698-3162-4 C0195
http://www.kojinsha.co.jp

NF文庫

刊行のことば

第二次世界大戦の戦火が熄《や》んで五〇年——その間、小社は夥しい数の戦争の記録を渉猟し、発掘し、常に公正なる立場を貫いて書誌とし、大方の絶讃を博して今日に及ぶが、その源は、散華された世代への熱き思い入れであり、同時に、その記録を誌して平和の礎とし、後世に伝えんとするにある。

小社の出版物は、戦記、伝記、文学、エッセイ、写真集、その他、すでに一、〇〇〇点を越え、加えて戦後五〇年になんなんとするを契機として、「光人社NF（ノンフィクション）文庫」を創刊して、読者諸賢の熱烈要望におこたえする次第である。人生のバイブルとして、心弱きときの活性の糧《かて》として、散華の世代からの感動の肉声に、あなたもぜひ、耳を傾けて下さい。

＊潮書房光人新社が贈る勇気と感動を伝える人生のバイブル＊

NF文庫

陸軍カ号観測機　幻のオートジャイロ開発物語

玉手榮治

砲兵隊の弾着観測機として低速性能を追求したカ号。回転翼機という未知の技術に挑んだ知られざる翼の全て。写真・資料多数。

駆逐艦「神風」電探戦記　駆逐艦戦記

「丸」編集部編

熾烈な弾雨の海を艦も人も一体となって奮闘した駆逐艦乗りの負けじ魂と名もなき兵士たちの人間ドラマ。表題作の他四編収載。

日本の軍用気球　知られざる異色の航空技術史

佐山二郎

日本の気球は日露戦争から始まり、航空機の発達と共に太平洋戦争初期に姿を消した。写真・図版多数で描く陸海軍気球の全貌。

海軍学卒士官の戦争　連合艦隊を支えた頭脳集団

吉田俊雄

吹き荒れる軍備拡充の嵐の中で発案、短期集中養成され、最前線に投じられた大学卒士官の物語。「短現士官」たちの奮闘を描く。

空の技術　設計・生産・戦場の最前線に立つ

渡辺洋二

敵に優る性能を生み出し、敵に優る数をつくる！　そして機体の整備点検に万全を期す！　空戦を支えた人々の知られざる戦い。

写真　太平洋戦争　全10巻　〈全巻完結〉

「丸」編集部編

日米の戦闘を綴る激動の写真昭和史——雑誌「丸」が四十数年にわたって収集した極秘フィルムで構築した太平洋戦争の全記録。